Lit double 2

De la même auteure

Lit double 3, roman, Libre Expression, 2014.
Lit double 2, roman, Libre Expression, 2013 ;
    collection « 10 sur 10 », 2015.
Lit double 1, roman, Libre Expression, 2012 ;
    collection « 10 sur 10 », 2015.
Ti-Boutte, album littérature jeunesse,
    Éditions de la Bagnole, 2010.
Le Cocon, roman, Libre Expression, 2009 ;
    collection « 10 sur 10 », 2013.
Le Bien des miens, roman, Libre Expression,
    2007 ; collection « 10 sur 10 », 2012.
Les Recettes de Janette, cuisine, Libre Expression, 2005.
Ma vie en trois actes, autobiographie, Libre Expression,
    2004 ; collection « 10 sur 10 », 2011.

Janette Bertrand

Lit double 2

Roman

Catalogage avant publication de Bibliothèque et Archives nationales du Québec et Bibliothèque et Archives Canada

Bertrand, Janette, 1925-
    Lit double. 2
    (10/10)
    Édition originale : Montréal : Libre expression, 2013.
    ISBN 978-2-89722-004-4
    I. Titre. II. Collection : Québec 10/10.
PS8553.E777L572 2015   C843'.54   C2015-941174-2
PS9553.E777L572 2015

Direction de la collection : Marie-Eve Gélinas
Couverture et mise en pages : Axel Pérez de León

Remerciements
Nous reconnaissons l'aide financière du gouvernement du Canada par l'entremise du Fonds du livre du Canada pour nos activités d'édition.
Nous remercions le Conseil des Arts du Canada et la Société de développement des entreprises culturelles du Québec (SODEC) du soutien accordé à notre programme de publication.
Gouvernement du Québec – Programme de crédit d'impôt pour l'édition de livres – gestion SODEC.

Les Éditions internationales Alain Stanké
Groupe Librex inc.
Une société de Québecor Média
La Tourelle
1055, boul. René-Lévesque Est
Bureau 300
Montréal (Québec) H2L 4S5
Tél. : 514 849-5259
Téléc. : 514 849-1388
www.10sur10.ca

Dépôt légal – Bibliothèque et Archives nationales du Québec et Bibliothèque et Archives Canada, 2015

ISBN : 978-2-89722-004-4

Distribution au Canada
Messageries ADP inc.
2315, rue de la Province
Longueuil (Québec) J4G 1G4
Tél. : 450 640-1234
Sans frais : 1 800 771-3022
www.messageries-adp.com

Diffusion hors Canada
Interforum
Immeuble Paryseine
3, allée de la Seine
94854 Ivry-sur-Seine Cedex
Tél. : 33 (0)1 49 59 10 10
www.interforum.fr

À mes enfants, Dominique, Isabelle, Martin,
et à mes petits-enfants, Olivier, Charles, Annabelle,
Alexandre, Félix, Zoé, Philippe et Frédérique, tous en couple.

« Les livres ne se font pas par hasard,
mais parce qu'il y a des lecteurs qui,
du fond de leur chambre, les réclament en silence. »
Dany Laferrière, *Journal d'un écrivain en pyjama*

1

Le potager s'endort sous les feuilles mortes, la nature se prépare à hiberner. Dans la maison de ferme, la vie marche sur le bout des pieds. Le poêle à combustion chasse le froid qui se faufile partout. Les chats dorment là où c'est le plus chaud, dans la cuisine, là où Clara met en pot les dernières betteraves. Étienne se berce, il regarde par la fenêtre les arbres en deuil et exhale un lent soupir.

— À quoi tu penses, mon amour ?

— À rien.

« Encore son air souffrant ! » songe Clara. Elle délaisse ses chaudrons pour s'asseoir sur ses genoux.

— Je t'aime !

— Moi aussi, si tu savais…

— Si je savais quoi ?

— … que sans toi, je sais pas ce que je deviendrais.

— Un prof de natation peut-être.

— À mon âge ? J'ai besoin de toi, mon amour, c'est sérieux.

— Moi aussi, j'ai besoin de toi.

— J'ai plus besoin de toi que toi de moi.

— Disons qu'on a besoin chacun l'un de l'autre.

— … mais moi un peu plus.

Il y a un appel au secours dans ses yeux qu'elle embrasse pour ne pas le voir. Son Étienne, elle l'aime optimiste, gai, gentil, et pas sombre comme il est depuis le début de l'automne. Il l'étreint tendrement puis langoureusement, l'embrasse dans le cou. Elle se dégage.

— Mes betteraves vont coller !

— C'est pas ce que tu disais avant.

— Qu'est-ce que je disais ?

— Tu disais : « J'ai tout mon temps, mon amour. »

— C'est sérieux, les betteraves.

— Ça peut attendre, jamais je croirai.

« Veux-tu bien me dire ce qu'il a ? Depuis que les jours raccourcissent, il devient marabout. Pourquoi faut-il toujours que l'envie de faire l'amour lui prenne quand je suis occupée ? Pour se prouver qu'il passe en premier ? Pour me le prouver ? C'est compliqué, un homme qui parle pas ! »

Elle tranche des betteraves en fines rondelles qu'elle met dans des pots de verre puis elle y verse le vinaigre sucré bouillant. Elle visse les couvercles et va s'asseoir dans l'attente du clic, la preuve que les pots sont bien stérilisés.

Toujours dans la berceuse, Étienne la fixe d'un air décidé. Elle s'en étonne. Puis elle entend :

— On va passer le jour de l'An à Cuba !

Clara tombe des nues. Ce n'est pas son mari, ça.

— Qu'est-ce que t'en dis, maman ?

Depuis le retour de Claude, le fils perdu et retrouvé, il lui arrive de l'appeler « maman », croyant lui faire plaisir.

— M'appelle pas « maman » ! Si « mon amour » te convient plus, tu dis « Clara », comme tout le monde.

— Je le sais pas ce que t'as de ce temps-là...

— Moi... moi j'ai quelque chose ? C'est drôle parce que c'est plutôt toi qui as quelque chose.

— Quoi ? J'ai quoi ?

— Je le sais pas, c'est ça qui m'achale.

— J'ai rien.

— T'aimes pas voyager, t'aimes pas le monde, tu dis toujours que t'es bien tout seul avec moi, et là tu me proposes des vacances à Cuba.

— Oui, puis ?

— C'est la preuve que t'as quelque chose qui va pas.

— C'est la preuve que j'ai peut-être envie de changement.

— Comme ça ? Eurêka ! Cuba va tout régler...

— Si tu veux pas, c'est correct, on ira pas. Les pots de betteraves, il fallait pas les mettre à l'envers ?

— Non !

C'est un « non » agressif, définitif et non négociable.

— Je vais aller faire un somme.

— Un autre ?

— J'ai pas le droit à ça non plus ?

Clara se mord la langue : poursuivre la discussion risque de mal tourner.

— T'as tous les droits, mon amour chéri.

— On dit ça...

« Non, non ! J'embarquerai pas dans une chicane parce qu'il s'ennuie. »

— Sais-tu ce qu'on va faire, mon chéri ? On va s'étendre tous les deux. Si on fait un somme, on en fera un, et si on a le goût de faire l'amour, on le fera. Tu viens ?

— Oui, boss !

— T'as l'impression que je te donne des ordres ?

— Tout le temps, mais c'est correct, j'ai l'âme d'un serviteur.

Il est déjà à mi-chemin dans l'escalier. Elle le rattrape.

— Je te donne des ordres, moi ?

— Non, pas des ordres, tu me fais des suggestions. Ce qui est une façon polie de donner des ordres !

— Je sais pas ce que t'as de ce temps-là...

Dans la chambre, ils s'allongent sur l'édredon. Ils ne se parlent pas, ne se touchent pas ; deux morts, raidis, dans le même cercueil.

« Je veux pas aller à Cuba. La mer, c'est plein de requins, et il le sait que j'aime ni l'eau ni le sable qui nous colle partout. Puis on a pas vraiment les moyens. »

« Comment lui annoncer que le forfait "tout compris" est déjà réservé et payé ? Qu'est-ce qui m'a pris ? Un besoin de changer d'air ? Un besoin d'eau ? Un besoin de fuir ? J'ai depuis quelques mois un tel goût de m'échapper. M'échapper de quoi ? De Clara ? Non, puisque je peux pas vivre sans elle. M'échapper de moi ? Pourquoi ? »

« Je peux pas laisser mon monde, ils ont besoin de moi. Mes clients sont maintenant mes amis. Puis il y a mon petit-fils, Gabriel, qui doit venir au jour de l'An avec Claude et... l'autre papa, que j'aime beaucoup. »

— Le jour de l'An au soleil, c'est le fun...

— Je veux pas laisser...

— C'est réservé, l'avion, l'hôtel... J'ai déjà tout payé.

Comme éjectée du lit, Clara le regarde, debout et droite comme une barre de fer.

— Sans m'en parler !

— T'aurais pas voulu. Je sais qu'une fois rendue tu vas être contente.

— Tu m'as même pas consultée !

— Je voulais te faire une surprise.

— C'est réussi, mais pas dans le sens que tu crois.

— J'ai pensé que je pouvais faire comme tu fais souvent avec moi : te placer devant le fait accompli.

Elle opte pour l'attaque au lieu d'essayer de se justifier.

— Qu'est-ce que t'as ? T'es plus toi-même. Es-tu tanné de moi, de notre couple ?

Étienne détourne le regard, s'assoit au bord du lit. Clara hésite avant de le rejoindre, puis enroule ses bras autour des épaules de son mari.

— Si c'est pour te faire du bien, on va y aller.

— Clara, je sais pas ce que j'ai, mais il me semble que je serais mieux ailleurs... avec toi, bien sûr...

— On va y aller, « ailleurs ». Je vais apporter mon portable pour rester en contact avec...

— Ah non... Une semaine sans ta trâlée d'amis pour une fois.

Clara ne réplique pas, mais trouve plutôt les lèvres d'Étienne. Mieux vaut négocier son ordinateur un autre jour.

Ils s'embrassent, mais ils ne feront pas l'amour.

2

Sous un grand palmier, dans sa chaise longue, Clara observe Étienne qui saute dans les vagues et qui, à tout bout de champ, l'invite d'un geste à le rejoindre. S'il est heureux, elle l'est aussi. Mais jouer dans l'eau tel un dauphin, très peu pour elle.

« Peut-être augmenter l'hypothèque de la maison pour faire creuser une piscine. Si c'est l'eau qui manque à son bonheur... Mon Étienne, je l'aime heureux. Quand il est déprimé, je déprime aussi. Si sa déprime déteint sur moi, pourquoi ma bonne humeur déteint pas sur lui ? Je me vois mal continuer de vieillir avec une face longue. Il est peut-être malade ? C'est ça, il a une maladie, et ça le rend maussade. Faudrait qu'il passe des tests. Il voudra jamais consulter. Il déteste les docteurs !

« Pourquoi déteste-t-il les docteurs ? Sûrement la peur qu'ils lui trouvent des maladies. Il préfère se mettre la tête dans le sable ! À moins que je lui fasse lire un livre sur l'épanouissement personnel. Non, il va être insulté. Lui, il peut m'offrir un livre de recettes pour améliorer nos repas, mais moi je peux pas lui refiler un livre de psychologie pour améliorer sa vie… et la mienne. »

Étienne se laisse maintenant dériver sur le dos au gré d'une vague douce et longue. Les yeux à demi fermés, un large sourire sur son visage, il flotte de plaisir.

« Faut pas qu'elle s'aperçoive que j'arrive pas à me sortir de mon cafard. Il faut qu'elle croie que ces vacances-là me font du bien. L'eau, la beauté du paysage m'empêchent pas de penser que j'ai gâché ma vie, que je suis un inutile. Je suis déçu de moi-même, j'arrive pas à m'aimer. Je m'enfonce de plus en plus dans un puits d'idées noires. Pas capable de remonter à la surface ! Est-ce que je deviens fou ? »

Perdu dans ses sombres pensées, Étienne n'a pas vu que Clara a mis ses effets dans son cabas et sa serviette de plage sur son épaule. Elle retourne à leur maisonnette rose et bleue posée sur le sable blanc comme un cupcake. Un couple de vacanciers la salue au passage, elle hoche légèrement la tête et accélère le pas. Elle n'a pas envie de se faire de nouveaux amis. Elle ouvre le robinet de la douche extérieure pour se rincer et enlever le sable qui la pique partout.

Dix minutes plus tard, devant un jus de goyave, elle confie à son journal :

> ✑ Je ne crois pas à l'amour inconditionnel. Il y a toujours des conditions à l'amour, des conditions égoïstes. J'aime Étienne parce qu'il m'admire, parce qu'il me valorise et parce que c'est un bon compagnon de vie. Il est loyal, honnête. Encore beau et mince. Il m'apporte le calme, la sérénité et, même s'il ne parle pas beaucoup, je ressens son amour. Il

me le prouve tous les jours. Mais moi, est-ce que je
l'aime toujours ? Je tiens à lui pourtant, je tiens à
notre relation, mais l'amour entre nous est-il en
train d'étouffer sous le poids de sa déprime ? Les
couples avant dépassaient rarement vingt-cinq
ans de vie commune. Cinquante et un ans de vie à
deux, c'est peut-être trop... Et tous ces couples qui
divorcent... ils ont peut-être raison.

***

L'ambiance dans le restaurant libre-service sur la plage est joyeuse, exubérante. Les vacanciers doivent hausser le ton pour couvrir la musique cubaine. Plusieurs ont rejoint la table des autres, où le « small talk » et les blagues bon enfant vont bon train. Des enfants courent entre les tables, bousculant parfois les serveurs cubains qui, bien dressés, sont aux petits soins avec les touristes. La gratuité du « tout compris » fait couler à flots les cocktails tropicaux et les punchs. Seuls à leur table, Clara et Étienne mangent leurs crevettes grillées en silence.

La soirée est encore jeune, et pourtant ils sont revenus à leur maisonnette. Étienne n'avait pas envie d'une promenade sous les étoiles ni d'assister au spectacle de variétés que les gentils organisateurs offrent pour distraire les clients durant la soirée.

Sous la douche, émoustillée par les trois cocktails ingurgités au repas, Clara de sa voix de chatte en chaleur appelle Étienne pour qu'il lui savonne le dos. Et il sait très bien ce qu'elle veut.

— Je regarde la télévision cubaine...

— Viens donc, mon amour...

« J'ai pas le goût. D'ailleurs, j'ai pas le goût pour personne. Même les filles en bikini me laissent froid. Les femmes seules, affamées de sexe, me laissent froid aussi. J'ai perdu l'appétit. J'ai pas faim de sexe ! Pourquoi ? »

Clara apparaît, encore toute ruisselante, une grande serviette autour des reins qui – elle le sait – camoufle son ventre bombé, mais met en relief ses seins, qu'elle a encore beaux et haut placés. Elle ouvre les draps du lit et s'allonge de manière à s'offrir « appétissante et irrésistible ». Après un regard vers elle, Étienne revient vite au petit écran, où un politicien cubain harangue une foule béate.

— Mon amour... tu viens ?...

Étienne n'a pas le courage d'avouer son manque d'ardeur, il sait qu'elle va interpréter sa panne de désir comme un manque d'amour.

— Tantôt...

— Si t'as pas le goût, dis-le !

— La politique cubaine m'intéresse...

— Tu comprends même pas l'espagnol !

Clara se lève, lance sa grande serviette sur un fauteuil de cuirette et enfile tout de go sa jaquette de coton blanc. Elle attrape un des trois livres sur la table de chevet et, insultée, se remet au lit.

« Merde. Je m'attendais à ce qu'on fasse l'amour au moins le dernier soir de nos maudites vacances ! »

***

Il est près de minuit. Clara se confie à son journal pendant qu'Étienne dort à poings fermés sous le ventilateur.

Quand le désir n'est plus, est-ce que l'amour meurt ? Faut dire que nos longues années de vie à deux, ça use le désir. Non, ce n'est pas vrai, moi, je le désire encore. Le désir de l'homme meurt plus vite que celui de la femme parce qu'il commence plus tôt. Étienne doit avoir une maladie... J'ai hâte de rentrer pour qu'il aille consulter un médecin. Ici, à l'hôtel, Skype n'entre pas. Je ne peux pas voir mon amour de petit Gabriel. Demain, enfin, je vais retrouver mes habitudes. Avoir des nouvelles du petit couple Magali et Samuel, de Nancy et Nicolas et leur fils adoptif, Lulu, de Mimi et de Bob aussi. Et revoir mon voisin, Jean-Christophe, que j'aime mieux voir sans sa Charlène qui m'énerve et l'autre, son ex, la grande et trop belle Caroline qui colle chez eux comme une teigne... Mon monde, mon petit univers dont je suis la reine. J'ai ce besoin de m'entourer de gens qui ont besoin de moi. Être utile, c'est tellement important dans ma vie.

Clara éteint son portable et rejoint Étienne qui ronfle. Elle s'attarde sur sa nuque, son dos bruni, lui caresse légèrement le bas du dos, là où les fesses commencent, ses si belles fesses de nageur qui la troublent toujours autant.

« Notre grand amour est en train de sécher comme une vieille fougère. Non, je veux pas ça... »

Les yeux embués, Clara se colle contre les fesses chaudes de son mari. Il ouvre à demi les yeux et, peu à peu, son corps s'éveille, se souvient de leurs étreintes.

Cette nuit-là, ils feront l'amour par habitude, sans passion, comme on avale ses toasts au petit-déjeuner sans trop s'en rendre compte.

3

C'est le soir de congé de blonde pour Samuel, et il a re-joint ses vieux chums du cégep dans un bar plus qu'or-dinaire du Quartier latin. Ils ont déjà éclusé plusieurs pichets de bière.

— Je pense peut-être à me marier.

Les opinions et les blagues fusent aussitôt.

— T'es ben cave, Sam.

— Franchement débile de te mettre la corde au cou !

— T'aimes ça la prison ?

Samuel se défend faiblement.

— Heille ! C'est pas moi qui veut se marier, c'est Magali !

— Les filles veulent toutes se marier !

— Des vraies sangsues !

— La mante religieuse qui dévore le mâle après avoir eu ce qu'elle voulait. T'es fait à l'os, man !

— Si je la marie pas, je la perds…

— Y en a d'autres, Sam, c'est full filles qui se cherchent des gars.

— Pour les mettre en cage, oui.

— Il leur faut un gars attaché à elles à plein temps. L'esclavage, quoi !

— En plus, il leur faut des preuves d'amour vingt-quatre heures sur vingt-quatre.

— Pis faut leur dire « je t'aime » à tous les jours comme si le fait d'être là avec elles ça comptait pas.

— Moi, je sais pas ce que ça veut dire « je t'aime ». J'aime tes boules, j'aime ton cul pis ton gâteau aux courgettes ?

Ils éclatent de rire, excepté Samuel qui, se sentant ridiculisé, tente une explication.

— « Je t'aime », ça veut juste dire « j'aime être avec toi ».

— Moi, j'aime mieux être avec un gars de ma gang, c'est moins de troubles.

— Les filles, il faudrait les aimer en plus de les sauter ? Voyons donc ! On a autre chose à faire que de passer notre temps à aimer.

— Maudit amour à marde ! Un gars a pas plus besoin d'amour qu'un chien de deux queues.

Samuel avale son verre d'une traite, il cherche un appui. Peut-être le petit roux au bout de la table, mais le gros toton tout en muscles s'impose.

— Le problème avec les filles, c'est que le cul et le cœur, c'est du pareil au même. Il leur faut les deux tout le temps et en même temps. C'est pas mal fatigant.

— Y a pas une fille qui croit que tu peux coucher avec une autre pis l'aimer pareil. Pas une !

Samuel signale au serveur d'apporter deux autres pichets de bière. Il croit tenir un argument béton.

— Tout ce que je sais, les gars, c'est que quand je touche à ma blonde – même du bout des doigts –, j'ai une érection. Bang ! C'est-tu de l'amour ou bien c'en est pas ?

Il y a des « non » qui retentissent, quelques « oui », d'autres se taisent, pressés de changer de sujet de conversation. L'amour, on le fait, pas besoin d'en parler.

— On dit que l'amour aveugle. Moi, je dis que c'est la testostérone qui aveugle pis qui rend fou, fou au point de laisser sa liberté, ses chums et, par le fait même, le gros gros fun.

Le « pas beau pas grand » du groupe – il y en a toujours un – sort le nez de sa bière pour demander à Samuel, en rajustant ses lunettes rondes qui glissent sur son nez luisant :

— L'aimes-tu, ta Magali ?

— L'amour, c'est une affaire de filles.

— Pour nous autres, les gars, c'est clair que c'est d'abord le sexe.

Le serveur dépose les pichets sur la table. Samuel reprend la parole. Il aime attirer l'attention.

— Ah pis l'amour – juste ce mot-là –, il est en train de m'écœurer ben raide. Ma blonde, elle baise pas, elle fait l'amour ! Ce que je sais, c'est qu'elle m'aime, qu'elle est folle de moi.

— Y en a des filles qui font le sexe pour le sexe. J'en connais plein. Des vrais gars…

— Moi, je veux pas baiser avec des « gars ». Tant qu'à faire, je veux une vraie femme, t'sais veux dire, mais une qui me laisserait libre de faire ce que je veux.

— Trouve-moi un avantage à s'engager avec une fille, à se marier. Un seul.

— Ouais, un seul avantage, hein !

Samuel interpelle la serveuse au décolleté plongeant qui débarrasse la table voisine.

— Apporte-nous des pinottes, ben des pinottes, sexée baby !

La fille lui lance un air bête et poursuit sa besogne. Les gars éclatent de rire. Elle hausse les épaules et s'éloigne.

— Si les filles s'insultent de se faire appeler « sexées », elles ont juste à pas s'habiller sexé. Elles sont là à nous frotter les boules dans la face pis elles s'offusquent si on y jette un œil ou deux.

— Allez, Samuel, juste un avantage du mariage ?

— Ben... Sexe à domicile, all you can eat ! Plus besoin de dépenser une fortune pour cruiser en plus de se faire flusher. Avec tout l'argent que t'épargnes, tu peux le mettre sur un super vélo.

— Pourquoi faire l'amour avec une seule fille quand y en a des milliers qui rognent les cadres de porte pour baiser avec toi ?

Le petit roux du bout de la table frétille depuis un moment ; il lève la main comme s'il était à l'école. Finalement, il se lève et hurle :

— J'AI QUELQUE CHOSE À DIRE !

Tous se taisent, le petit roux continue, la face aussi rouge que ses cheveux :

— Pour les filles, le sexe c'est le prix à payer pour se marier. Pour les gars, se marier c'est le prix à payer pour avoir du sexe.

Son voisin lui tape le dos, un autre lui coince le cou dans un bras, l'étouffant presque. Encouragé malgré tout, le petit roux enchaîne :

— Moi, je pense...

— Ça t'arrive ?

— Laissez-le donc parler.

— Moi, je pense que les hommes veulent pas s'engager ou se marier parce qu'ils peuvent faire l'amour avec une fille virtuelle qui te demande jamais si tu l'aimes ou si tu vas la marier.

Et leur conversation se tourne vers le sujet de la pornographie.

4

Dans un bar de la rue Crescent, Magali et ses chums de filles s'enfilent du vin blanc et avalent des hors-d'œuvre.

Magali domine la conversation :

— La semaine dernière, ça faisait vingt-deux mois que Sam et moi on avait couché ensemble pour la première fois !

— Où c'est qu'il t'a emmenée ?

— Ça se fête, ça, vingt-deux mois ?

— Pour moi oui, tous les quinze de chaque mois, on a pris l'habitude de marquer le jour.

— Ah bon ! T'es pas mal romantique !

— Pis son cadeau ? C'était quoi ?

Moue tristounette de Magali, qui adore qu'elles soient toutes pendues à ses lèvres.

— Allez, raconte !

— Bon... Je me fais belle. J'avais acheté un body écœurant en dentelle gris perle et rose bonbon ! J'avais mis ma petite robe satin pas de dos, décolletée jusqu'au nombril. Pas chère, mais sexée au boutte. Je m'étais rasé les jambes, pis toute toute comme les filles dans la porno. Sam rentre vers sept heures, il me sacre un petit bec sur le front. Plus frette que ça, ce serait un bec texto. Je lui demande : « Qu'est-ce que tu veux faire ce soir ? » Il répond : « Y a du hockey... J'ai répété toute la journée ma pièce de théâtre. Je suis épuisé. » Je lui dis : « Mais c'est le quinze du mois, le jour qu'on fête toujours ! » Il me regarde avec des yeux de poisson mort. Il avait oublié notre anniversaire de couchette et il avait même pas remarqué que j'étais habillée pour sortir.

— Pauvre toi. Ça se peut-tu ?

— Les gars ont vraiment pas d'allure !

— Ou les filles, des fois. Pas nécessaire de fêter ça, vraiment... C'est con.

Celle qui vient de parler est la seule à ne pas être de leur avis. Mais personne ne tient compte de son opinion. Magali poursuit :

— Je lui dis : « Ça fait vingt-deux mois jour pour jour qu'on a fait l'amour ensemble pour la première fois. » Il me répond : « Ah oui ? » Là, moi, je suis pas de bonne humeur.

— T'as dû être en ostie...

— Tu parles ! Et là, il s'écrase dans le divan et me lance : « Bon, d'accord, commande de la pizza. » Là, mes narines frémissent, et il sait que quand mes narines frémissent ça va mal tourner. Il me dit : « O.K., du chinois si tu veux, ma cocotte. »

Les copines sont outrées. Mis à part celle qui trouve que Magali exagère et qui choisit de se taire pour ne pas être prise pour une « matante ».

— J'aurais tellement voulu qu'il m'invite dans un beau, cher et chic resto. Avant, ce jour-là du mois, je recevais un cadeau, des fleurs, du chocolat. Pis après on faisait l'amour comme des bêtes sauvages comme ça avait été cette première fois-là.

Elles s'exclament, pâmées. Ce qui attire l'attention de deux hommes en chasse qui échangent un coup d'œil complice. Ils auront sûrement leur chance avec ces filles superbes et surexcitées.

— Ben non, les filles ! Vingt-deux mois à faire l'amour avec moi, ça comptait moins que son crisse de hockey. On a mangé du chinois, et je suis restée sur le sofa avec lui à me faire du mouron, genre : « Il en aime une autre, il me trouve moins sexy. » Des affaires de même. Après la game, il avait l'air songeur. Je m'attendais à ce qu'il s'excuse. Pour l'aider, je lui souffle : « C'est ben correct, Sam, je te pardonne. » J'espère alors qu'il va m'embrasser et qu'au lit on va fêter. Mais non... rien pantoute. En plus, il me demande, parce que je lui fais la gueule : « Qu'est-ce que j'ai fait encore ? »

— On haït-tu ça, cette question-là !

Magali se sent réconfortée par cet appui inconditionnel.

— Il est ben bête, ton chum.

— Pis qu'est-ce que t'as fait finalement ?

— Il est parti faire un tour pour s'aérer l'esprit et... je me suis masturbée. Tant pis pour lui !

Les filles éclatent de rire et conviennent avec moult détails que les gars sont des égoïstes, des imbus d'eux-mêmes et, surtout, beaucoup moins performants que les plus récents vibrateurs sur le marché.

Les deux séducteurs intéressés décampent vers d'autres talles : la comparaison avec les vibrateurs sur le marché leur est insupportable.

5

L'hiver a été rude et long surtout. Du froid, du temps doux, de la neige, de la pluie et puis le cycle recommençait. Clara s'était bien juré de ne pas perdre d'énergie à pester contre une situation qu'elle ne pouvait pas changer, mais comment ne pas rouspéter contre cette météo en délire ?

Étienne avait repoussé toutes ses suggestions de consulter un médecin et de se soumettre à un bilan médical. Rien à faire. Heureusement qu'il y avait eu les visites surprises des amis clients, sinon Clara aurait sombré avec son mari. Eh oui, Étienne sombrait dans la tristesse, le repli sur soi. Il parlait déjà peu, c'était maintenant pas plus de cinq phrases par jour. Elle aurait pu l'étriper lorsqu'elle tentait de discuter avec lui. Il boudait même *La semaine verte*, son émission préférée.

Devant l'apathie de son mari, Clara s'était sérieusement questionnée sur sa vie de couple... Elle était persuadée de tenir seule la relation au bout de ses bras. Étienne se laissait couler dans le pessimisme, il aurait pu – s'il avait vraiment voulu – se secouer, se relever, se remettre à rire comme avant. Oui, plus de cinquante ans de vie commune, c'est trop long. L'hiver de la vie ne se termine donc jamais ?

Une chance que ses amis clients la remettaient sur le piton. Le printemps reviendrait. La vie recommencerait ! Le soleil ferait éclore son Étienne comme une fleur. Clara reprenait espoir.

6

Une grosse pluie s'abat sur le toit pentu du luxueux chalet laurentien. La nuit est bercée par ce son régulier quand soudain des hurlements se font entendre.

Nancy et Nicolas se précipitent dans la chambre de Lulu, qui est assis par terre contre son lit «voiture sport», tout haletant et en sueur. En proie à un autre de ses cauchemars récurrents, qui le hantent depuis qu'ils l'ont pris en famille d'accueil il y a sept mois. Quand Nancy tente de l'enlacer, il la repousse comme si elle était l'un de ses monstres nocturnes. Elle est découragée. Nicolas intervient d'autorité.

— Laisse-moi faire. Tu vois bien qu'il veut pas de toi.

Nancy s'éloigne. Nicolas serre l'enfant contre lui, lui murmure à l'oreille des mots rassurants.

La chambre en est une de rêve : une lampe faite d'une jante d'auto, un tapis avec rayures imitant un circuit de course, un édredon au motif du même concept. Des étagères et un coffre pleins de jouets, de jeux, de livres.

Lulu s'apaise peu à peu, et son père d'accueil le remet au lit, le borde.

— Je reste avec lui. Va te recoucher, chérie.

— C'est juste toi qui as le tour, je suppose !

— Chut ! Pas devant lui !

Courroucée, elle sort de la pièce. Nicolas s'allonge sur le lit, sa main tient celle du garçon, qui se rassure peu à peu.

Dans la chambre, Nancy allume sa lampe de chevet et empoigne son roman policier, qu'elle ouvre à la page du signet.

« Je suis pédiatre, mais c'est lui l'expert. Shit ! »

Elle referme son livre, éteint, place son loup sur ses yeux, espère se rendormir vite.

« Pourquoi j'ai écouté mon horloge biologique ? Ça allait si bien entre nous. Depuis Lulu, on se chicane tout le temps. À propos de qui ? De lui ! Je voulais un enfant, pas un problème sur deux pattes. Je pensais qu'il m'aimerait comme tous mes petits patients. Mais non, lui, il me déteste ! Je sais pas pourquoi. Je fais tout pour lui rendre la vie douce. »

Nancy n'est pas habituée à ce qu'un enfant lui résiste. Elle a la réputation d'être une pédiatre adorée de sa clientèle.

« Il veut pas de moi. Il me rejette. Je lui ai rien fait de mal. Pourquoi ? Pourquoi il arrive pas à m'aimer ? À l'école, son prof dit qu'il est sage comme une image. Mais, avec moi, c'est la guerre. Son regard sur moi est dur comme une balle de revolver. Je lui tends les bras, il recule. Je l'embrasse, il s'essuie la joue. L'amour maternel s'épuise à frapper un mur de glace. Et Nicolas qui s'attache à lui de plus en plus. Qu'est-ce que je fais de pas correct ? »

Elle soulève un bout de son masque quand Nicolas réintègre le lit conjugal.

— J'ai fini par l'endormir ! Pauvre ti-pit.

— Tu sais ce qui arrive quand MOI, je dors pas ?

Il ne l'entend pas, trop absorbé par les problèmes de Lulu.

— C'est un enfant qui a été barouetté depuis sa naissance. Normal qu'il fasse des cauchemars à répétition. La travailleuse sociale t'avait bien avertie.

— À son âge, ç'a pas de sens qu'il fasse pas ses nuits, puis moi, il faut absolument que je dorme mes huit heures.

— C'est pas de dormir dont il a besoin, c'est de calmer ses peurs.

— On les connaît même pas, ses peurs. Puis je suis là, moi, j'ai même pris congé pour lui. Je le reconduis à l'école, je le ramène, je joue avec lui, du moins j'essaie, je l'aide dans ses devoirs, je cuisine ce qu'il aime, je soupe avec lui, je le couche, puis je lui raconte des histoires qu'il n'écoute pas vraiment, je le borde, il fuit mon regard, il me repousse. Qu'est-ce que tu veux que je fasse de plus ?

— L'aimer !

— Je vais lui apprendre, moi, à les vaincre ses monstres ! En pédiatrie...

— Là, Nancy, tu vas me lâcher avec ta science ! Lulu a besoin d'une mère, pas d'un docteur. Essaie donc de dormir, tu seras pas parlable demain !

Dos tourné, Nicolas cale son visage dans son oreiller. Nancy mâchouille sa déception. Il sourit : pour une fois, il est plus fort qu'elle, il agit plus intelligemment qu'elle.

— Dors-tu ?

— Je suis sur le petit bord. Bonne nuit, Nancy !

— Je vais retourner travailler à la clinique, à toi de prendre congé pour t'occuper de TON garçon.

— Demain ! On reparle de ça demain.

Nicolas rêve de passer plus de temps avec Lulu, mais ce n'est pas possible, le resto est très accaparant. Il sent bien que le garçon s'épanouit en sa présence. Il en est très flatté. Il se sent nécessaire. Il s'endort heureux.

Nancy rumine sa culpabilité, elle sait qu'elle ne trouvera pas le sommeil. Et prendre un somnifère à cette heure de la nuit va ruiner une partie de sa journée du lendemain.

« Je suis incapable d'aimer. Je sais pas aimer. Nicolas ? Est-ce que je l'ai aimé ? Est-ce que je l'aime ? Ma mère avait raison, je suis qu'une égoïste qui pense qu'à moi. Même le choix de ma profession a été un choix égoïste. En décidant d'être pédiatre, je m'étais dit que j'aurais pas besoin d'écouter les jérémiades des adultes. Je suis qu'une égocentrique. Je me déteste. »

7

Affalés dans le sofa, devant une comédie romantique, Mireille et Robert grignotent des chocolats bon marché – cadeaux des clientes du salon de coiffure. Leurs deux grands, Geneviève et Jonathan, les ont informés qu'ils avaient des partys à Montréal tout le week-end de Pâques.

Robert bâille à fendre l'âme, s'étire et se lève.

— C'est ben plate, ton film. Je monte me coucher.

— Heille ! Reste avec moi, on va se coller…

— Je dors debout. Le chocolat me tourne le cœur.

— C'est plutôt les crottes de fromage que t'as avalées. Plus les bières… Reste, c'est bon mon film. Tu vas voir, ils vont finir par se marier. Une belle fin !

— Et avoir des enfants qui vont les abandonner à Pâques.

Le couple retourne machinalement au film. Au bout d'un moment, Robert soupire et lance :

— Deux airs bêtes assis devant la télé.

— C'est mieux qu'un air bête tout seul.

— C'est vrai qu'on peut être deux et être aussi seul que si on était tout seul.

— Qu'est-ce que tu racontes là ?

— Je dis juste...

— Tu fais toujours semblant que ça te fait rien quand les enfants préfèrent leurs partys à nous autres.

— C'est pas de la préférence, c'est de l'obligation. Ils ont des amis qui les avaient invités ben avant nous autres. Je la connais, ma fille... elle est pas capable de faire de la peine.

— Bob, arrête donc de la défendre. C'est du déni, ça ! On a pensé qu'au moins ils passeraient le dimanche de Pâques avec nous autres vu qu'ils sont pas venus à Noël. On a des enfants sans cœur qui aiment pas notre compagnie. C'est ça la vérité.

— Je suis pas capable de m'habituer à l'idée qu'ils veulent plus nous voir. Qu'est-ce qu'on a fait pour qu'ils changent ? J'ai pas changé moi. Ils nous aimaient tellement quand ils étaient petits ! Pourquoi astheure ils s'ennuient avec nous autres ?

— Les oiseaux, ça reste pas dans le nid, ça s'envole. C'est la loi.

— J'ai mal à mon cœur de père.

— Pis moi à mon cœur de femme.

— Hein ?

— Toi-même tu m'aimes plus.

— Où c'est que t'as vu ça, toi ? Je suis-tu parti de la maison ? Non ! On couche encore dans le même lit que je sache. On baise encore...

— Pas vraiment.

— Ah ben, caltor !

— T'as une érection à la pilule bleue. J'appelle pas ça faire l'amour, moi. J'appelle ça rentabiliser la pilule bleue.

— C'est la meilleure, celle-là. Je prends des pilules pour bander, pour te contenter et t'es même pas satisfaite. Elle est bien bonne !

Le silence tombe entre eux comme une tonne de briques. Après avoir arrêté le film, Mireille prend une voix plus douce :

— Le projet que Clara nous recommandait pour rester amoureux... où c'est qu'il est rendu, hein ?

— On achète pas un VR en criant lapin. C'est pas mal cher pour nos moyens.

— Je te connais, Bob... quand tu retardes, c'est parce que tu veux plus.

— C'est pas vrai. Ça me tente toujours. J'attends juste les nouveaux modèles. On ira à la prochaine expo à Montréal.

Il continue néanmoins à marmonner quelques réflexions sur les adolescents de nos jours.

— J'en ai-tu eu, une adolescence, moi ? Dans mon temps, on était un enfant, et quand les poils sortaient – un peu partout, t'sais veux dire –, on était un homme. Pas de chichi.

Mireille appréhende le monologue habituel sur l'« ancien temps » et décide de changer de sujet.

— Entécas, si les enfants nous lâchent, nous deux on se lâchera pas.

— T'as raison. On va leur montrer qu'on a pas besoin d'eux autres pour avoir du fun.

— On vivait bien avant qu'ils viennent au monde. On va pas mourir parce qu'ils sont partis de la maison et veulent plus nous voir la bine. Hein, son père ?

— Certain, sa mère.

Cette fois-ci, ils s'embrassent pour vrai. S'être remémoré ce projet commun les a remis en forme, car il est doublé d'un objectif puissant : se venger de leurs enfants ingrats en s'aimant et, surtout, en s'amusant sans eux.

8

Geneviève gémit : son mal de bloc est à la limite du supportable. Pourquoi a-t-elle bu tous ces shooters la veille ? Prise d'une nausée, elle se rue aux toilettes pour vomir tout le Kraft Dinner froid avalé avant de se coucher. Chancelante, elle se rince la bouche, se brosse sommairement les dents et revient dans la chambre, où le lit double prend quasiment tout l'espace.

Elle secoue sans trop de manières le garçon en bobettes couché de travers dans son lit. Filippo bougonne sans ouvrir un œil et émet un bruit qui tient plus du chien que de l'humain.

— Réveille ! Il est passé midi.

— Hein ? T'es qui, toi ?

— Geneviève...

— Geneviè... qui ?

— Fais pas le nono.

Filippo se retourne sur le dos, lui sourit d'un air qu'il veut séducteur. Plutôt maigrelet, ce Mexicain d'origine a vite compris que, à défaut de muscles, pour plaire aux filles, valait mieux pratiquer la parole rassurante, l'écoute stratégique et – du moins, il essaie bien fort – avoir de l'humour.

— Ah, la fille qui fait les meilleures pipes en ville.

— T'es pas drôle.

— Quoi, c'est pas vrai ?

— J'aime pas ça quand tu parles de même.

— Quelle heure encore ?

— Midi vingt.

— C'est trop de bonne heure pour se lever.

— T'es décourageant !

— Pas toujours... Regarde-moi ça...

Il soulève le drap et lui expose son pénis gonflé par une grosse envie de pipi.

— Oh, Filippo !

La cadette de Mireille et Robert, âgée de dix-sept ans, croit que l'enflure du pénis de son chum est proportionnelle à l'amour qu'il a pour elle.

— C'est l'effet que tu me fais, Gen. Si ça peut te rassurer sur mes sentiments.

— J'ai un crisse de gros mal de tête...

— Je vais te le faire passer. Viens, ma petite cochonne.

Joignant le geste à la parole, Filippo l'agrippe, l'allonge sur le dos, la chevauche, la prend si vite qu'elle n'a pas eu le temps de l'aviser de mettre un condom et encore moins de l'informer qu'elle a oublié de renouveler sa prescription de pilules.

Sa besogne terminée, Filippo se rendort, et Geneviève reste sous son corps, toute dégoulinante de sperme. Elle s'accommode de l'amour express puisqu'elle n'en connaît pas d'autre.

La fille de Mireille n'a pas été gâtée par la nature. Elle ressemble en fait à sa mère : une silhouette en huit avec des seins volumineux, une petite taille et de grosses fesses. Parce qu'elle est ronde, elle n'a pas le choix des garçons, alors elle a appris à ne pas être trop « regardante ».

Elle se dégage de sa position pour brasser l'épaule de Filippo en se levant.

— Je vais chez mes parents. Ma mère me donne toujours du linge quand j'y vais, mon père, lui, c'est de l'argent. Pis j'ai besoin de cash !

— Tu me donnes une idée, je vais aller voir ma mère, moi aussi. C'est le week-end de Pâques, pis ma mère est ben catholique, elle doit attendre ma visite.

Geneviève ramasse ses longs cheveux bruns en un chignon vite fait, souligne ses grands yeux de khôl bleu nuit et lustre ses lèvres de rose façon poupée gonflable. Elle a déjà lu dans un magazine que les hommes adoraient de telles lèvres, promesse d'une gâterie assurée.

— T'es super, supra super belle ! T'es gorgeous, t'es…

— Arrête !

— T'es tellement belle, Gen. Tellement too much…

— Merci.

Geneviève sait très bien qu'elle ne peut compétitionner avec les belles filles minces.

9

— Même si j'ai insisté ce matin au téléphone, Jonathan viendra pas. Trop de travaux à terminer. Faut le comprendre, pauvre petit.

Mireille ajoute, en appuyant sur chaque mot pour viser sa fille :

— Ben ben travaillant, ton grand frère.

Geneviève hausse les épaules et plonge son bout de céleri dans le bol de trempette crémeuse.

— L'as-tu vu dernièrement ?

— Non, p'pa. Il m'appelle jamais.

— Il m'a annoncé qu'il étudie maintenant en multimédia… Il aime mieux ça que juste le cinéma…

— Une chance qu'il t'appelle de temps en temps.

— Sois pas jaloux, Bob. Un gars préfère toujours sa mère.

Robert fronce les sourcils, l'indifférence de son aîné lui déplaît.

— Il était supposé veiller sur toi à Montréal. Il me l'avait promis.

— Papa, j'ai pas besoin de lui. Lui et moi, ç'a jamais été la grosse entente. Tu le sais ben... Ce serait pas mon frère, ce serait pas mon ami.

— N'empêche que...

— Bob, fais confiance à ton fils. Il étudie, il fera quelque chose de bien de sa vie... surtout s'il s'oriente en multimédia.

— Notre Gen aussi va faire une grosse carrière, hein, ma fifille ?

Un silence pesant s'ensuit. Mireille sert à sa cadette un gros steak, pas trop saignant, pas trop « médium », comme elle aime.

— Après le repas, je vais te faire les cheveux, ç'a pas de bon sens comment t'es arrangée. Toi, la fille d'une coiffeuse. Tu me fais honte...

— Mom, laisse-moi donc tranquille. Je me peigne comme je veux.

Robert est fier de Geneviève : elle a le courage de tenir tête à sa mère. Il la contemple comme si elle était la huitième merveille du monde. Il en oublie presque de manger. Sa femme sort du four une tarte aux pommes faite maison. Elle est persuadée que sa fille ne bouffe en ville que du fast-food, et bien la nourrir lui donne cette même fierté que doit éprouver l'éleveuse gavant ses oies.

— On a pas fait de jambon aux ananas. Qu'est-ce qu'on aurait fait d'un gros jambon, sans vous autres ?

— Maman !

— Fais-y pas de reproches. Elle est là, c'est tout ce qui compte.

Au passage, Mireille touche l'épaule et les cheveux de Geneviève qui, visiblement, n'aime pas ce contact.

— Je suis pas raisonnable, hein ?

— C'est ben correct, mom.

Robert, qui veut éviter que la conversation dérive vers le «manque d'intérêt des enfants pour leurs vieux», fait diversion.

— Pis toujours… la ville? Aimes-tu ça?

— Mets-en! Là, y s'en passe des choses. Là, y a du fun à avoir.

Les parents échangent un regard quelque peu inquiet.

— Quel genre de fun?

Mireille, qui veut gagner des points avec sa plus jeune, enchaîne:

— Elle a dix-sept ans, elle a ben le droit de s'amuser.

— Elle vient tout juste d'avoir dix-sept ans!

Mireille tapote la main de sa fille qui, agacée, la retire aussitôt.

— Pas nécessaire de raconter à ton père tout ce que tu fais en ville.

— Je fais rien, rien de pas correct en tout cas.

— Il va capoter pareil. Tu le connais, ton père, sa fille, c'est la Vierge Marie… Mais quand on sait que de nos jours…

— Maman, j'ai rien à cacher. Je sors avec mes amies. On va au cinéma, au resto, on s'invite l'une l'autre, c'est cool. Pis ben normal!

— Ton père voulait parler des garçons. As-tu un petit cavalier?

— Un cavalier, sa mère, elle a juste dix-sept ans!

— J'ai pas de cavalier, j'ai un chum.

Des images surgissent dans la tête de Robert. À la limite du soutenable. Sa petite fille, son bijou précieux qui se fait toucher partout, puis… par un gars, une brute, c'est certain. Geneviève ajoute:

— Un chum qui est super fin. Il me trouve belle, intelligente. Il m'engueule pas, lui. Il s'extasie sur tout ce que je dis, lui.

—Il doit être petit pis laid !

—Eh que t'es bête, maman !

—Quand j'étais jeune, les ti-pits, c'étaient les plus fins avec les filles. Ils pognaient pas autrement.

—Laid ou beau, je m'en sacre. Je t'ai pas laissée partir en ville pour te faire taponner par tous les gars que tu rencontres. Tes études sont les plus importantes, tu voulais tellement faire ton école d'hôtellerie. Jonathan, lui…

—Mimi, si t'es pour faire pleurer ta fille la seule fois qu'elle vient nous voir…

—Je pleure pas pantoute. En tout cas, je pleure pas pour des niaiseries.

—Excuse-toi, Mimi !

—Je m'excuse, ma fille.

—Je laisse mon chum pour venir vous voir, et tout ce que vous trouvez à me dire, c'est des bêtises.

—Elle s'est excusée. Tu la connais, ta mère, elle dit des niaiseries des fois.

—Je vais attraper l'autobus de huit heures. J'ai juste le temps là…

Réaction désemparée des parents qui, à l'unisson, s'écrient :

—DÉJÀ ?

—Qu'est-ce que vous voulez ? M'attacher après une patte de la table ?

La susceptibilité de leur fille adorée les a toujours mis en état de culpabilité, un sentiment qui, toujours, les fragilise. Et, avec les années, Geneviève a parfaitement compris son pouvoir sur eux et elle sait le mettre à profit.

—Bon tu vois, Mimi, elle est fâchée astheure. On la voit jamais, pis faut que tu la mettes de mauvaise humeur.

—Moi, ça ? As-tu mon argent, p'pa ?

— Quel argent ?

— Mon cadeau de Pâques !

— T'étais pas là quand le lapin est passé...

— Veux-tu qu'elle parte en beau maudit contre nous ? Je vais aller chercher mes cadeaux. Attends.

— C'était une farce, ma doudoune. Tu le sais ben que je suis un farceur. Je pensais te donner de l'argent à ton départ pour pas que ta mère sache combien.

Retour de Mireille avec deux sacs Maison Simons, qu'elle dépose devant sa fille.

— J'espère que ça va être à ton goût.

Pour éviter l'habituelle chicane, Robert propose :

— Elle déballera ça rendue chez elle.

— Non non, tout de suite pour que je voie dans sa face si elle aime ce que j'ai mis des semaines à magasiner pour elle.

— Justement, pour ça, faut pas qu'elle les ouvre tout de suite.

— Heille, vous deux, arrêtez là ! J'ai plus trois ans !

Geneviève sort du premier sac une mini veste en cachemire couleur fuchsia. Une petite moue d'appréciation qui, néanmoins, rassure la mère. Dans l'autre sac, elle trouve et déroule un grand foulard tacheté léopard. Ce qui lui plaît davantage. Soulagement de Mireille.

Le couple n'a jamais été d'accord sur la manière d'élever leur plus jeune. Quand Mireille fait des reproches à sa fille, Robert la défend, toutes griffes sorties. Et Mireille profite allégrement de ce déclencheur d'engueulade. Une façon peut-être inconsciente de pimenter leur routine de couple.

***

Une pluie glacée d'avril fait reluire les rues montréalaises. Robert a finalement obtenu le droit d'aller seul reconduire sa fille, qui lui indique le nouvel immeuble de quatre étages où elle a emménagé récemment.

— C'est ben laid, ce quartier-là ! Avec l'allocation que je t'envoie tous les mois, me semble que t'aurais pu...

— Je pouvais pus les endurer, mes colocs. On se chicanait tous les jours ou presque.

— Oui, mais là-bas t'étais plus près de l'Institut d'hôtellerie.

Geneviève est mal à l'aise. Les loyers du quartier sont moins élevés qu'au centre-ville. Et puis, les drinks dans les bars coûtent cher.

— J'avais pus tellement d'argent pour payer l'épicerie, p'pa. C'est ben correct ici.

Plus ou moins rassuré, Robert l'aide avec ses cadeaux et les plats congelés que lui a donnés Mireille.

— T'oublieras pas de donner quelques plats à ton frère, lui aussi il doit mal manger...

— Je t'ai dit que je le voyais jamais... Son coloc m'a raconté qu'il est toujours enfermé dans sa chambre devant son ordi, ses jeux vidéo... Il programme des trucs...

— Bon... Au moins, il étudie.

Robert découvre avec stupéfaction le logis miteux de sa cadette, situé au sous-sol. Il en échappe quasiment les paquets.

— C'est ben petit ici... Voyons donc.

Il en fait vite le tour : un salon meublé d'un divan d'occasion et d'une vieille télévision, une chambre lilliputienne, une cuisine étroite comme une armoire. La salle de bain le laisse pantois : une douche seulement et, pour refermer la porte, il faut reculer dans la douche en question. Et le tout dans un tel désordre !

Geneviève fulmine : Filippo n'a rien rangé, mais elle est tout de même soulagée qu'il n'y soit pas.

— Tu vis vraiment ici ?

— Ben... le jour, y a de la lumière... C'est bien plus grand.

— T'as une grosse maison en banlieue, une belle grande chambre, une piscine creusée, pis t'aimes ça ici. Pourquoi ?

— C'est près du métro, c'est pas cher, et l'Institut est à Montréal, pas en banlieue que je sache !

Elle ne peut pas décemment lui dire qu'un taudis où elle est libre vaut mieux qu'une maison de banlieue avec ses parents, surtout avec une mère qu'elle ne peut pas supporter.

— Tu y vas au moins, à tes cours ? Il me semble que tu parles pas beaucoup de ce qui se passe à l'école. Tu y vas ?

— Oui oui...

Geneviève détourne les yeux, elle ment visiblement. Son père place les plats dans le congélateur, où il n'y a que deux barquettes vides de glaçons.

« Non, Bob. Tu te fâches pas. C'est pas le moment d'un conflit avec ta fille. »

Avant de la quitter, il lui remet une enveloppe cachetée, qu'elle ouvre de son ongle manucuré avec des pépites argentées. Il y a dix billets de vingt dollars. Elle affiche aussitôt une expression d'enfant martyre. Il soupire et sort de son portefeuille dix autres billets de vingt. Ce qui lui donne droit à son bec sur le bec.

Puis Geneviève entraîne son père vers la porte d'entrée. Robert s'immobilise sec, l'air sérieux, en remarquant une casquette et une veste d'homme pendues à un crochet.

— Les hommes, ma fille, ils veulent qu'une affaire. Je le sais, je suis un homme. Ben... je sais pas trop comment t'expliquer ça.

— Dis-le pas, p'pa, je sais tout ça ! Aie pas peur.

— Ton chum, là, t'as toujours pas fait l'amour avec lui ?

— Ben non, ben non. Bye ! Fais-moi confiance !

Rassuré, mais à demi, Robert enlace sa fille, lui bécote les joues. Elle s'impatiente un brin.

— T'es ma meilleure ! Tu le sais ça, au moins ?

— Oui oui, p'pa...

Elle le presse de partir : si Filippo revenait...

— Dis à ton frère de m'appeler sur mon cellulaire. Il me téléphone jamais.

— Il étudie comme un fou pis il a une jobine. Je sais pas trop. Bon ben, faut que je me couche... si je veux être en forme demain.

Elle l'embrasse une dernière fois et, d'autorité, le pousse vers la porte.

Geneviève ne l'a pas remercié pour son cadeau en argent. Tout lui est dû, même l'amour paternel. Robert repart heureux des miettes reçues de sa princesse adorée.

Une fois sur le trottoir, il prend la décision de se diriger vers l'est de la ville, vers Hochelaga-Maisonneuve. Avec le sentiment d'être un homme libre. Du moins, pour une couple d'heures.

« Mes enfants sont plus chanceux que je l'ai été. C'est pas mon père qui m'aurait laissé lousse comme ça en ville. »

10

« Ah ben non, pas le petit bar où j'ai rencontré chose…
là… Je devais être soûl en pas pour rire, je me rappelle
même pas la place où j'ai fait le tour du chapeau. Ça doit
pas être loin. Si Mimi savait que je l'ai trompée… Je l'ai-
tu trompée trois fois, vu que j'ai baisé trois fois d'affi-
lée, ou je l'ai trompée juste une fois séparée en trois ? »

Robert se gare devant le petit bar en question, d'où
trois gars sortent passablement éméchés et s'éloignent
en s'obstinant à haute voix.

« Une fois seulement, parce que c'était avec la
même fille ! Une fois ou trois, faut pas que Mimi l'ap-
prenne. Jamais, baptême ! Je la connais, elle le prendrait
pas. Pour elle, la fidélité, c'est sacré. Mais des fois, ça me
tente tellement de tout lui confesser, je me jetterais à
ses pieds, et là, elle me pardonnerait, et là, je lui achè-
terais une belle bague en diamant. Et mon péché serait
effacé. Si c'est effacé, je pourrais recommencer. Pareil

comme quand je me confessais plus jeune d'avoir eu du plaisir avec mon zizi. »

Il change de station-radio et s'arrête sur une chanson western genre « lamentation d'amour perdu ». Il fixe le néon du bar, la porte. Va-t-il y entrer ou pas ?

« Au lieu d'accumuler les péchés, je les effaçais à mesure. Il me semblait que le tas serait moins gros le jour de la résur... Je me souviens même plus du mot tellement j'y crois pas. N'empêche que je ferais moins de culpabilité si je racontais mon aventure à Mimi. Des fois, quand je la fais grimper au septième ciel, ça m'arrive de penser à chose... là, qui m'a dit : "T'as fait le tour du chapeau avec moi, UN VRAI ÉTALON !" En plus, j'avais même pas gobé la pilule bleue ; ça fait un petit velours pareil, même si dans mon couple je suis plus mouton qu'étalon. »

Robert se décide à descendre de son auto. Un vent frisquet ouvre son imper trois quarts et défait sa coiffure savamment disposée pour cacher sa calvitie.

« Mimi va s'inquiéter si je rentre tard. Non, elle va dormir. N'empêche que je veux pas d'une autre culpabilité sur la conscience. Juste aller voir. Tout à coup qu'elle est là. Juste la saluer. Pas boire de shooters. Pas aller la reconduire surtout ; je suis un mari fidèle. Ce qu'on fait en boisson, ça compte pas, on sait pas ce qu'on fait. Juste une bière, pas de shooters. Je peux prendre quinze bières de suite, mais un shooter, je digère pas ça pantoute. Juste la voir ! Regarder, c'est pas tromper. De toute façon, comme je l'ai déjà trompée... une fois de plus ou de moins, c'est le même péché. J'ai-tu changé de bobettes à matin ? Oui oui. Je suis correct. »

Dans le bar, Robert se souvient très bien de l'odeur de bière, de l'éclairage si faible qu'on n'arrive pas à savoir si le tapis est moucheté ou taché, de l'atmosphère d'aquarium pas nettoyé depuis dix ans. Il s'installe sur le seul tabouret libre du bar et commande... un shooter de vodka !

Il cherche discrètement à la ronde la dame « tour du chapeau », puis s'envoie un autre shooter cul sec pour se donner du courage.

« Les femmes savent pas ça, mais ça demande du "guts" pour tromper son épouse. »

Le vieux barman le fixe dans l'attente d'un rappel. Robert commande une bière.

« Une bière, ça m'aide à digérer les shooters. »

Sa voisine, une petite blonde fadasse, triture nerveusement son paquet de cigarettes faute de les fumer.

— Pardon, madame...

— Oh, qu'il est gentil ! « Madame ! » C'est rare, ça, un homme galant.

— Maintenant que je vous regarde comme il faut, je devrais vous appeler mademoiselle.

— Continuez, j'aime ça...

— Mademoiselle, je cherche une demoiselle qui vient souvent ici, enfin c'est ce qu'elle m'a dit.

Il se surprend de l'accent qu'il a adopté. Il parle comme dans les vues américaines doublées en France.

— Elle a l'air de quoi ?

— Attendez que je me souvienne. Elle était assise au bar, il faisait noir...

Il parle plus bas, toujours avec ce faux accent. Il se sent un autre homme. Il commande un shooter pour la fille, qui se contorsionne d'aise sur son siège.

— J'aimerais mieux un bloody ceasar. Pour pas faire de mélange...

Il en vient à lui décrire celle qu'il cherche. Sa maigreur, ses cheveux jaunes.

— Je sais qui c'est ! Micheline !

— Micheline ! Non, je me rappelle maintenant... c'était, euh... Sandra.

— La fille qui couche pas !

— Comment ça, la fille qui couche pas ?

— Une alcoolo. Ce qui l'intéresse, c'est se faire payer des drinks et après – comme elle a pas une crisse de cenne – ben, elle se fait reconduire et invite le poisson pour un dernier verre. Une pilule dans le drink, il dort ben raide. Le lendemain, elle le félicite du tour du chapeau qu'il lui a fait vivre. Le poisson est tellement reconnaissant qu'il lui laisse de l'argent ! Ça pogne toujours.

Robert s'est décomposé au fur et à mesure du récit. Il n'ose affronter le sourire narquois du vieux barman, qui connaît la tactique de la fausse blonde.

« Moi qui couche avec Mimi en pensant "au tour du chapeau", je me suis fait fourrer all right. »

Il quitte son tabouret, paie les consommations et, sans même saluer la demoiselle, il se dirige vers la sortie. Mais elle aussi est à la pêche aux poissons bedonnants :

— Galant mon cul ! Tous pareils ! Des écœurants !

Robert est ébranlé par l'invective et il a grandement hâte de retrouver sa Mimi qui, du coup, retrouve toutes ses qualités.

« Maudit tarla ! J'ai peut-être pas fait le tour du chapeau, mais au moins j'ai pas trompé ma femme... Elle va rire quand je vais lui raconter ça. »

Soulagé, se sentant léger comme une hirondelle du printemps, il vole vers sa Mimi. Sur l'autoroute, il change d'idée.

« Tu vas te la fermer, maudit épais. Ce qu'on sait pas fait pas mal. »

***

Torse nu et en boxer imprimé, Robert n'a qu'une envie : réveiller sa bien-aimée et se coller contre elle.

—Je t'aime !

—Ouache ! Tu sens le fond de tonne !

Il soupire et lui tourne le dos. Malgré son poids, il se sent petit, tout petit. Il jure de ne plus jamais au grand jamais regarder une autre femme.

« Le bon Dieu m'a puni ! »

11

Un soleil haut dans un ciel bleu. Une belle journée de printemps. Sa vieille chemise à carreaux ouverte sur sa salopette de travail, casquette tachée et lunettes noires pour ne pas être aveuglé par cette poussière de diamants, Étienne se dirige vers la maison d'une démarche alanguie. Il y entre.

Devant la grande fenêtre du salon, Clara est en admiration.

— C'est tellement beau ! Regarde les feuilles qui poussent. J'adore le printemps. C'est une renaissance. Renais-tu, mon amour ?

— Tout le travail qui va recommencer, ça me fait peur. Ouf !

— L'ouvrage va te changer les idées, te remettre sur le piton. C'est de ça que t'as besoin : grouiller, sortir de la maison. Moi, j'ai hâte qu'on prépare le potager.

Étienne ne répond pas, il s'abîme plutôt dans ses songeries pour disparaître dans la cuisine. Au même moment, Clara constate que la grosse chatte enceinte est en train de piétiner la laine de son tricot, question de réchauffer sa couche. D'une taloche, elle la chasse et range son tricot dans le grand panier. Sa déception devant l'inertie de son mari passe sur la chatte.

— T'en as pas assez de bébés, il fallait que t'en fasses d'autres. Tu sais même pas qui c'est le père. C'est qui, le père, chatoune ? En tout cas, attends-toi pas à ce que je garde tes petits, on en a assez de chats.

« Faut ben avoir besoin de parler en pas pour rire pour jaser avec un animal. Étienne me parle de moins en moins ou j'invente ça ? Je le sais, ce qu'il a, il me fait la gueule parce que notre fils est revenu dans notre vie. »

— ÉTIENNE !

Son mari revient au salon avec une canette de bière en main et, sans lui jeter un œil, il s'affale dans son gros fauteuil. Il allume la télévision, pianote sans arrêt sur la télécommande. Clara se rapproche.

— Je voudrais qu'on parle tous les deux.

— Pour quoi faire ?

— Parce que je sens que tu m'en veux et je sais pas pourquoi.

— Je t'en veux pas du tout.

— Je te crois pas.

— C'est moi qui le sais. Je t'en veux pas !

Contrarié, Étienne éteint la télévision, se lève abruptement en lançant la télécommande sur le divan. Il soupire et s'immobilise devant la grande fenêtre. Clara hésite à poursuivre son idée.

— Viens voir… Il y a un chevreuil juste là, on dirait qu'il a une patte cassée.

Clara le rejoint vite, heureuse de son changement de ton.

— Oh, pauvre petit ! Va lui donner des carottes, au moins qu'il se nourrisse.

— Je vais le tuer... pour qu'il cesse de souffrir.

Étienne extirpe son fusil de chasse d'une armoire à clé et s'apprête à sortir.

— Tue-le pas voyons !

Mais il est déjà sur la galerie. Elle le voit s'approcher lentement de l'animal, qui est près de la haie de cèdres.

« La preuve qu'il m'en veut, il sait que je déteste qu'il tue des animaux sauvages et il va le faire... »

Elle se bouche les oreilles, ferme les yeux dans l'attente de la détonation... qui ne vient pas. Elle se précipite vers la porte, qu'elle ouvre, et trouve son mari figé sur la galerie, fusil en main. Une statue. Le chevreuil a détalé !

— Merci de pas l'avoir tué. Merci...

Il ne semble pas l'entendre, et elle doit le forcer à rentrer.

— Veux-tu bien me dire ?

— Quand je l'ai vu avec sa patte cassée, je me suis vu, moi.

— Tu t'es vu, toi !

— Une angoisse m'a pris. Tu peux pas savoir. Une angoisse... Je l'ai laissé vivre. Laisse-moi vivre aussi.

Clara, qui a toujours un diagnostic sur le bout de la langue, déclare :

— C'est les cretons de ce matin. J'aurais pas dû mettre tant d'ail.

Étienne sourit doucement, comme un malade qui accepte un avis médical.

— C'est les cretons, c'est ça. Je vais aller me coucher.

— Il est deux heures de l'après-midi.

— Les cretons, ça fait dormir.

— Moi ça me fait pas dormir.

— Ben moi oui.

***

Pendant la longue sieste d'Étienne, Clara écrit dans son journal :

🌿 *Étienne me fait peur. Je ne le reconnais plus. Pourquoi n'a-t-il pas tué le chevreuil et m'a-t-il demandé de le laisser vivre, lui ? Je ne comprends pas. Tous les prétextes sont bons pour me fuir dans le sommeil. Peut-être est-il fatigué de moi ? Peut-être est-il tanné de notre couple ? Peut-être veut-il une autre femme, plus jeune, une femme qui aime l'eau ? Peut-être veut-il du nouveau ? Non, Cuba, c'était le nouveau et cela ne nous a pas rapprochés, au contraire. Ce n'est pas vrai que les voyages rapprochent les couples en difficulté. Les problèmes voyagent avec les couples et ça les décuple parfois. À Cuba, je le voyais me fuir comme du sable entre mes doigts. Puis j'ai beau insister, il ne veut pas voir de docteur et encore moins passer des tests.*

Si au moins je savais ce qu'il a dans la tête. Des fois, j'ai le goût de lui ouvrir le crâne pour voir comment ça fonctionne, un cerveau d'homme. S'il ne m'aime plus, qu'il me le dise, câline de bine ! Je suis injuste. Est-ce que moi, je le lui dirais, si je ne l'aimais plus ? Non ! Je m'arrangerais pour être le moins possible avec lui, et c'est justement ce qu'il fait. Donc, il ne m'aime plus. Mais moi, je l'aime encore, je dirais même que je l'aime plus qu'avant parce qu'il m'échappe. Que c'est compliqué l'amour. Est-ce que je devrais consulter mon voisin Jean-Christophe ? C'est un psychothérapeute, il saura. Non ! Je suis capable toute seule de regagner le cœur

56

d'Étienne. Je suis bonne pour donner des conseils aux autres, pourquoi je consulterais ?

Et puis, je ne veux pas que mon voisin me sache malheureuse, il pourrait profiter de ma blessure pour se faufiler dans mon cœur, et je suis une femme fidèle. Je n'ai jamais regardé de l'autre côté de la clôture. Jamais de toute ma vie avec Étienne. Sauf ce fameux soir où j'ai fait des confidences à Jean-Christophe d'un seul souffle, comme si je le connaissais depuis toujours. Je le regrette. Je n'aurais pas dû. C'est arrivé comme un coup de... j'allais écrire « foudre ». Non, je ne ferai pas à mon mari ce que je ne voudrais pas qu'il me fasse. Et si Étienne avait une maîtresse ? Quand trouverait-il le temps de me tromper ? Il passe ses journées et ses nuits avec moi. Je divague. Le printemps va faire renaître mon Étienne. Comme les arbres, comme les vivaces du potager. Et parce qu'il va revenir à la vie, je vais être heureuse comme avant. Ah, vivement le mois de mai !

12

Dans le soleil du matin, avant de transplanter les laitues, les oignons et les poireaux, assise sur le grand banc du potager, Clara fait un bilan.

« Cet hiver, malgré les tempêtes de neige, il y a eu un certain va-et-vient dans le rang. Claude est venu souvent avec son beau Francis qui, maintenant, se débrouille bien en français. Le petit Gaby a même fait ses premiers pas ici. Quelle émotion de le voir marcher ! Étienne dormait, il a raté ce beau moment !

« Le chalet de Charlène et Jean-Christophe est devenu une coquette maison. Malgré sa promesse, Étienne a pas pu les aider à leurs rénovations. Trop fatigué ! Leurs enfants, Mégane et Émile, ont été les bienvenus chez nous. Ils m'ont apporté le soleil qui me manque tant.

« Mireille et Robert sont venus quelques fois – et toujours en cachette l'un de l'autre, pour chacun à leur façon se vider le cœur. Nancy et Nicolas continuent d'en voir de toutes les couleurs avec Lulu. Ils ont pas réussi à arrêter ses cauchemars. Pauvre enfant ! Malgré toutes ses connaissances en soins pédiatriques, Nancy arrive pas à se faire aimer de cet enfant blessé. Trop orgueilleuse pour consulter. Nicolas a plus que jamais sollicité mes conseils. Mais les problèmes de Lulu dépassent mes compétences. Magali, elle, se gêne pas pour me contacter par courriel ou par Skype. Elle s'est même souvent permis d'arriver à l'improviste. Avec son Samuel, elle passe toujours de la rupture à la réconciliation. Vont-ils finir par trouver le bonheur, ces deux-là ?

« Moi, malgré l'apathie de mon mari, j'ai passé un bon hiver, à regarder la nature, à profiter de chaque instant de la vie, à croquer dedans comme si les minutes devaient jamais revenir. Quand j'étais enseignante, mon besoin d'être nécessaire aux autres a été plus que comblé. À ma retraite, j'avais encore cet appétit de donner ; une ferme bio était la façon idéale de rester en relation avec les gens et de les aider. C'est la vraie raison de mon sacerdoce écologique. Que je pourrais nommer avec plus de justesse : sacerdoce égoïste. Présomptueux peut-être, mais ma petite production bio, c'est moins pour la bonne santé de mes clients que pour ma propre croissance. Sartre a écrit : "L'enfer, c'est les autres." Moi, je dis : "Le bonheur, c'est dans les autres qu'on le trouve."

« Mon bonheur, c'est mon petit-fils et mon fils, Claude, après viennent mes fidèles clients et… Jean-Christophe. Il est le seul qui sait tout de moi ou presque. J'oubliais Étienne ! Lui, on dirait qu'il a plus du tout besoin de moi. Tout le monde me consulte, excepté lui. Cet hiver, il s'est éloigné de moi, et j'ai fini par plus m'en préoccuper. Depuis qu'il m'a confié l'année dernière le gros secret de son enfance abusée, il s'est graduellement détaché de moi. On vit dans la même maison, mais comme deux étrangers. Le lien si fort qui nous unissait est lacéré. Je sens qu'il faudrait pas grand-chose pour qu'il casse.

« Si on a fait l'amour trois fois depuis Cuba, c'est beau. Et les trois fois, j'ai senti s'ouvrir ce fossé entre nous. La mécanique de l'amour a remplacé notre désir de fusion. Et pourtant, depuis plus de cinquante ans, on a exploré nos corps sous toutes ses coutures et, mille fois, on a refait les mêmes chemins menant à l'orgasme. Mais maintenant le désir est usé à la corde, il existe plus. On est devenus deux étrangers qui font l'amour.

« Un couple, c'est à la base deux étrangers qui se cherchent, qui se trouvent à l'occasion et, à nouveau, se perdent de vue. On est si différents, les femmes et les hommes. Moi, j'adore l'hiver avec sa neige folle, son froid sec, ses étoiles qui scintillent dans leur écrin satiné bleu nuit, son soleil. Étienne, lui – et particulièrement cet hiver –, le manque de soleil l'éteint, il ternit, devient insipide au point de plus rien faire de ses journées. Il hiberne, faut croire, il sort de son trou que pour faire du rangement inutile dans la grange.

« Vivement la chaleur de l'été ! Vivement le soleil ! Cela devrait le ramener à la vie, le faire éclore comme les bourgeons. Enfin, j'espère… »

13

Clara enfile ses bottes de caoutchouc et va rejoindre son mari qui, depuis le lever du soleil, transplante les semis d'intérieur dans la terre qui s'éveille.

« Il est dans le potager, c'est bon signe. »

— Étienne ! Étienne ! Où es-tu ?

Elle le découvre allongé sur le paillis, derrière les framboisiers.

— Qu'est-ce que tu fais ?

— Rien.

— Tu dormais !

— Oui puis ? Je me suis senti fatigué, j'ai piqué un somme. C'est défendu ?

— Non. Oui. Une sieste à huit heures du matin, c'est...

— C'est quoi ? Un crime ?

Le ton est agressif, comme si elle l'avait surpris à se masturber.

— Tu sens le besoin de dormir comme ça si tôt le matin ?

— Il y a juste que je me réveille à quatre heures et qu'après je suis plus capable de me rendormir...

— Qu'est-ce qui te tracasse autant ?

— Rien.

— Tu dois bien te réveiller pour une raison. T'as jamais fait ça, de l'insomnie.

— Non. Pas de raison en particulier.

— Mon amour, tu sais comme ça t'a fait du bien de me confier ton secret... Si t'en as un autre...

Étienne se lève d'un bond, rajuste son coupe-vent en fixant son épouse d'un regard d'acier.

— Laisse-moi tranquille avec ça !

Clara se rapproche, si près qu'elle pourrait l'enlacer, mais elle ne le fait pas.

— Qu'est-ce que t'as, Étienne ?

— R.I.E.N.

Il éclate :

— Les femmes comprennent rien aux hommes ! Quand un homme dit qu'il a rien, c'est soit qu'il a vraiment rien, soit qu'il veut pas parler de ce qu'il a, soit qu'il sait pas lui-même ce qui se passe en lui et qu'il veut pas gratter ses plaies jusqu'à ce qu'elles saignent et se répandent, comme font les femmes. Les hommes ont besoin de silence quand ils souffrent, les femmes ont besoin d'envelopper leur douleur d'un pansement de mots. Quand est-ce qu'elles vont comprendre ça, torrieu !

Clara ne répond pas : il a tellement raison. Mais plutôt que de lui dire : « Tu as raison », elle s'agenouille sur le paillis et se met à transplanter des poireaux comme si elle plantait des clous de six pouces. Un « you-hou » l'interpelle.

« Ah non ! J'ai assez de mes problèmes ! »

— Salut, ma belle Magali ! T'es pas à l'université, toi ? Tu t'es levée tôt pour être ici de si bonne heure…

Étienne choisit de faire comme s'il ne l'avait ni vue ni entendue et poursuit son travail, casquette sur les yeux.

— Pouvez-vous prendre un break, ma belle Clara ?

— Ben, je commence juste ma journée de travail.

— Continuez, je vous dérangerai pas… J'ai vraiment besoin de vous parler. S'il vous plaît !

— Ça peut pas attendre ? On profite de la belle journée pour transplanter.

— C'est ma seule matinée de congé. J'ai un cours à midi… J'ai pas fait tout ce chemin-là pour rien.

— Ça va, ça va. Je t'écoute. Mais je continue de travailler.

— De toute façon, j'aime mieux que vous me regardiez pas. Ça va être moins gênant.

Magali vérifie si Étienne peut les entendre. Il est à l'autre bout du potager. Tout va bien.

— Tu sais que tu peux tout me dire.

— Oui, mais ça !

— Ça quoi ?

— Ben… le sexe…

— Le sexe ?

— Clara, on est-tu obligée de faire tout ce qu'un gars demande ?

Un souvenir revient à Clara, une demande insistante de son mari… qu'elle lui a toujours refusée.

— Mon chum regarde de la porno sur Internet et il veut qu'on fasse pareil. Il s'est rasé de la tête aux pieds, il veut que je me rase aussi, partout comme une petite fille. Il croit que j'ai pas de plaisir parce que je me pâme pas, que je crie pas comme les filles des pornos. Il voudrait qu'on jouisse en même temps. Moi, je suis slow. Ça me prend de l'ambiance, ben des frenches et des caresses partout. Pis, y a certaines positions…

— T'es pas une star porno. Samuel devrait comprendre ça.

— C'est en plein ça que je lui dis. Il y a des affaires que je peux pas faire semblant que j'aime ça.

— Dans les films pornos, c'est pas de l'amour, c'est juste de la performance. Pas d'intimité, pas d'amour, mais du sexe, juste du sexe. On en a vite fait le tour.

Après un coup d'œil à son mari afin de s'assurer qu'il est toujours à l'autre bout du potager, elle ajoute :

— Les hommes et les femmes, on a chacun notre porno ; les hommes, c'est le visuel cru qui les excite, nous autres, c'est le romantisme distillé dans notre imagination par les magazines, les romans et les films d'amour. Il reste que le sexe est un échange de plaisirs, et ces plaisirs doivent pouvoir se dire et se discuter. Écoute, Magali. Tu lui fais rien qu'il aime pas, et il fait de même pour toi. Ça s'appelle le respect mutuel. Et c'est sur ce respect-là qu'est basé l'amour.

— Oui, mais tout d'un coup qu'une autre lui offre ce que je lui refuse ?

— Un risque à prendre. Et puis, tu sais, il y a pas que le sexe dans l'amour.

— À mon âge, oui !

— Je sais, j'ai déjà été jeune ! Il y a l'engagement...

— Lui !... Il sait pas ce qu'il veut.

— Toi, le sais-tu ?

— Je veux tout, le sexe, l'amour, le romantisme et le mariage.

Les yeux de Magali brillent. Elle continue :

— Vous savez, le grand mariage blanc avec tous mes amis, la belle cérémonie, le gros party, MON party une fois dans MA vie ! Un voyage de noces sur une île dans le Sud. Danser au clair de lune.

— Comme dans les films de princesses ?

— Oui !

— As-tu déjà parlé de tes rêves à Samuel ?

— Des allusions parfois, mais il change vite de sujet. J'ai peur aussi qu'il me traite de fille.

— T'es une fille !

— Il voudrait que je sois comme lui. Le sexe pour le sexe, point final. Moi, je veux faire l'amour pour exprimer ce que je ressens, comme preuve de l'amour que je lui porte. Pourquoi lui, c'est le sexe, et moi, c'est le cœur ?

— Parce que t'es une fille, et lui c'est un garçon.

— Pourtant je me sens son égale en tous points.

— Tu es son égale, mais t'es pas pareille. Notre cerveau est pas configuré de la même manière.

— Pourquoi ?

— Affaire d'hormones. Les gars à la naissance sont shootés à la testostérone, les femmes, aux estrogènes. Ça fait toute la différence. Mon voisin psy – tu sais, Jean-Christophe –, il affirme que les recherches les plus récentes démontrent que le cerveau féminin fonctionne très différemment du masculin et que c'est cette différence qui engendre la plupart des problèmes entre les hommes et les femmes. Le cerveau et les hormones.

— C'est trop compliqué pour moi !

Clara éclate de rire. Ce qui attire l'attention d'Étienne, qui est très ennuyé par la visite de Magali, qu'il juge superficielle.

— Qui t'a dit que les relations entre hommes et femmes étaient simples ?

— Vous ! Vous l'avez peut-être pas dit, mais votre couple a tellement l'air d'aller bien...

— La plupart du temps, oui. Pas de ce temps-là, mais ça devrait s'arranger ; ça fait tellement d'années que ça s'arrange.

Magali n'a guère saisi l'allusion de Clara sur l'état de son couple. Elle donne un bec retentissant sur la joue de sa confidente.

— Vous, là, vous, là, pourquoi vous êtes pas ma mère ?

— Si j'étais ta mère, tu me demanderais pas de conseils, et si tu m'en demandais tu les suivrais pas.

Magali rit, sachant pertinemment que Clara a raison. Elle est en conflit avec sa mère depuis toujours, même si celle-ci vit en Europe.

— Bon, je vous laisse à vos poireaux. C'est pour quand les premiers paniers ?

— Juin, dépendant de la température. Je vais informer tout le monde par courriel.

— Salut !

Mine de rien, Étienne s'est rapproché, à la fois agacé et curieux devant leur discussion en catimini.

— Bonjour, mam'zelle... euh, mam'zelle qui déjà ? Roxane ?

— C'est pas Roxane ! C'est Magali. Voyons, Étienne, tu la connais, Magali, elle est toujours rendue ici.

— J'ai eu un trou de mémoire, c'est-tu grave ?

— Non non, j'en ai tout le temps. Je disais juste...

— Tu vas pas en faire un drame.

Magali, gênée du ton de leur échange, s'empresse de leur dire au revoir de la main.

— Qu'est-ce qu'elle voulait encore, celle-là ?

— Tu m'inquiètes, mon amour.

— Tu t'inquiètes de tout le monde, c'est pas nouveau. Slacke un peu la poulie.

— Ça veut dire quoi, ça ?

— Arrête de t'occuper des autres, occupe-toi de moi un peu.

— Tu pourrais développer. Tu veux dire quoi au juste ?

Étienne lui tourne le dos et quitte le potager.

— Où vas-tu ?

Il ne se retourne qu'à demi sans répondre et continue d'avancer vers la maison.

« Je m'endors, les yeux me ferment. J'ai beau boire plein de café, je dors dans le potager, la grange, partout. Je peux pas lui en parler, elle va me questionner jusqu'à ce qu'elle me trouve une maladie. Elle est fatigante des fois. Je m'endors, c'est pas une maladie, christie, c'est juste que je dois avoir du sommeil à rattraper ou que l'hiver m'a épuisé. Point. Faut pas chercher midi à quatorze heures. Clara, faut toujours qu'elle trouve des raisons à mes agissements. C'est une fouilleuse de subconscient ; je suis même pas sûr d'en avoir un, subconscient, je sais même pas ce que ça mange en hiver, un subconscient. Je me sens épuisé, vidé de mon énergie, fatigué de la vie. Un gars a ben le droit. Une femme est fatiguée, c'est normal, c'est une petite nature. Un homme, s'il avoue être fatigué, il est malade. »

Dans la maison, Étienne ne se donne pas la peine de monter à l'étage. Il s'étend sur le divan sans même retirer ses bottes crottées pour aussitôt replonger dans ses pensées.

« On a eu un hiver trop agité. C'est rendu que la maison est une gare centrale. On a autant de clients qui viennent nous voir l'hiver que l'été. Je sais pas ce qu'ils lui veulent tous, à Clara. Puis les fins de semaine, c'est la trâlée de Toronto. À mon âge, entendre pleurer un petit, dans une autre langue en plus ! Les bébés aux yeux bridés, ça pleure plus fort, on dirait. Puis l'autre, le… grand foncé habillé comme une carte de mode avec ses foulards pis ses bagues. En plus, il tient à apprendre le français à même notre patience. On est pas une école de langues. Puis de les voir se faire les yeux doux, ces deux hommes-là, ça m'épuise.

« J'avais le blues de l'hiver, là en plus, j'ai le blues du printemps. Le potager s'annonce comme l'Everest à escalader. J'ai plus la force. Clara me pousse toujours dans le dos. Avance ! Marche ! Saute ! Tout le monde est pas doué pour le bonheur comme elle. Elle passe son temps à s'exclamer sur les plaisirs de la vie. Je peux-tu, moi, trouver ça difficile, la vie ? J'ai beau regarder le soleil se coucher au bout du rang, ça me rend pas heureux, ça me rend triste. Le potager m'apporte plus du tout de plaisir. C'est une corvée. Mais ça, je peux pas lui dire. Tout ce que je lui cache pour l'épargner, pour qu'elle au moins soit heureuse ! Elle trouve que je parle pas assez de mes émotions, mais si j'en parlais, elle aurait tôt fait de m'envahir de conseils et de me prouver que c'est pas de sa faute si je file pas bien. C'est jamais de sa faute. Rien est de sa faute et… elle a raison. C'est moi, le fautif. Je suis pas l'homme qu'il lui faut, je lui arrive pas à la cheville. Un jour, elle va se fatiguer et elle va le trouver, son homme idéal. Elle l'a peut-être déjà trouvé. Quand le voisin de la maison jaune arrive, les yeux qu'elle a… Pourquoi je suis comme je suis ? Pourquoi je suis pas comme elle ? Parce que je suis nul ! Je sais même pas qui je suis. »

**

Dans la soirée, Clara confie à son journal :

🍃 Pourquoi faut-il qu'Étienne se sente si mal d'avoir dévoilé son secret d'enfance alors que je me sens si bien de savoir la vérité, sa vérité ? Je vais en parler à Jean-Christophe. Non, ce serait trahir mon mari. Ai-je le droit de parler de lui sans sa permission ? Oui, si c'est pour son bien. De toute façon, les prochains mois vont faire changer l'humeur d'Étienne. Quand les légumes poussent, que les petits fruits sont en fleurs, que la nature se prépare à l'abondance, que ça sent le compost frais étalé, que

les arbres parés de vert tendre frémissent du plaisir de renaître, la tristesse prend peur et s'enfuit pour laisser la place à la joie de vivre. Mais comment partager cette joie avec quelqu'un qui n'en veut pas ? C'est vraiment fâchant qu'il ne soit pas heureux, alors que je le suis tant. C'est vraiment déprimant que le seul être à qui je tiens véritablement soit le seul qui refuse mon aide. Ah, si le bonheur pouvait s'attraper au seul contact de la peau, il y a longtemps qu'Étienne serait heureux !

14

Une à une, Louis, dit Lulu, lance ses petites autos sur le mur en criant – on ne sait pas si c'est de joie ou de colère. Ses jouets sont éparpillés partout, la chaise de sa table de travail est renversée, un pot de gouache vert lime coule sur sa pile de BD.

Au rez-de-chaussée, Nicolas tente d'amadouer Nancy, totalement découragée des trop nombreuses colères de l'enfant.

— Je suis plus capable ! J'ai essayé tout ce que je conseille aux parents d'enfants difficiles. Avec lui, rien ne fonctionne, ni les compliments, ni les menaces, ni les punitions. Il me regarde comme s'il voulait me tuer, m'écraser contre le mur comme il le fait avec ses petites voitures.

— C'est juste un enfant de huit ans.

— Tiens, on l'entend plus… j'espère qu'il s'est endormi.

— Il est pas si terrible que ça ! Il y en a des pires.

— J'arrive pas à lui faire plaisir. C'est toujours non, non et non. Je peux pas lui parler, il crie comme un putois, et si je fais pas ce qu'il veut, il me frappe... Cet enfant me bat !

— T'as dû lui faire quelque chose... c'est comme rien...

Le visage de Nancy se durcit. C'est ce qu'il ne fallait pas dire.

— C'est de ma faute peut-être ? C'est moi qui ai pas le tour !

— Tu veux aller trop vite. Il te fallait un enfant, le meilleur, le plus beau, élevé, bien élevé, tout de suite.

— Si je voulais un enfant, à trente-huit ans c'était le temps ou jamais. J'ai sauté sur l'occasion. Je pouvais pas savoir qu'on allait tomber sur un citron. Tu peux pas dire le contraire : un citron, cet enfant est un citron !

— Lulu, c'est pas un char, c'est un enfant, christie ! Moi, j'ai pas de problèmes avec lui.

— C'est ça, il est parfait, tu es parfait ! C'est juste moi qui suis pas correcte.

— Je dirais pas ça, mais avec moi, il est très affectueux, très docile, peut-être que toi t'as pas le tour avec lui.

Une autre phrase de trop. Nancy enrage davantage.

— Parce que tu connais ça, toi, les enfants, et pas moi ?

— T'as pas de patience avec lui.

— Je te rappelle que je suis pédiatre !

— Avec Lulu t'as aucune patience !

— Je m'attendais à un enfant difficile, pas à un tyran.

— C'est pas un tyran ! C'est un enfant rejeté qui s'est fait une carapace. Gratte un peu et...

— Si t'es si bon que ça avec lui, je retourne travailler et tu prendras congé pour t'en occuper. Là je suis sérieuse.

— On en a déjà discuté. Je peux pas laisser le resto comme ça...

— J'ai bien laissé ma pratique, à ton tour maintenant.

— Je te ferai remarquer que c'est toi qui le voulais, cet enfant-là.

— Je voulais un enfant, mais pas celui-là. On va le remettre à la travailleuse sociale...

— C'est pas un meuble, tu peux pas le retourner au magasin.

— On l'a pas acheté. Je veux dire que c'est pas comme si on l'avait adopté. C'est un enfant emprunté, comme. On peut le remettre s'il est défectueux, enfin, si ça marche pas entre nous et lui...

— C'est toi qui dis des monstruosités pareilles ? Je te reconnais plus.

— Moi non plus, je me reconnais plus. Je suis tellement déçue, Nicolas, déçue de lui, de moi. Je suis pas capable de l'aimer s'il m'aime pas.

Des larmes lui montent aux yeux. Nicolas lui ouvre les bras, et elle se love au creux de son épaule.

— Donne-lui une chance. Tu peux pas le forcer à t'aimer tout de suite.

— Tout de suite ! Ça fait neuf mois déjà qu'on l'a accueilli chez nous. Tu dis ça parce que toi, il t'aime. Ç'a été le coup de foudre pour vous deux. Quand tu te tirailles avec lui, il rit, il aime ça. Moi, je me tiraille pas, j'essaie de bien l'élever. Faut qu'il m'obéisse si je veux en faire un homme.

— Attends qu'il grandisse un peu plus pour en faire un homme.

— Mais c'est jeune qu'on élève un enfant.

— C'est bizarre, tu parles de l'élever, jamais de l'aimer.

Prise de court, Nancy se dégage de son étreinte, se lève et lui tourne le dos.

— Qu'est-ce que tu veux, Nancy, au juste ? Un enfant à contrôler ou un enfant à aimer ?

— Pourquoi tu me parles sur ce ton-là ? J'ai pas assez de peine comme ça ?

— Réponds !

Elle lui fait face, cherchant visiblement des arguments avant de lancer :

— Un enfant de pédiatre, c'est comme un enfant de maîtresse d'école, il se doit d'être... il doit être impeccable.

— Eh bien, t'es mal tombée. Je suis pas impec, et Lulu encore moins ! Qu'est-ce que tu vas faire ? Nous échanger contre deux poissons rouges ? C'est pas de troubles ça, des poissons rouges ! C'est impeccable.

Nicolas a horreur des conflits et il ne veut surtout pas que leur dispute s'envenime. Alors il allume la télévision, fait semblant de s'intéresser à l'émission en cours. Nancy ouvre une revue médicale, fait semblant de lire. Puis ils entendent les cris de Lulu.

— Un autre cauchemar. J'y vais.

Nicolas se sauve, grimpe en vitesse à l'étage. Il a dit ce qu'il avait à dire. Il aime sa femme, mais ne veut surtout pas se priver de Lulu, auquel il est maintenant très attaché.

Il retrouve Lulu qui, le souffle court, est assis bien droit dans son lit, les couvertures en désordre. Il le prend dans ses bras, le calme.

— C'est un cauchemar ! Papa va l'envoyer promener, le vilain cauchemar.

Nicolas joue à celui qui lutte contre le monstre.

73

— Va-t'en, cauchemar ! Ouste ! Ouste ! Laisse mon ti-gars tranquille !

Le jeu improvisé arrache un petit sourire à Lulu qui, peu à peu, se calme. Nicolas le remet doucement au lit, le borde, l'embrasse, allume la veilleuse et attend qu'il se rendorme pour s'esquiver.

Il rejoint Nancy, recroquevillée sur le sofa dans le jeté de mohair. L'air boudeur, il soupire :

— On pourrait en parler à Clara. Voir ce qu'elle en pense.

— Parler de quoi ? De moi l'incompétente ? De moi la contrôlante ? De moi « la sans-cœur pas capable d'aimer un petit garçon qui fait tellement pitié, né séropositif en plus » ?

— C'est bon ! Viens dormir.

— Je dors ici.

— Nancy, have a heart !

— Tu prends toujours pour lui, contre moi, il passe avant moi, ta femme.

— Tu vas pas être jalouse de Lulu ?

Et le ton monte, chacun défendant à corps perdu sa position. Au final, excédé, Nicolas lui lance avant de quitter la pièce :

— Lulu est ici pour rester.

Dans la chambre, seul dans le grand lit, Nicolas ne trouve pas le sommeil.

« Avant, on s'engueulait parce qu'elle voulait un enfant et que moi j'en voulais pas, maintenant qu'elle en a un, elle en veut plus du tout. Je comprends pas. Je la comprends pas. D'ailleurs, j'ai jamais rien compris aux femmes. Leurs raisonnements m'échappent parce que justement il y a pas de raison dans leurs raisonnements, juste de l'émotion. Des émotions, ça se vit, ça se discute pas. Pourquoi elle couche sur le sofa au juste ? J'ai rien fait de mal. J'aime l'enfant qu'on a pris en famille d'accueil. C'est ça qu'elle voulait. Elle a l'enfant, je l'aime, elle est pas encore contente. »

Nicolas se lève et descend à son bureau au rez-de-chaussée pour écrire un long courriel à Clara.

Une fois le courriel envoyé, il est soulagé. Avec son gros bon sens, Clara a toujours des solutions pour régler les conflits de couples autres que le sien.

À peine quelques minutes plus tard, il lit le message de Clara :

Salut Nicolas,
Avoir un enfant, c'est mettre son couple à l'épreuve.
Les occasions de conflits se multiplient. L'amour
fusionnel que se portait le couple se défait au pro-
fit de l'enfant. Les exigences de cet ajout à votre
duo peuvent rendre votre union plus forte ou la
détruire. Attention, les amis !

Il me semble que cet enfant a un grand besoin
d'amour. Aimez-le tel qu'il est, c'est ce qu'il y a de
plus urgent. Quant aux bonnes manières, les en-
fants les apprennent davantage en voyant agir
leurs parents que par des sermons et des remon-
trances. Au lieu de lui trouver des torts, remarquez
ses finesses et félicitez-le à chaque bon coup. Bonne
chance. Au plaisir d'en rediscuter avec toi, Nicolas.
Bon courage. Clara.

Le lendemain matin, les traits tirés, Nancy, qui a lu l'échange de courriels, observe au coin de la fenêtre du salon son mari qui joue au basket-ball avec Lulu.

« Et si j'avais pas l'instinct maternel ? Je l'ai. Il faut l'avoir pour être pédiatre. Faut-il l'avoir ? Pourquoi ai-je choisi la pédiatrie ? Parce que les adultes m'effraient. Si j'avais eu un bébé, un vrai, porté dans mon ventre pendant neuf mois, j'aurais appris petit à petit à l'aimer.

Là, l'enfant m'arrive comme un cheveu sur la soupe, presque élevé, mal élevé en fait. Et puis, il aurait été à nous deux, il aurait été le fruit de notre amour. J'ai hérité d'un enfant tout fait et mal fait en plus. Je pourrai jamais l'aimer. Elle est bonne, Clara, avec ses conseils : "Remarquez ses finesses." Avec moi, Lulu en a pas, de finesses. Il a brûlé toute la patience que j'avais. J'en ai plus. »

***

Dans les jours qui suivent, Nancy fuit son mari. Elle est constamment plongée dans ses réflexions, et Nicolas s'arrange pour être davantage à la maison pour s'occuper de Lulu. Puis, un soir, juste avant de se mettre au lit, elle déclare :

— C'est fait. Je reprends ma pratique à la clinique dans une semaine. J'ai déjà averti ma remplaçante...

Nicolas est surpris, il avait pris les menaces à la légère tout en essayant d'être moins présent au restaurant. Mais s'absenter complètement et gérer à distance... c'est la faillite assurée, et Nancy le sait.

— Oui, mais Lulu ?

— Il va à l'école le jour, il ira au service de garde jusqu'à cinq heures, comme tous les enfants de parents qui travaillent.

— Oui, mais à la fin des classes en juin ?

— Il ira dans un camp de jour comme...

— Lulu est pas un enfant comme les autres !

— Il y a des camps de vacances spécialisés pour les enfants difficiles.

— Il est pas un enfant difficile, il a juste besoin de plus d'attention, de plus d'amour.

— Nicolas, j'ai fait une erreur, je le reconnais. J'aurais pas dû prendre Lulu. Il est en train de nous séparer.

— Pas du tout !

— La vérité, c'est que je veux plus…

— Quoi ?

— J'en veux plus de cet enfant-là. Plus du tout.

— J'en veux, moi. Je me suis attaché à lui. Il fait des progrès. Qui va le calmer quand il fait des cauchemars ? Puis il me semble qu'il fait moins de colères. Et à l'école, à part un léger retard sur le plan intellectuel, il va bien.

— Je sais, et sa santé s'améliore, mais il me déteste, Nicolas, comprends-tu ça ? Il peut pas me sentir !

— Je peux pas me passer de lui.

— Choisis. Lui ou moi ?

— Et si je le choisissais, lui ?

15

Dos courbé, Clara éclaircit les rangs de laitues qui déjà sortent de terre. Étienne quitte le potager sous prétexte qu'il a froid. Il va se réchauffer dans la maison. Les journées sans soleil en ce début de juin sont parfois glaciales.

En chemin, il croise Robert qui, sans le saluer, lui lance :

— Clara ?

— Potager !

Robert file dans le sentier menant au jardin. Étienne marmonne :

— J'existe pas, il y en a que pour elle ici !

Concentrée sur ses plants, Clara ne voit pas arriver le visiteur.

— Heille ! Allô, allô…

Elle sursaute, se prend le cœur à deux mains, se relève de peine et de misère à cause de son arthrose aux genoux.

— Fais-moi plus jamais ça !

— Je m'excuse ! Je voulais pas crier. Je passais dans le coin pour mon travail. Je venais juste t'annoncer quelque chose. J'ai suivi tes conseils, on part en juillet ! Le tour de la Gaspésie en roulotte ! J'ai acheté ça d'un homme dont la femme est morte juste comme ils s'apprêtaient à partir pour les Rocheuses. Un vrai bargain. Il était ben pas pour aller voir les Rocheuses tout seul. Qui c'est qui lui aurait fait à manger ?

— C'est une farce, j'espère ?

— Ben oui !

Le visiteur inopiné s'esclaffe du rire gras que provoquent les farces plates.

— Pas de véhicule motorisé ?

— Trop cher, trop gros. On a essayé ça l'automne dernier. J'ai pas aimé. Pis j'aurais été collé à Mimi vingt-quatre heures sur vingt-quatre, à l'écouter me dire quelle route prendre pis toutte me mêler. Le sens de l'orientation des femmes, pas fameux. Sans compter qu'elle veut toujours qu'on arrête pour demander si on est sur le bon chemin.

— Bob, sais-tu pourquoi Moïse est resté quarante ans dans le désert ?

— Non.

— Parce qu'il a jamais pu se décider à demander son chemin.

Robert rit d'un petit rire forcé.

— C'est pour elle surtout ! Elle va pouvoir se reposer dans la roulotte, pis moi je vais avoir la grosse paix dans mon char.

— Tu sais bien qu'elle va être plus souvent avec toi dans l'auto que dans la roulotte à se faire brasser comme dans une sécheuse.

— Ouais… On verra ben.

— Mimi… elle pense quoi de ton arrangement ?

— Elle le sait pas encore.

— Bob, voyons donc !

— Dans un couple, faut qu'il y en ait un qui prenne les décisions, et j'ai décidé que c'était moi.

— Ah bon !

— On a vu je sais pas combien de VR, elle arrivait pas à se brancher sur la couleur du rideau de douche, des banquettes. Ça fait que… C'est fait, toutte payé même. J'y paye ça !

Clara constate que Robert veut à tout prix lui prouver que c'est lui qui porte les culottes dans son couple.

— C'est une surprise, les femmes aiment ben ça, les surprises. Y aura pas de problème.

— S'il y aura pas de problème, pourquoi tu viens m'en parler d'abord ?

— Ben… Je sais pas trop comment lui annoncer ça sans que les chutes Niagara me tombent dessus. Avant, Mimi, elle m'engueulait, je l'engueulais, astheure elle braille. C'est-tu la maudite ménopause ?

— Ou un moyen qu'elle prend pour que tu l'écoutes.

— Je l'écoute tout le temps ! Je fais rien que ça, l'écouter.

— Pas l'écouter avec juste tes oreilles, l'écouter avec ton cœur grand ouvert.

— Ça m'énerve quand elle pleure, j'ai peur qu'elle s'arrête jamais, j'ai eu assez de ma mère…

— Pour qu'elle arrête, le meilleur moyen c'est d'écouter ce qu'elle a à dire. Sans rire d'elle, sans la juger, sans lui dire d'arrêter de pleurer, justement.

— Ça marchera pas. Je la connais.

— Je la connais aussi, et elle a besoin que tu l'écoutes pour vrai.

Les conseils de Clara l'embêtent drôlement, il comptait plutôt sur elle pour le féliciter de son bon coup. Et, de surcroît, sa remontrance est injuste.

— Je suis un bon mari. J'ai jamais levé la main sur elle. Je l'ai laissée travailler. Elle peut garder l'argent qu'elle fait. Je la contente au lit, mais de ce temps-là, elle est pas contentable.

Clara se plante devant lui : la maîtresse d'école vient de ressurgir, droite et autoritaire.

— Écoute-la pour vrai, pas en pensant à d'autre chose.

— Oui oui, j'ai compris.

— Tu la laisses parler sans l'interrompre. Tu la regardes dans les yeux. Tu pars pas dans la lune, tu l'écoutes comme tu viens de m'écouter.

— Toi c'est pas pareil, tu me reproches pas des affaires tout le temps. Pourquoi je suis pas marié avec toi ? Des fois, ça me tenterait pas mal de changer de femme.

— C'est pas changer de femme la solution, c'est toi qui dois changer.

— C'est bon cette phrase-là. Je vais m'en servir. T'as pas à avoir peur, je vais dire que j'ai lu ça quelque part. Un gars qui lit des livres de psychologie, ça pogne avec les femmes, surtout que les hommes lisent pas ces niaiseries-là...

Air découragé de Clara qui, néanmoins, est amusée de sa candeur.

— Salut, Robert.

— T'es la seule qui m'appelle de même, des fois. J'aime ça. Moi, Bob, je suis plus capable... Bob, quand t'as trente ans, ça fait jeune, mais quand tu frappes la cinquantaine...

— Je t'envoie un courriel dès que j'ai les premiers paniers de légumes.

— On l'a-tu le projet ? La Gaspésie ! En roulotte !

Clara regarde partir ce gros nounours à tête de moineau. Elle sourit. Il est si prévisible, si simple et si primaire aussi. En tout cas, moins compliqué que son Étienne.

Elle reprend sa besogne puis, au bout d'un certain temps, elle se relève en grimaçant. Décidément, ses genoux n'ont plus vingt ans. Elle a hâte au soleil qui réchauffe les os et assouplit les articulations.

En rangeant ses outils dans la grange, elle pense à son Étienne qu'elle ne comprend plus. Elle se revoit à son mariage en train de jurer de l'aimer pour le meilleur et pour le pire. Est-elle rendue au pire?

Elle s'arrête un moment dans sa cachette, ouvre son portable pour écrire:

> *J'avais misé sur le petit Gabriel pour rendre Étienne heureux, lui redonner le sourire. Il l'aime, je ne peux pas dire qu'il ne l'aime pas, mais il résiste. Comme si le garçon n'était pas vraiment son petit-fils parce qu'il a les yeux bridés. Les préjugés sont longs à détruire. Ou peut-être est-il jaloux du temps que je passe avec lui? Étienne m'avait à lui tout seul avant. Parce que j'aime ce bout de chou, je n'aime pas moins mon mari. Un amour n'en efface pas un autre, que je sache. L'amour peut être cumulatif. Pourquoi Étienne est-il si malheureux? Pas malheureux, triste, tellement triste que révéler qu'enfant il a été agressé par un frère enseignant ne semble pas l'avoir soulagé du tout. Il est renfrogné plus que jamais. Je vais le secouer, lui prouver que la vie est belle, qu'on est chanceux d'être encore ensemble et qu'il ne devrait pas perdre son temps à ressasser une vieille histoire.*

Soulagée d'avoir jeté son désarroi dans son journal, Clara referme son ordi et, légère, elle rentre faire le dîner de son homme.

16

Chose rarissime, Robert a placé la vaisselle dans le lave-vaisselle et bien nettoyé le comptoir de la cuisine. Ce qu'il a à annoncer à sa femme exige des gants blancs, un ton persuasif et surtout une bonne dose de charme pour lui faire avaler ce crapaud.

Décidé, il rejoint Mireille au salon, où elle écoute un de ses téléromans préférés. Quand elle est ainsi captivée, elle dit « oui » à tout ce qu'il peut proposer pour se débarrasser de lui.

Manque de chance. Un problème technique met en panne de façon soudaine les trois téléviseurs du bungalow. Elle presse son mari d'appeler le câblodistributeur. Ce qu'il fait aussitôt, mais la ligne est toujours occupée. Il s'assoit près d'elle, regarde l'écran noir.

— C'est-tu plate un peu !

— Un peu ? Mets-en. C'est comme si la mort était passée.

— Qu'est-ce qu'il faisait le monde avant la télé ?

— Ils se parlaient !

« Bon, ça y est, c'est parti pour une chicane. J'aurais donc dû fermer ma trappe. Pis on se demande après pourquoi les hommes parlent pas ! En tout cas, c'est pas le bon moment pour la Gaspésie et la roulotte. »

— Ils jouaient aux cartes, ils en profitaient pour se dire leurs quatre vérités. Entécas, c'est ce que ma mère disait.

— On joue-tu une petite partie ?

— T'as des affaires à me dire ?

— Moi non. Toi ?

Un long silence s'ensuit. Robert a une idée de génie pour meubler ce temps mort.

— On se couche-tu ?

— Y est juste huit heures et demie.

— Pis ?

Robert n'a jamais pu l'inviter à faire l'amour comme dans les films d'amour. Avec lui, c'est : « On se couche-tu ? » Malgré tous les articles de magazines féminins qu'elle lui refile, il n'a pas compris que les mots comptent pour elle.

— Envoye, sa mère, on se couche !

S'il ne lui donne pas une tape sur les fesses, c'est qu'elle est assise dessus.

— Non ! Je me couche pas.

— T'es ben bête !

— On va faire l'amour parce que la télé marche pas ? Merci ben !

— On pourrait d'abord parler de notre projet. On a un projet, tu t'en souviens j'espère ? Clara a dit qu'il nous fallait un projet ; on a un projet.

— Quand est-ce qu'on va l'acheter, notre VR ? On est déjà en juin.

« La maudite sorcière, elle lit dans mes pensées. »

— Le motorisé ou bien autre chose…

Mireille, qui n'a pas saisi, rêve tout haut.

— J'ai tellement hâte de le conduire, ç'a toujours été mon rêve de conduire un gros véhicule sur l'autoroute. J'aurais aimé être une truckeuse, pas une coiffeuse.

Nerveux, Robert attrape le gros sac de chips au vinaigre déjà ouvert et en mange par poignées, sans se préoccuper des miettes qui s'éparpillent sur son ventre et tout autour.

— Tu cochonnes partout. Fais donc attention !

« Faut ben que je me jette sur quelque chose. Les chips, elles me disent jamais non, elles parlent pas et elles sont là quand j'en veux. Pis quand tu commences, tu peux pas arrêter, c'est le vrai plaisir. »

— Ben hâte de voir Cape Cod, toi ?

— T'avais pas parlé il me semble de visiter le Québec d'abord pis les Rocheuses une autre année ?

— Moi, ça ? Pas du tout.

« C'est le temps ou jamais… Allez, courage, mon Bob. »

— Sais-tu, moi j'ai changé d'idée. Y a que les fous qui changent pas d'idée, hein ? J'ai pensé à une autre destination. Une destination ben ben plus le fun : la Gaspésie !

— Bob, on en a parlé tout l'hiver, on s'était branchés sur Cape Cod. J'ai des clientes qui vont toujours là. Les parcs de motorisés sont super propres, des beaux « outlets », pis les homards…

— Moi, les Américains, je peux plus les supporter avec leurs airs supérieurs. Tandis que visiter le Québec, c'est patriotique, et pis y a aussi du bon homard en Gaspésie. Commençons donc par explorer notre pays, après on attaquera les USA. Je suis patriotique !

— Depuis quand t'es patriotique ? Tu vends de la teinture américaine, des brosses à cheveux chinoises...

— Disons que je veux compenser en passant des vacances chez nous.

— NON ! On va à Cape Cod comme on l'a décidé cet hiver.

— J'ai déjà réservé des campings en Gaspésie.

— Sans m'en parler ! Tout seul !

— J'ai quelqu'un qui m'a toutte arrangé ça.

— Qui ?

— Il connaît toutes les rivières à saumon, les bonnes pourvoiries... Vois-tu ça que je prenne un saumon grand de même ? Vois-tu la photo, toi, et y a aussi de la truite...

— C'est qui LE « quelqu'un » ?

— Je me rappelle pas de son nom.

— Robert !

— Tu me fais peur quand tu m'appelles Robert.

— Robert, tu sais que j'haïs ça, la pêche, que ma peau supporte pas les bibittes. Je resterai sûrement pas toute seule comme une « codinde » dans un motorisé à t'attendre pendant que tu pêches.

— Motorisé, c'est un grand mot là. On serait deux couples, ça va être moins plate. T'aurais une femme avec qui jaser.

— Qu'est-ce que t'essaies de me passer entre les dents ?

— Rien.

— Comment ça « un motorisé, c'est un grand mot » ?

— C'est disons un genre de motorisé, disons plus une... roulotte.

— UNE ROULOTTE ! C'est non ! Tu me traîneras pas en roulotte.

— Ah que t'es péremptoire !

86

— Dis-moi pas de bêtises que je comprends pas !

— J'ai un client français de France, un fatigant, il dit toujours ça en parlant de moi. T'as pas d'objection à ce que j'utilise le bon français ?

— Noye pas le poisson, Bob. On achète pas de roulotte, point final !

— Elle est achetée, payée, assurée, toute l'affaire ! Puis ç'a pas coûté cher, on va diviser les dépenses en quatre. Le « quelqu'un » que tu connais pas, il a une femme qui en a de « collé ».

— Des fois, des fois, je te passerais dans le blender !

— J'ai voulu bien faire. Je me suis dit : « Elle va s'ennuyer toute seule avec son vieux mari. Avec une autre femme, elle va pouvoir jaser, aller magasiner. »

— Du jasage de femmes, j'ai ça à l'année au salon, justement, je prends des vacances de jasage de femmes. Je suis pas pour me retrouver avec la femme d'un gars que tu connais si peu que tu te souviens même pas de son nom ! Pas les deux semaines avec nous autres ?

— Non non, je suis pas fou.

— Une chance.

— Juste quinze jours.

— Quinze jours ou deux semaines, c'est du pareil au même ! Une chance que j'ai pas de hache, je te couperais le cou drette là.

— Madame est fâchée parce que c'est pas elle qui a tout organisé, tout décidé ?

— J'irai pas en vacances avec quelqu'un dont tu connais pas le nom.

— Bon... Je le connais son nom, mais je veux pas augmenter tes chaleurs, t'en as déjà assez, pauvre pitoune. Moi, c'est pour te ménager.

— C'est qui ?

— Mon frère Ti-Guy...

— Pis c'est ta maudite belle-sœur Zézette que tu veux me coller aux fesses ? Ta belle-sœur, la nounoune qui boit comme un trou ?

— Heille ! Ça rime ! Tu devrais écrire des chansons. Tu serais bonne.

— Fais-moi pas choquer encore plus.

— Ti-Guy a perdu sa job, il est ben malheureux, j'ai le droit d'aider mon frère dans le besoin.

— Ben emmène-la ta famille en Gaspésie, mais tu m'auras pas, moi.

— Pis Zézette est dans les AA... elle boit plus du tout.

Mireille se lève pour mettre fin à leur dispute, mais comme les téléviseurs ne fonctionnent toujours pas, il lui est impossible de s'évader de sa vie en regardant celle des autres à l'écran. Totalement désœuvrée, elle saisit une pile de magazines à potins – sa faiblesse – et, l'air furibond, monte à l'étage.

Robert sait pertinemment que, dans ces moments-là, il doit dormir dans le lit de Geneviève, dont la chambre est restée intacte depuis son départ pour ses études à Montréal. Il se sent toutefois soulagé d'avoir tout révélé de son plan de vacances.

« Elle va aimer ça la Gaspésie avec un autre couple. C'est mieux qu'être juste les deux, tout seuls. En tout cas, moi je préfère. J'aurai pas besoin de faire la conversation, car Ti-Guy, c'est un grand parleur. Il va pouvoir se faire aller la luette. »

***

De la dentelle, du rose, du satin, du bleu poudre, du lilas, un univers de fille mur à mur. Robert est nostalgique. Geneviève lui manque. Quand elle était enfant, il était son héros, son prince charmant. Elle lui disait avoir hâte d'être grande pour se marier avec lui. Tous les deux, ils étaient complices… contre Mireille.

« Si elle est partie en ville pour étudier l'hôtellerie, c'est pour se débarrasser de sa mère qui l'a jamais comprise. Pauvre petite doudoune à son papa. Est-ce qu'elle s'ennuie de moi au moins, elle ? »

Robert pense à son fils, Jonathan, si différent de lui, son opposé. Son fils qu'il ne comprend pas, qui passe apparemment tout son temps à tripoter un ordinateur, enfermé dans une chambre, dans une grande ville remplie de plaisirs de toutes sortes. Il se désole de n'avoir presque plus de contacts avec lui depuis son départ de la maison.

« Je voulais tant qu'il fasse comme moi. À ma retraite, j'aurais pu lui refiler toute ma clientèle. Mais non, lui c'est le contraire de moi. Autant en dehors de la maison j'aime le monde, parler avec le monde, autant lui est bandé sur la technologie. Il en mange. Je te dis que, moi, en ville, je m'enfermerais pas dans ma chambre avec une machine. Il y a la porno, je veux ben croire, mais c'est pas comme du vrai monde en chair et en os. Une chance que sa mère le voit dans sa soupe, c'est parfait. C'est un bon équilibre. La mère et le fils, le père et la fille, comme dans toutes les familles, je pense ben. Ou ben c'est juste nous autres ? »

Il se lève, regarde la lune avec nostalgie, se demandant ce que fait sa fille de ses journées, de ses nuits…

« C'est qui, ce chum-là ? Elle en a jamais eu de sa vie. Elle nous a fait accroire ça pour se donner de l'importance. Sûrement pour énerver sa mère. Des fois, j'imagine qu'elle se fait attaquer par des bums, surtout dans le quartier qu'elle habite maintenant. Et je suis pas là pour la protéger ! La ville est remplie de dangers… à pénis. Faut pas que je pense à ça, sinon je saute dans mon char, je vais la chercher. On fait une fille, on en prend soin comme la prunelle de ses yeux et, juste comme on commence à avoir du plaisir en sa compagnie, elle part de la maison. Ma doudoune a plus besoin de moi ! Les pères sont des objets jetables. »

Des bruits dans la salle de bain se font entendre. Robert se recouche, hésitant. Peut-être devrait-il rejoindre Mireille sous la douche. Il va lui falloir accumuler des bons points avec son dragon s'il veut qu'elle accepte le nouveau plan de vacances.

« Je pourrais aller en Gaspésie tout seul, mais je suis bien quand on est ensemble. Même nos prises de bec, j'haïs pas ça. Je l'aime, mon dragon. Chaque jour, Mimi c'est un défi, et j'aime les défis, pis dans ma job, j'en ai plus tant que ça. Mais je vieillis, et les défis, des fois, j'aimerais ça que ça arrête, qu'on devienne un couple tranquille aux portes, un couple qui s'aime doucement, sans batailles, sans chichi.

« La vie de couple, ça vaut-tu la peine quand les enfants sont partis ? Mais je ferais quoi sans elle ? Il est pas question que je vive tout seul, je sais pas cuisiner, je sais pas faire le lavage, encore moins repasser. M'en trouver une autre ? Je sais que ce serait facile, je suis encore beau bonhomme, mais je pourrais tomber sur pire. »

Sous le jet chaud de la douche, ses cheveux ramassés sous son bonnet de plastique, Mireille, elle aussi, réfléchit.

« La Gaspésie ! De quoi je vais avoir l'air devant mes clientes ? J'en ai tellement parlé, de mes vacances en VR de luxe à Cape Cod. Je m'en suis vantée à tour de bras. En roulotte maintenant avec ma fatigante de belle-sœur !

« La vie de couple, c'est la pire prison au monde. Tous ceux qui sont dedans veulent en sortir, ceux qui sont pas dedans veulent y entrer. D'un autre côté, si j'étais célibataire, je serais pas bien. Je l'aime, mon Bob. Il est pas des plus raffinés, mais moi non plus. Pis c'est un homme bon. Fidèle, c'est rare ça de nos jours ; et il est transparent, tellement transparent. Je vois ce qu'il pense, et il pense à moi tout le temps. Mais faut dire que "la roulotte pis la Gaspésie", je l'avais pas vue venir, celle-là… »

17

— J'ai vu des brocolis… une vraie honte.

— Qu'est-ce qu'ils ont ?

— Boostés au chimique !

— Ah !

Étienne continue de se bercer, et Clara continue de vider ses sacs d'épicerie. Elle n'en peut plus de l'indifférence, du mutisme qu'il lui fait subir depuis sept mois. Et c'est pire depuis leur retour de Cuba.

— Ça t'enrage pas, toi, le légume si parfait à l'œil qu'on le dirait en plastique, si propre qu'on dirait qu'il vient pas de la terre, mais d'une manufacture ?…

Étienne a les yeux vides, comme s'il se regardait l'âme.

— Comment vas-tu, mon chéri ?

— Bien. Bien. Je viens de me lever… M'écouter, je retournerais me coucher.

— Je te le répète tous les jours : il faut que tu voies un médecin ! Ç'a aucun sens de dormir comme ça à journée longue.

— Je suis juste fatigué.

— Ça tombe mal, Claude et Francis arrivent demain. Ton petit-fils commence à s'acclimater à toi. Il te fait confiance. C'est ça. Il t'a adopté comme grand-père. J'aimerais juste que tu lui montres plus que t'es content de le voir. T'es content de le voir, non ?

— Ben oui.

— Ben oui. Ça m'en dit gros, moi, « ben oui ».

— Je pense que je vais aller m'étendre.

— On parle là !

— Je fais de mon mieux, Clara.

— Tu dors une grande partie de la journée, ça m'énerve. Surtout qu'on a pas terminé avec les choux.

— Demain, demain.

— Étienne, secoue-toi, bon sang !

— Même pas la force…

— Là, Étienne, là, ma patience est à bout ! Si tu secoues pas…

— Je te demande pardon.

— Je veux pas que tu me demandes pardon, je veux que tu sois comme avant.

— Comment j'étais avant ?

— Fin. Aimable. Travaillant. Sociable. Amoureux. Qu'est-ce que t'as ? C'est parce que Claude arrive demain pour la fin de semaine ? Je peux y dire de pas venir.

— C'est pas ça…

— C'est quoi ?

— J'ai pas d'énergie. Je dois me forcer pour faire quoi que ce soit. Je suis déçu de moi-même. J'ai l'esprit moins clair qu'avant. Ma mémoire me semble moins bonne que d'habitude. J'aime plus faire les choses que je faisais avant. Je sais pas ce que j'ai, mais je suis triste à mort.

— On s'en va direct à l'hôpital ! Tu vas te faire examiner des pieds à la tête, passer des tests sanguins.

— J'irai à l'hôpital quand je serai malade, là je suis en parfaite santé ! Je dors, c'est pas un meurtre. Je suis triste, je suis pas le seul.

— Étienne, depuis toutes ces années, je le sais très bien quand tu files pas.

— Ça va revenir. Le printemps va arriver…

— On a dépassé le printemps, on est en juin. On a du retard, il faut éclaircir les radis, les pousses de bettes à carde, s'occuper des laitues puis tout le reste.

— Laisse-moi faire mon somme, je vais travailler après.

— D'habitude, c'est toi qui frétilles dès le mois d'avril, tu veux toujours transplanter trop vite.

— Clara, fous-moi la paix.

Il n'a pas haussé le ton, ce qui est pire dans l'esprit de Clara. Il s'est levé et, sans la regarder, il est monté à la chambre.

« Elle me demande comment je vais, je lui dis, et sa réaction c'est : l'hôpital, les tests sanguins. Je lui parlerai plus de mes états d'âme, elle comprend pas ou veut pas comprendre que je souffre… »

Dépitée, Clara lance les légumes dans les tiroirs du bas du frigo.

« Je le reconnais plus. Qu'est-ce qui arrive à notre couple ? Le lien qui nous rattache l'un à l'autre, je l'ai toujours vu comme une corde que l'on tient à deux, eh bien là, j'ai l'impression de la tenir seule. Savoir ce qu'il a le plus vite possible. Sinon je deviens malade d'inquiétude. Pourquoi il se méfie autant des médecins ? C'est vrai qu'il a jamais eu besoin de consulter de toute sa vie. Il se sent capable de se guérir seul. C'est bien lui, ça ! Se faire accroire qu'il a pas besoin des autres. Ou il m'aime plus et il sait pas comment me le faire savoir, alors il me le montre. Que je suis aveugle ! Ce qui le ronge, c'est qu'il m'aime plus. »

Clara grimpe à l'étage, retrouve Étienne qui ronfle doucement. Comme elle aimerait le secouer, lui crier : « Est-ce que tu m'aimes toujours ? » Elle connaît la réponse, elle l'entend dans sa tête : « Mais oui, je t'aime, Clara. » Une réponse pour la consoler et surtout pour la faire taire. Le plaster sur le bobo...

Elle s'allonge néanmoins à ses côtés, fixant sa nuque, ses cheveux gris, qu'elle effleure en murmurant : « Je t'aime. » Au bout d'un moment, elle se relève en soupirant, épuisée émotionnellement.

« Il y a du travail qui m'attend au potager. Et je suis toute seule pour le faire. Vraiment toute seule. »

18

Mireille boude toujours son mari pour l'achat de la roulotte et pour la Gaspésie. En maillot de bain, un masque de crème sur son visage, elle entre dans son spa à remous sur la terrasse.

À la table de la cuisine bien rangée, Robert a le nez fourré dans le dernier *Chasse et Pêche*. Il entend une sonnerie. Qui peut bien appeler un dimanche ? Autre tintement. Ce n'est pas le téléphone, c'est la porte d'entrée.

Robert ouvre sur… sa fille, Geneviève, qui porte un lourd sac à dos et une valise à la main. Elle est venue en taxi.

— Qu'est-ce que tu fais ici, ma doudoune ! Un week-end ? Tu nous as pas avertis. Ben entre !

— Maman ?

— Elle mijote dans le spa.

Alors là seulement Geneviève s'abandonne, se laisse aller à pleurer. Elle connaît l'effet de ses larmes sur son paternel.

— Doucement, doucement... Faut que tu m'expliques tout ça avant que ta mère te voie... On va aller dans ta chambre, O.K. S'il y a quelqu'un qui t'a fait de la peine, il va y goûter.

Il attrape son sac à dos et sa valise, et ils montent à l'étage.

Il referme doucement la porte derrière eux et il lui tend la boîte de Kleenex. Et, comme si elle avait trois ans, il dit :

— Allez, mouche-toi !

Elle se mouche, puis s'assoit, accablée, sur le lit.

— Qu'est-ce qui se passe, ma belle doudoune ?

Il s'installe tout près d'elle. Elle essuie ses larmes de crocodile.

— Je m'ennuie trop de toi, mon petit papa d'amour.

— T'es ben fine de venir faire un tour...

— Ben... Je viens pas vraiment faire un tour.

Robert a peur de comprendre. Il a payé cher ses études dans une école professionnelle, il a payé son déménagement, ses loyers et continue de payer pour sa nourriture, sans compter tous les surplus.

— Tu reviens pas pour rester, toujours ?

Geneviève ne peut lui dire qu'elle a été expulsée de l'école à cause de ses trop nombreuses absences et de ses piètres notes.

— Si tu savais comment c'est, Montréal, p'pa, des meurtres, des viols. Tu peux pas sortir le soir sans te faire agresser. C'est l'enfer. C'est pas comme ici où tout le monde se connaît. Je me sens en sécurité dans ma banlieue. Pis je m'ennuie trop de toi, c'est pas supportable.

Elle sait comment embobiner son père.

— Pis l'hôtellerie, j'aime pas ça... Je suis poche en cuisine.

— Ouais. J'aurais pu te le dire avant... Ton frère ?

— Jonathan, je le vois pas. Je te l'ai déjà dit...

— Il a pas pris soin de toi comme il me l'avait promis. Il va se faire parler dans le casque, lui !

— Papa, lâche-moi donc avec Jonathan. J'ai ben assez de mes problèmes.

— T'as des problèmes, mon ange ?

— Je suis enceinte.

Elle l'a dit si bas qu'il est forcé de le lui faire répéter.

— T'es quoi ?

— Enceinte !

Il se lève, tourne nerveusement dans la pièce pour finalement s'effondrer dans le fauteuil de rotin rose. Sa poupée, sa petite fille, son bébé attend un enfant. Il en est muet de stupéfaction. Il a eu peur des violeurs, des bandits, mais jamais il aurait pu penser qu'elle lui reviendrait enceinte. Pas elle, pas sa fille !

— Ça se peut pas !

— Ça se peut certain...

— Tu disais que tu faisais pas l'amour... pas encore.

— Ben ! J'ai menti...

— T'es sûre d'être enceinte ?

— Deux fois plutôt qu'une. Je veux dire deux tests positifs.

Plutôt que de la blâmer, Robert préfère s'en prendre à l'autre :

— C'est qui l'écœurant qui t'a fait ça ? Le petit mâle pas capable de se retenir ?

— Je me suis fait ça moi-même.

— Dis-moi qui, pis il va y goûter, baptême !

— Papa, y a pas de coupable. Je voulais un enfant, je me le suis fait faire.

— Comment ça « fait faire » ?

— Je l'ai fait avec quelqu'un, mais j'en veux plus du quelqu'un en question.

— On fait pas un enfant pour le fun, c'est un paquet de troubles, un enfant ! Coudonc, me prends-tu pour un cave ?

— Non papa, la preuve est que je te cache rien. J'aurais pu te dire que c'est un accident, mais ça aurait été te mentir, pis je te mens pas à toi. Cet enfant je le voulais et j'ai pris les moyens pour l'avoir. Tu le sais toi que quand je veux quelque chose… Pis je me sentais si seule en ville, loin de toi… et de maman. J'ai ressenti un grand besoin d'avoir quelqu'un qui m'aimerait pour la vie, comme nous deux on s'a. Dans le fond, papa, c'est toi qui m'as donné le goût d'avoir un enfant.

— Caltor de crisse ! C'est de ma faute astheure !

— Dans un sens oui. Je voulais revivre avec un enfant à moi ce que j'ai vécu avec toi. Et c'est facile de se faire faire un enfant. Tu prends un verre de trop pis tu te laisses faire, sans condom, sans pilule une couple de jours. Et bingo !, je me fais quelqu'un qui va m'aimer pour la vie. Comme tu fais toi avec moi. C'est pour la vie, nous deux, hein ? J'ai besoin d'amour, moi.

— T'as pas reçu assez d'amour ?

— De toi oui, mais pas de maman. De l'amour, elle en avait que pour son Jonathan.

Robert est ébranlé par la lucidité de Geneviève, mais la situation le dépasse totalement.

— Si je te comprends bien, tu voulais un enfant, mais pas de père…

— Pour moi toute seule, oui. Ça se fait beaucoup de ce temps-là. Je suis chanceuse, ç'a marché du premier coup.

Avec un sourire à la fois ironique et triste, Robert répond :

— T'es ben chanceuse, ma fille…

— Je reviens à la maison, pis je vais prendre soin de mon bébé ici avec toi, ben maman aussi.

— Tes études ? Tu peux pas abandonner comme ça... Ton logement en ville...

— Le proprio va le sous-louer sans problème. Pour mes études, ce sera quand le petit sera grand. J'ai le temps, vous allez être à votre retraite, vous allez pouvoir le garder pour que j'étudie.

Pour Robert, tout va beaucoup trop vite. Beaucoup trop vite.

— C'est une joke. Tu me fais marcher ? Crée ratoureuse, va !

— On dirait que t'es pas content. Ta fille qui revient à la maison... Tu vas être grand-père.

— Ta mère va capoter raide.

— Je sais. C'est pour ça que je t'en parle avant. Je pourrais lui dire par exemple que le petit est le résultat d'un viol. Elle va aimer ça, ça va ressembler à ce qui se passe dans ses téléromans.

— Je peux pas mentir à ta mère.

— Heille ! Depuis que je suis née que je t'entends lui conter des menteries. Une fois de plus.

— C'est pas pareil. Là, c'est pas mal capoté.

— C'est pas capoté puisque c'est ça que je veux. J'ai toujours eu ce que je voulais, là c'est un bébé.

Mireille, qui revenait du spa enroulée dans sa serviette de bain, a été surprise d'entendre des voix provenant de la chambre de sa fille. Elle écoute un moment à la porte, puis entre.

— Ah ben ! Qu'est-ce que tu fais ici ?

— Je m'ennuyais, fait que je me suis dit que j'allais vous faire une belle surprise.

— Ah oui ?

Sa fille ajoute pour la mettre de son bord :

— T'as perdu du poids, maman ?

— Arrête tes compliments. Je vous ai entendus parler. T'es enceinte.

—Non !

—Qu'est-ce que tu vas imaginer là, chérie ? Tu regardes trop la télé.

—Combien de semaines ?

—Je suis pas enceinte !

—On verra ben dans quelques mois qui a raison.

—Tu pourrais recevoir ta visite mieux que ça, Mimi. Elle est enceinte, O.K. !...

—Elle pourrait être franche avec moi, mais non, vous complotez dans mon dos comme toujours. Si t'es venue pour rester, je te préviens, moi j'élève pas un autre enfant, j'ai assez de ton père.

19

Il est vingt et une heures. Claude, qui rentre du travail, surprend, amusé, la jeune gardienne antillaise, Lylou, qui danse sur un reggae. En l'apercevant, elle baisse le volume de la musique.

— Tout s'est super bien passé avec Gabriel. Il dort.

— Ma réunion a été plus longue que prévu. M. Francis n'est pas encore rentré ? A-t-il téléphoné ?

Tout en rapaillant ses affaires, Lylou secoue négativement la tête. Elle quitte la maison en douce en se dandinant. Claude défait sa cravate et monte à l'étage.

Il contemple son fils, sa doudou contre sa joue.

« Déjà quinze mois. Qu'il est beau ! Je le réveille ? Je le réveille pas, non. Ce serait égoïste. Mon fils, mon fils à moi ! »

Claude murmure en lui caressant les cheveux :

— Quoi que tu fasses, mon bel amour, quoi qu'il arrive, je te laisserai jamais tomber. Si tu es gai…

« Pourquoi il le serait ?... L'homosexualité, c'est pas héréditaire... La preuve, mes parents sont hétéros. »

— En tout cas, si tu es gai, je vais t'accepter tel que tu es, moi... Rien de pire que de n'être pas accepté par son propre père. Rien de pire...

Il entend au rez-de-chaussée les bruits annonçant l'arrivée de son conjoint. Il souffle un baiser à son fils et descend en vitesse accueillir Francis.

— He's sleeping.

— Parle en français. I am learning.

— Il dort. Pas si fort.

— May I respirer ?

— Bon, il est encore de mauvaise humeur.

— Qu'est-ce que tu dis ?

— Rien.

— Damn it !

— Quoi ?

— What the fuck is this « relation » ?

— Quelle relation ?

— You, me. Lovers, remember ? When I come home from work you usually give me a kiss, a hug and sometimes...

— Oh I forgot.

Il s'approche de son conjoint, l'enlace et... ils entendent les pleurs de Gabriel qui émanent du moniteur sur la table.

— C'est ses dents qui le travaillent...

La main sur la fesse de Claude, Francis abdique.

— Never mind !

— Tu perds rien pour attendre.

Claude se précipite à l'étage comme s'il y avait le feu.

« What am I doing with this French guy ? Shit ! »

Vers minuit, après un biberon apaisant et un dernier changement au sec, Gabriel est déposé dans sa couchette, offre son dernier sourire à son père, son dernier « bababa ». Derrière, Francis se frotte contre le corps de Claude, qui se retourne, furieux.

— Pas devant lui !

— Nothing wrong with a little tender loving care. Come on !

Francis quitte la chambre en fulminant.

— Fais un beau dodo pour papa.

Et contre toute attente, le petit répète :

— Pa-pa pa-pa papa !

— Qu'est-ce que tu dis ?

Il a bel et bien entendu, mais ne le croit pas encore. Son fils a un léger retard dans son langage, selon leur pédiatre.

— Pa-pa pa-pa papa…

Claude est en totale extase. Il rit et pleure en même temps. Il voudrait en informer Francis, partager avec lui son bonheur, mais il hésite.

« Délicat. Il a dit "papa", et c'est à moi qu'il l'a dit. C'est moi, le papa, c'est moi qui l'ai voulu, ce bébé ! C'est moi qui ai menti pour l'avoir, c'est moi qui m'en occupe la plupart du temps. C'est à moi. Je suis son papa ! »

Il reste là à savourer son bonheur, le plus grand de sa vie, celui auquel il avait cru devoir renoncer et qu'il a obtenu de haute lutte contre les préjugés. Il embrasse son précieux trésor puis retrouve au salon Francis, qui est allongé sur le divan. Il n'a qu'un slip qui met en évidence ses attributs généreux, et ce n'est pas peu dire.

— Tonight, my love, we are making love the French way : on fait l'amour à la française. En français ? Je veux que tu me montres les mots cochons de ta langue et que…

—Gabriel a dit « papa ».

—I was saying « daddy » when I was three months old, my mother told me…

—Trois mois, c'est impossible.

—Gabriel is slow.

—Gaby a deux pères, deux langues. C'est mêlant, ça. Pourquoi faut-il que tu sois toujours meilleur que lui à son âge ? T'es pas en compétition avec lui… c'est ton fils.

—He's yours mostly.

—Pourquoi ?

—You know why…

—On a décidé ensemble de l'adoption.

—C'est toi qui voulais le plus fort, man.

—Oui, mais tu le voulais aussi.

—I didn't want to lose you.

C'est la première fois que Claude entend cette excuse.

—Tu le voulais pas ? Tu dis ça parce que t'es jaloux qu'il m'ait dit « papa » en premier.

—J'ai fait du progrès en français, hey ?

—Fuck tes progrès en français. Tu le voulais pas ? Je te crois pas. Tu dis ça parce que t'es jaloux… parce que c'est à moi qu'il a dit « papa ». Si tu t'en occupais plus aussi !

—You don't want me to touch him.

—Moi ça, moi ça ?

—Toi ça ! C'est toi qui l'as adopté légalement. C'est toi qui es allé le chercher au Vietman. Il porte ton nom, so he's yours.

—Tu le renies ?

—No !

—On pouvait pas l'adopter tous les deux, you know that. Not two men ! Il a fallu que je me déclare comme célibataire pour avoir le droit de l'adopter. Tu le sais, c'étaient les formalités dans le temps. Comprends, merde ! T'es autant le père que moi.

— I'm not sure that I love this little « bébé ». I would have been more attached to a baby of my race or yours. But un Vietnamien...

— T'es raciste ! Toi ! Toi qui as souffert de discrimination, t'es raciste ? Elle est forte, celle-là. Come on, Francis...

— I'm not racist. It's just that... that baby, you know.

— T'aimes pas Gabriel ? Première nouvelle !

— Ce n'est plus mon enfant, tu me l'as enlevé.

— Moi ça ?

— Je peux pas y toucher, je peux pas faire une remarque sur lui. J'ai même pas le droit de le nourrir, de me lever la nuit pour lui. De le bercer. Tu te l'accapares. Man, I'm good in French !

Claude joue l'offensé, mais il jubile. Il a son fils à lui tout seul, et c'est ce qu'il voulait même s'il ne se l'était jamais avoué.

— Mets donc un pyjama, Francis. S'il fallait que le petit se réveille et te voie presque tout nu.

Francis rigole franchement de sa soudaine pruderie.

— We don't make love anymore.

— C'est pas vrai, on l'a fait, euh... la semaine passée.

— Moi, c'est tout le temps que je veux baiser avec toi.

— Le bureau le jour, le petit le soir, je suis épuisé. Je sais pas comment les femmes font...

— C'est ça notre problème. You want to sleep, I want to fuck.

— Il va grandir... be patient !

— I'm not waiting for you, man. Life is too short ! So many men out there...

Francis monte à l'étage. Contrarié, Claude pitonne sur la télécommande. Puis il sourit au souvenir du premier « papa » de son fils.

Il est surpris de voir redescendre son conjoint, vêtu d'un jean noir serré et d'un t-shirt sans manches qui lui moule les pectoraux. Claude regarde l'heure à sa montre. Il est passé une heure du matin.

— Où tu vas ?

— I don't know.

— Francis, I love you.

— Then show me !

Francis ramasse ses clés d'auto dans le vase de cristal sur la crédence du hall et sort en claquant la porte d'entrée derrière lui.

— Tu vas le réveiller ! Merde !

20

🍃 *Pour mettre des couleurs dans les idées noires d'Étienne, j'ai invité hier des amis et des voisins pour la fête nationale. Il y a eu les primeurs du jardin en salade, et Nicolas a fourni tout ce qu'il fallait pour des hamburgers et des hot-dogs de luxe avec ses sauces d'accompagnement exquises. Mireille a fait des desserts surprenants, sa tarte renversée aux poires était fameuse. Mon voisin, Jean-Christophe, a apporté des fromages de la région. Pour arroser le tout, beaucoup de rosé bien froid fourni par Claude, un apport de son Francis, qui était absent – je ne sais pour quelle raison. Je n'ai pas insisté, c'était clair qu'il ne voulait pas en parler. Les mères doivent savoir quand ne pas poser de questions.*

Pauvre Claude, qui voudrait bien que je nomme « conjoint » son beau Francis, mais ce mot évoque pour moi des images qui me gênent. Je le désigne par le mot « chum », c'est plus pudique. Et plus vague.

Une belle fête pleine de fierté. Le sentiment très fort d'avoir un pays, d'appartenir à un peuple fondateur, de parler tous la même langue, d'avoir la même culture. On a mangé, on a bu, on a chanté, on a dansé. Pour me faire plaisir, mon grand garçon a chanté ma chanson favorite : Ah ! Le petit vin blanc. Cela m'a beaucoup touchée. Personne ne la connaissait, ça ne me rajeunit pas. Le petit Gabriel court maintenant partout. Faut le surveiller. Il a fini par s'endormir dans mes bras. Peut-être manque-t-il de la chaleur d'une femme ? Personne ne me fera accroire qu'un « six pack » c'est plus confortable que des seins bien mous...

Magali et son bel acteur, Samuel, sont venus. Pas longtemps, mais ils avaient l'air heureux. Elle surtout. Ces deux-là m'inquiètent. Ils se désirent, c'est évident, mais ils sont en constante compétition. C'est à qui aura raison sur l'autre. J'avais envie de leur dire : « Qu'est-ce que vous voulez ? Avoir raison ou être heureux ? » Je me suis tue, davantage préoccupée par Étienne qui s'éloigne de plus en plus de moi. Je ne sais vraiment pas quoi faire pour m'en rapprocher. Il est là, mais absent. Je n'arrive plus à l'atteindre. Il était là parmi les invités, mais ne se mêlait pas vraiment.

Mireille et Robert faisaient semblant de s'amuser, je crois bien. Eux qui s'ennuyaient tant de leur fille, voilà qu'elle revient avec un petit pain dans le four, comme disait ma grand-mère du temps où être enceinte sans mari était un déshonneur. Je n'en sais pas plus long. Mimi m'a soufflé la nouvelle entre deux verres de rosé. Nancy et Nicolas ne sont visiblement pas sur la même longueur d'onde avec Lulu, leur petit monstre. Ce n'est pas moi qui le dis, c'est Nancy. C'est vrai qu'elle avait bu un peu trop de vin. Nicolas a tout de même réussi à amuser son fils en se roulant avec lui dans l'herbe. Ils étaient beaux à voir, ils riaient tellement. Nancy en rageait. Elle, qui devrait savoir comment agir avec un enfant, avait l'air totalement dépassée. Peut-être même jalouse du petit. Enfin ! Cela ne me regarde pas, j'ai assez de m'occuper des humeurs d'Étienne.

Jean-Christophe est venu seul. Son ex, Caroline, fêtait la Saint-Jean en ville avec leur fils. Charlène avait la visite de sa parenté. Ces familles recomposées me surprennent. Elles ne font rien selon les traditions alors elles en inventent de nouvelles ; des fois c'est heureux, d'autres fois ça ne l'est pas. Mon beau voisin m'a semblé absent. Je n'ai pas osé lui parler de son couple, de sa famille, de son ex qui est trop souvent chez lui, ce n'était pas le moment. Je lui ai juste mentionné le retard que j'avais pris dans le potager. Je n'arrive pas seule à tout faire. Il n'a pas pigé. J'ai organisé la fête champêtre pour garder mes bons clients, mais je ne sais pas comment je vais faire pour traverser l'été sans l'aide d'Étienne. J'ai soixante-douze ans, je n'ai plus la force que j'avais, et l'arthrose s'empare de mon corps petit à petit. Je n'en parle à personne. Je fais comme si la douleur n'existait pas, mais elle est là quand même. Nous, les fermiers, on n'a pas le temps d'être malades l'été. Si l'un de nous deux craque, j'ignore ce qui va arriver à notre petit commerce bio. On était si heureux avant. Qu'est-ce qui s'est passé ? Qu'est-ce qu'on va devenir avec Étienne dans cet état ?

Si, au moins, il allait consulter un docteur, qu'on mette un nom sur sa maladie, il y aurait de l'espoir peut-être. Quand on ne sait pas, l'imagination galope. Je pense au cancer, aux maladies cardiaques, je pense au désamour après cinquante ans de vie de couple. Pourquoi Étienne a-t-il changé ? Je ne change pas, moi ! J'en viens souvent à me demander si je l'aime encore. J'aimais l'homme qu'il était, je n'arrive pas à aimer celui qu'il est devenu. Cet homme-là n'a rien, rien pour me plaire. Que faire ? À qui parler de mes peurs ? À qui me confier ?

Je pourrais bien sûr en parler à mon fils, mais je ne veux pas ternir l'image qu'il se fait de notre couple indestructible, son modèle, comme il dit. Jean-Christophe ? Je préfère ne pas trop me rapprocher de lui, j'ai peur de ce qui pourrait se passer. Non, je vais faire ce que je prêche et parler à mon mari. Je vais continuer à le secouer pour le sortir de sa torpeur. Il va réagir.

Clara s'étire les bras puis s'éloigne de sa table de travail. Écrire son journal intime la soulage, la console aussi. En se relisant, elle peut juger où elle en est dans sa vie. C'est un exutoire pour ses émotions, sa colère surtout. Elle peut également constater où elle exagère, où elle se ment et où elle dit la vérité.

Elle sort de son refuge d'écriture, verrouillant derrière elle la porte à double tour. Après avoir humé un long moment l'air frais de la nuit, elle rejoint Étienne qui, allongé sous les couvertures, l'attend.

— Tu dors pas ?

— Je t'attendais.

— Tu dors pas ? C'est nouveau ça, d'habitude...

— Je veux te parler...

— Moi aussi...

— Je te demande pardon, Clara.

Elle ne s'attendait pas à ce revirement. Elle rentre ses griffes, ronronne au lieu de rugir. Elle se colle à lui.

— J'ai rien à te pardonner mon amour, si t'es malade.

— Je te rends la vie misérable, je le sais, mais j'y peux rien.

— Tu pourrais faire quelque chose. Te faire soigner, par exemple.

— Le mal que j'ai, ni toi ni un docteur peut le guérir.

— Mais t'as quoi ?

— Le mal de vivre.

« S'il a le mal de vivre, c'est de ma faute. C'est moi qui l'ai sorti de la ville, c'est moi qui l'ai embarqué dans la ferme bio, c'est moi qui ai facilité le retour de notre fils, parce que lui voulait pas le revoir, c'est moi qui lui ai imposé un petit-fils qu'il a du mal à accepter. Je le vois bien qu'il se force pour l'aimer. C'est moi qui devrais lui demander pardon. »

Plutôt que de le faire, elle lui sort sa litanie de phrases encourageantes.

— Faut penser positif, mon amour. La vie est belle. Compte-toi bien chanceux d'être vivant. Il y en a des pires que toi. Le bonheur, c'est tous les malheurs qu'on a pas...

Il l'arrête d'un cri rauque :

— Je suis mort, Clara ! Tu vois pas que je suis mort ?

— T'es pas mort, tu parles.

— Je suis mort en dedans. J'ai le dégoût de moi-même.

— Je le sais ce que tu as, moi. Tu m'aimes plus !

— NON ! Ce que je ressens, ça se dit pas, c'est insaisissable. Je me réveille le matin et tout ce que je veux, c'est retourner dans le sommeil pour fuir la tempête dans mon crâne.

— Moi je pense que t'as juste à te prendre en main. Tu te laisses trop aller. Bouge, fais quelque chose, sinon moi... je suis plus capable.

— Moi aussi, je suis plus capable.

Un long silence s'ensuit. Elle lui prend la main, la place sur son cœur puis embrasse ses doigts l'un après l'autre.

— Qu'est-ce qu'on va faire ?

— Je le sais pas.

Elle risque :

— Si on allait voir un médecin ?

— Laisse-moi tranquille avec ça !

— Chéri, laisse-moi t'aider.

— Laisse-moi faire. T'occupe pas de moi. Si tu veux partir... PARS.

Le mot « dépression » s'impose dans la tête de Clara. Depuis des mois qu'elle le refoulait, le niait. Pas Étienne ! Pas lui, si sain, si parfait, si équilibré. Elle se souvient d'une cousine lointaine atteinte aussi du mal de vivre. Avec les mêmes symptômes, excepté qu'elle ne dormait jamais et pensait constamment au suicide.

« Pas une dépression, pas lui. Il est juste fatigué de son couple, de sa vie avec moi. Je peux quand même pas le traîner de force chez le docteur. C'est peut-être plus d'un psy qu'il aurait besoin pour le remettre sur le piton. »

— Chéri ?

— Quoi ?

— Tout à coup que tu fais une dépression !

— Bon, une autre affaire ! Je fais pas de dépression, je suis juste fatigué de vivre.

— Veux-tu parler à Jean-Christophe ?... Il est psychothérapeute.

— Un jour je vais assez dormir que je vais me réveiller en pleine forme. Dors, Clara. Ça va passer. Bonne nuit.

« Il y a rien que je déteste plus que d'être devant un mur. Heureusement que je suis pas du genre à me laisser glisser et à me lamenter. Un mur, ça se contourne et ça se saute. J'ai pas dit mon dernier mot. »

21

Durant l'hiver, Magali et Samuel n'ont pas eu beaucoup de temps libre. Lui, pris par ses études de théâtre, et elle, par ses études de notariat. Sans oublier leur travail au bar Valpaia.

Ils se sont vus une journée sur deux pendant les week-ends, chez Magali pour éviter la promiscuité avec les colocs de Samuel, qui étaient trop souvent « sur le party ». Le couple a fait ce qu'il faisait de mieux ensemble : l'amour.

Magali et Samuel ont aussi fréquenté les bars du Quartier latin pour ne pas être en tête-à-tête trop longtemps. Seuls, ils ont tendance à s'engueuler pour des futilités.

Aujourd'hui, comme ils ont dépassé l'étape de faire l'amour la journée durant, il leur faut bien se parler. Il a donc été question de leurs études, des dernières nouvelles de leurs familles, mais sans trop s'y attarder.

Puis, en regardant les actualités à la télévision, ils ont critiqué les gouvernements. Très vite, ils n'ont plus rien eu à se mettre sous la dent, sinon leur couple.

— Tu m'aimes, Sam?

— À mort.

— Qu'est-ce que ça veut dire?

— Beaucoup.

— C'est pas beaucoup, « beaucoup ».

— C'est beaucoup, je trouve.

— C'est pas assez.

— Qu'est-ce que tu veux de plus?

— Je veux que tu m'aimes plus que le ciel et la terre, plus que tout.

— Je peux pas dire ça, c'est pas la vérité.

— Bah, un mensonge de plus ou de moins.

— Je te mens pas.

— Ah non?

— Jamais.

— Alors où t'étais jeudi soir dernier?

Pris de court, Samuel a les yeux qui bougent dans tous les sens. Magali reconnaît son tic nerveux. Il l'attire vers lui pour lui changer les idées. Elle le repousse.

— Essaye pas! J'ai appelé sur ton cell. Rien!

— La pile était off. J'avais oublié de le recharger.

— J'ai appelé juste comme tu passais dans un tunnel, je suppose. Me prends-tu pour une conne? Où est-ce que t'étais? Et t'as besoin de pas me mentir en pleine face.

— Tu me mens jamais, toi? Hein?

— J'haïs ça quand je t'accuse pis que tu m'accuses à la place de me répondre.

— Tu fais la même maudite affaire!

— Sam, crisse, arrête! Je te pose une question, réponds. Me trompes-tu?

— Je vois pas le rapport là.

— Jeudi quand tu répondais pas à ton cell, me trompais-tu ?

— Toi tu me trompes pas, je suppose ?

— Je vais me choquer.

— Tu me trompes pas, toi ?

— Non. Moi, je te trompe pas.

Elle le fixe dans les yeux, et il sait pertinemment qu'elle dit la vérité.

— Justement, je voulais t'en parler, de la fidélité. Les filles, c'est facile pour vous autres d'être fidèles. Vous êtes moins équipées que nous pour le plaisir. C'est vrai ! Vous autres, vos organes génitaux sont à l'intérieur, nous autres, c'est à l'extérieur, toujours prêts à bondir.

— Qu'est-ce que tu me racontes là ?

— Pis on se promène pas à moitié nus pour vous exciter. Vous autres, les filles, vous êtes décolletées jusqu'au nombril, écourtichées jusqu'au bonbon. Pire, vous portez des brassières rembourrées et des strings, sans parler de vos talons de six pouces qui vous font ressortir le cul. Pis vous voudriez qu'on vous soit fidèles ? Un homme, c'est un homme. C'est pas de ma faute si je suis né avec un petit soldat armé prêt à tirer sur tout ce qui bouge. Tu peux pas demander à un homme de coucher avec une seule femme toute sa vie. C'est comme lui demander de toujours manger à la maison, de jamais aller au resto.

— Es-tu allé manger au resto d'abord ?

— Ben oui.

Magali a l'impression qu'un poignard lui crève le cœur.

« Il a donné à une autre ce que je croyais sacré à notre amour. J'ai perdu l'exclusivité. »

— D'abord, je t'ai pas trompée puisque je t'ai jamais juré fidélité. L'infidélité, c'est pas tenir sa parole. Je t'ai jamais juré que je te tromperais pas. C'est juste une « fuck friend », et quand ç'a été fini, j'avais hâte de te retrouver. Crois-moi, crois-moi pas, je te faisais l'amour en pensée pendant que je me soulageais avec elle. C'est exactement ça. Je soulageais une envie. Comme on entre dans une pâtisserie, pis qu'on se paye un bon gros millefeuille. C'est bon, mais c'est pas un vrai repas.

— T'as fait avec une autre les mêmes gestes qu'avec moi !

— C'est pas grave. Je te le dis… je l'aime pas, elle.

— J'accepte pas ça comme argument, Sam.

— J'en ai un meilleur. Les hommes, s'ils sont polygames, c'est pour des raisons de survie. Et ça, depuis que le monde est monde. Je vais t'expliquer. Y a toujours eu pénurie d'hommes sur la terre à cause des chasses et des guerres. Ça fait que pour transmettre leur patrimoine génétique, ils devaient intégrer les veuves dans leur habitat et…

— Lâche-moi avec la préhistoire, on est aujourd'hui !

— Laisse-moi continuer. Pour la survie de l'espèce, c'est logique pour un homme de coucher avec plein de femmes. Et il serait con pour une femme d'avoir dix hommes puisqu'elle peut avoir qu'un enfant par grossesse. Donc le cerveau mâle est programmé pour la polygamie… et c'est pour ça que les hommes couraillent plus que les filles. C'est pas de notre faute, c'est une question de survie.

— T'es un homme, t'es pas une bête. T'as le choix. Tu peux choisir d'être fidèle ou pas. Je peux choisir de pas être avec toi si tu me trompes.

— Tu dramatises là.

— Trouve-toi une fille qui accepte la polygamie. Moi, je te demande d'être fidèle… or else !

— Avec toi, c'est tout de suite la menace. T'es pas reposante !

—Je sais ce que je veux. Je te le dis, c'est tout. Une relation, c'est une négociation avec des règles, dit Clara. Si tu veux de l'amour, de l'amitié, du sexe et une personne qui te dorlote, faut lui donner quelque chose en retour : la fidélité.

—Je voudrais bien. Mais je suis un gars, c'est pas possible...

—Eh bien, ce sera pas possible, nous deux.

—Y a pas un gars qui va te promettre la fidélité. Y a trop de filles libres. Pis moi, je t'empêche pas de me tromper. J'ai l'esprit ouvert !

Samuel blêmit tout de même un brin. Imaginer Magali dans les bras d'un autre lui chatouille l'instinct de possession inscrit dans ses gènes.

—Alors je peux te tromper ?

—Euh... en principe oui, mais dans les faits... Un gars a un char, il le prête pas. Les gars sont de même. Ils sont faits de même. Je suis de même.

—Ben s'il y a des filles qui acceptent de se faire tromper par leurs chums, c'est pas mon cas. J'accepte pas la tromperie. Bon !

—T'es pas cool !

—Je suis de même !

22

Nicolas a pu se dégager des obligations de son resto pour le week-end de trois jours de la fête du Canada, que le couple passe au chalet.

Tout en remplissant le lave-vaisselle, Nancy danse sur un air disco des Bee Gees diffusé à la radio. Elle joue à la star, une cuillère à pot en guise de micro. Nicolas l'observe à son insu, il est sous le charme.

Il la rejoint et fait les derniers pas de danse avec elle, la faisant virevolter.

— T'es belle, Nancy !

Elle lui tourne le dos, met en marche le lave-vaisselle.

— Tu veux du sexe ? Dis-le donc carré au lieu de me faire des compliments.

— Je veux pas de sexe. Je veux juste qu'on se colle un peu. Depuis que Lulu est là…

— Je pensais que tu t'en apercevrais jamais, trop occupé à prendre soin de Lulu, ce cher Lulu.

— M'apercevoir de quoi ?

— Que depuis qu'il est là, on baise plus.

— C'est pas vrai. C'est arrivé...

— Bien oui, c'était moi ou le Kleenex.

— Qu'est-ce que t'as à m'en vouloir autant ?

— Tu t'occupes plus de moi. Il y en a que pour Lulu, et c'est même pas ton enfant. Il peut nous être retiré n'importe quand... Oublie pas ça !

— Parle pas de malheur.

— Tu m'aimes plus.

— C'est pas vrai, ça.

— J'existe plus pour toi.

— T'es pas jalouse d'un enfant de huit ans ?

— Il occupe toutes tes pensées. Il a pris toute la place dans ton cœur...

— Pas toute la place !

— Si tu penses que je vais me contenter de restes.

— Je t'aime.

— Je te crois pas.

— Je t'aime.

— Prouve-le !

— Comment ?

— Tu le sais.

— Non, je le sais pas.

— Tu veux pas.

— Je peux courir le marathon Montréal-Québec pour toi, je peux escalader l'Everest si tu me le demandes, mais me séparerai pas de Lulu. Et je vois pas ce qu'un enfant peut t'enlever. C'est pas comme si je couraillais ou que j'avais une blonde attitrée.

— Si t'avais une maîtresse, je saurais me battre pour te reconquérir. Mais me battre contre un enfant, franchement là...

— J'espère encore que tu t'attacheras à lui. Il est tellement démuni, ce pauvre petit.

— Il te manipule.

— C'est un enfant, voyons.

— Je connais les enfants, je suis pédiatre, je le sais…

— Tu sais comment les soigner, moi je sais comment les aimer.

— Tu me dis que j'aime pas les enfants, c'est ça que tu me dis ?

— Je dis juste que t'aimes pas Lulu.

— C'est réciproque.

— C'est un enfant.

— Qui veut pas de moi !

— Mais qu'est-ce qu'on va faire ?

— Tu le sais pas ? Me semble que c'est simple. On va le remettre à la travailleuse sociale… Ils vont le placer dans une autre famille d'accueil. Ce sera pas le premier qu'on change de famille.

— Jamais ! À moins que sa mère règle sa toxicomanie et revienne le chercher, cet enfant-là m'appartient.

— Et moi ! Tu penses que j'ai pas besoin de toi ?

— Je t'aime, Nancy. J'ai jamais aimé que toi. Tu es la première femme de ma vie et tu seras la dernière.

— Et Lulu, lui ?

— Le sentiment que j'ai pour mon fils t'enlève rien, disons que l'amour est pas au même étage.

— Ton fils ?

— Dans mon cœur, c'est mon fils.

— Je veux pas ! Je veux pas, Nicolas. Je veux pas de ce petit monstre comme fils. Jamais ! T'entends, jamais…

De ses mains à plat, elle lui frappe la poitrine à répétition. D'abord saisi, Nicolas a tôt fait de lui serrer les poignets pour la faire cesser.

— Qu'est-ce qu'il t'a fait pour que tu l'haïsses tant ?

— Il me déteste.

— C'est toi qui le détestes.

— C'est lui !

Le couple ne voit pas Lulu qui, dans le couloir, a été témoin de leur altercation.

23

Clara épile les poils blancs de ses sourcils, qu'elle brosse ensuite en forme arquée. Puis elle les dessine par petits traits de crayon auburn, comme ses cheveux teints. Elle complète son maquillage avec du mascara qu'elle applique sur les cils supérieurs de ses yeux noisette qui, du coup, s'animent, brillent.

Elle hésite puis, d'un geste décidé, étale un peu de fond de teint sur les taches brunes de sa tempe. Blush doré et gloss au milieu des lèvres, et la voilà fin prête pour aller frapper chez son voisin, Jean-Christophe.

« J'ai le droit moi aussi d'avoir un confident. Peut-être pourra-t-il m'aider comme moi j'aide mes clients. Et puis, un homme qui m'admire, ça me changera d'Étienne pour qui je suis plus rien. C'est vrai, s'il tenait à moi, il se ferait soigner. S'il m'aimait… Comment peut-il m'aimer alors qu'il aime plus rien ? »

Clara est soulagée qu'Étienne dorme encore. Cela lui évitera des questions sur sa sortie matinale. Elle espère que Charlène et les deux enfants seront toujours chez les parents de celle-ci en ville. À la cuisine, elle prend le temps d'un demi-café corsé pour se donner une dose d'énergie, de volonté.

« Je devrais peut-être lui téléphoner avant ? C'est peut-être dangereux d'arriver chez lui sans prévenir. Pourquoi ce serait dangereux ? Pour lui ? Pour moi ? Pour nous deux ? Je veux pas tromper mon mari ! »

Avant de sortir, Clara examine une dernière fois sa silhouette dans le miroir du vestibule. Elle a mis une de ses belles robes d'été. Satisfaite, elle attrape son chapeau de paille jaune clair.

« Je me fais des idées. Cet homme est trop jeune pour moi. Et il est amoureux de Charlène, qui – je trouve – lui convient pas du tout. Il est peut-être pas attiré par moi, qui suis… fidèle. Non non, j'invente rien. Il a souvent pour moi des regards appuyés, des mots tendres, des gestes suggestifs pour qui a l'œil. Il le sait pas encore, mais il est attiré par moi. »

Son cœur saute dans sa poitrine, sa bouche est sèche quand elle cogne à la porte de la maison jaune de son voisin.

« Moi qui aime tant mon Étienne, voilà que j'en aime un autre ! Le cœur ou le sexe ? L'un est jamais très loin de l'autre, même qu'on les confond. »

La porte s'ouvre sur Jean-Christophe qui, visiblement, prenait son petit-déjeuner. Il est très surpris de la voir là, tout endimanchée.

— De la belle visite ! Qu'est-ce qui me vaut l'honneur ? Entrez…

Clara perd du coup tous ses moyens. Comme si un danger avait surgi.

— Je venais voir Charlène, mais que je suis bête, c'est vrai qu'elle est en ville avec les enfants. Je vais revenir...

— Elle est effectivement en ville depuis hier pour magasiner. Par contre, mon fils est avec sa mère. Ils vont tous revenir en fin de journée. Entrez.

Enjoué et affable, il lui saisit la main pour l'entraîner à l'intérieur.

— Non non non !

— Est-ce que je peux vous aider pour quelque chose ?

— Oui, non, je sais pas... Je reviendrai quand Charlène sera là.

— Un café seulement, et j'ai des croissants chauds...

Elle lui sourit faiblement et le suit jusqu'à la table de la véranda, où il déjeune. Il replie le journal étalé sur son assiette.

— Je reviens tout de suite.

Clara se calme, s'assoit et entend les bruits à la cuisine. Elle soupire, puis se redonne contenance. Le moment est parfait pour lui demander conseil. Elle l'observe, façon oblique, alors qu'il prépare le plateau en y mettant café, croissants, fromage de la région et confiture. Elle le trouve beau, élégant, il a de la classe. Il revient vers elle et dépose le plateau sur la table.

— Comme je suis seul aujourd'hui, je vais en profiter pour donner la dernière couche à la galerie.

Clara se décide à parler :

— C'est à propos de la dépression d'Étienne...

— Ah bon, vous avez compris.

— Vous le saviez ?

— Clara, je suis pas votre thérapeute ni celui d'Étienne. J'ai pas à me mêler de votre vie. Par contre, j'ai bien vu qu'il avait tous les symptômes de la dépression.

— Qu'est-ce que je vais devenir ?

— Qu'est-ce que votre mari, lui, va devenir ?

Sa réprimande lui fait honte. Des larmes jaillissent doucement. Jean-Christophe s'assoit tout près et lui prend la main. Comme on console un étranger qui a mal. Clara respire son parfum dans ses cheveux poivre et sel. Il sent si bon. Elle chancelle quand il lui murmure :

— J'ai du thé vert aussi… si vous préférez…

— Non non, le café, c'est parfait…

Elle se dégage de sa main, se devine rouge comme une tomate.

— Je vous dérangerai pas longtemps.

— Vous me dérangez jamais.

À ce moment précis, il l'entraînerait vers la chambre qu'elle le suivrait jusqu'au lit. Il la regarde avec attention. Elle faiblit.

— Clara, vous avez dû le remarquer, j'ai un faible pour vous.

— Ah oui ?

Elle feint la surprise. Son intonation est remplie de l'espoir d'un destin nouveau.

— Vous avez un faible pour moi ? Comment ça ?

— Vous ressemblez tellement à ma grand-mère Albertine. C'est elle qui m'a élevé, qui m'a tout appris, qui a fait de moi ce que je suis. Je l'ai perdue l'an dernier. Quand je vous ai vue, je l'ai retrouvée et je vous cache pas que c'est beaucoup pour être près d'elle, donc de vous, que j'ai acheté la maison. Voulez-vous être ma grand-mère ?

Doit-elle en rire ou en pleurer ? Elle a pris pour de la concupiscence ses regards tendres, ses gestes enveloppants. Ce n'était que pure nostalgie. Quelle déception ! Elle boit son café, son regard vers le rang.

— Vous sentez comme elle, le muguet. J'adore cette odeur de vieilles personnes !

— Merci !

Le «merci» est sec. Elle n'a que soixante-douze ans et ne se croit pas vieille, ne se sent pas vieille. La preuve, elle a même espéré coucher avec lui.

«La folle ! Ça s'éteint donc jamais, ce feu sous la peau qu'on nomme désir ?»

— Bien, mamie… Qu'est-ce que je peux faire pour t'aider – je tutoyais ma grand-mère.

— Je préfère qu'on continue à se vouvoyer, Jean-Christophe.

Celui-ci comprend vite : il est peut-être allé trop loin.

— Vous vous trompez. C'est impossible que mon mari fasse une dépression. Pas lui.

— Personne est à l'abri de la dépression. Étienne se réfugie dans le sommeil, il est toujours triste, déprimé, il a perdu le goût de travailler et surtout l'estime de lui-même. C'est ça ? Ce sont les principaux symptômes.

— Je pensais que je le rendais heureux…

— Clara, la dépression est une maladie qui a rien à voir avec vous, ni avec votre couple. C'est une maladie qui se soigne et se guérit bien. Une chance…

— Oui, mais moi, moi qu'est-ce que je vais faire avec lui ? L'été est déjà avancé, je sais pas comment je vais m'arranger pour la ferme. Si lui est déprimé, moi je suis désespérée, là.

— Il faut qu'il accepte de se faire soigner.

— Lui ? Il est de ceux qui croient que plus tu vois de médecins, plus t'as de maladies. Un psy, c'est encore pire. Il croit que ce sont des fous, et c'est un homme, les hommes laissent entrer personne dans leur intimité.

— Laissez-moi faire. Mine de rien, je vais aller le voir, évaluer son état. Et on s'en reparle, d'accord ?

— Une dépression… Voir si j'avais besoin de ça.

Clara s'apprête à partir, encore secouée par ce qui vient de se passer. Jean-Christophe la raccompagne jusqu'à la porte.

— Je me cherchais justement un truc physique pour rester en forme. Le jardinage, ça doit être super.

— Non non non.

— Je me change et j'arrive. Et puis, ça va me rapprocher d'Étienne.

— Je sais plus rien. Juste que les fraises hâtives sont pas cueillies et que j'ai personne pour m'aider...

— Je vais vous aider, moi.

Il y a beaucoup d'amour dans ces mots-là, l'amour d'un petit-fils pour sa grand-mère. Clara n'aime pas trop.

— Je vais m'arranger. Excusez-moi de vous avoir dérangé avec mes problèmes.

Elle prend vite congé et marche d'un bon pas vers sa maison. Quasiment une fuite.

« La folle ! Comment j'ai pu imaginer qu'un si bel homme dans la jeune cinquantaine puisse devenir amoureux d'une femme de mon âge ? Je me sens tellement humiliée d'avoir cru un instant qu'il aurait fait fi de mes rides, de mes rondeurs. Maudit romantisme ! »

De retour à la ferme, elle va droit vers Étienne qui, en robe de chambre, est avachi devant la télévision. Elle le prend par les épaules, le secoue.

— Tu fais une dépression, Étienne !

— Je fais pas une dépression. Lâche-moi.

— Tu vas te faire soigner !

— Je suis pas malade. J'ai un coup de cafard. Ça va revenir tout seul. Où t'étais partie habillée de même ?

— Jean-Christophe a dit...

— Ah bien, si Jean-Christophe l'a dit ! Il connaît ça, lui, les comportements humains. Il est même pas capable de se débarrasser de son ex. La dépression, si c'est ça que je fais, c'est un problème de volonté. Quand je vais vouloir, je vais revenir comme avant.

— Mais moi pendant ce temps-là ?

— Si tu m'aimes, tu vas me laisser être ce que je suis.

— Et t'es qui, Étienne ? T'es qui là ? Qu'est-ce que t'es devenu ? Une guenille ? Un paresseux ? Un sans allure ?

Il se lève abruptement, éteint la télé. Clara s'attend à une déclaration qui va régler sa maladie sur-le-champ.

— Je sais pas qui je suis !

— T'es mon mari, le père de Claude, le grand-père de Gabriel.

— Tu comprends pas. Je sais pas QUI JE SUIS en dedans !

— Chéri, je comprends que c'est difficile d'admettre que t'as une maladie… mentale, mais il faut te faire soigner. Il paraît que ça se guérit facilement.

— J'ai pas de maladie mentale.

Il l'a dit sur un ton doux, où se cache un rien d'irrévocable. Il rallume la télévision et en augmente le volume.

— Je vais pas m'envoyer le potager toute seule !

Il ne répond pas. Il est déjà ailleurs.

24

C'est un petit théâtre, petit comme une cour arrière de bungalow. Sur la scène ronde, encerclée par des rangs de chaises droites, un rideau de douche noir cache une baignoire vide peinte rouge sang.

Parmi les spectateurs – la majorité des étudiants de l'école de théâtre privée de Samuel –, il y a Magali au premier rang. Des parents et des amis ont été sollicités, question de s'assurer un auditoire.

Le théâtre, Magali n'aime pas trop, et le théâtre expérimental, encore moins, elle déteste. De plus, c'est une création collective ! Elle préfère le cinéma et le pop-corn au beurre. Elle regarde discrètement tout autour.

« Les filles font dur, je peux pas croire que Sam m'a trompée avec l'une d'elles ; des mal fringuées, pas maquillées... déguisées en pauvresses. Les gars sont pas mieux, avec leurs jeans effilochés, leurs vieux runnings, mal peignés et plutôt sales. Pas mon genre pantoute ! »

Les lumières s'éteignent graduellement, provoquant des applaudissements frénétiques. Un spot s'allume, éclaire le rideau de douche. Samuel apparaît sur la scène en robe de ratine blanche : il tire le rideau et entre dans la baignoire. Le cœur de Magali bat la chamade. Ce beau garçon est à elle. Elle est à lui. Ils baisent ensemble. Ils vont se marier et être heureux.

Toute à son rêve, elle n'entend pas vraiment ce que son bel acteur déclame. Il a les yeux noircis au khôl, les lèvres glossées. Il est plus beau que Robert Pattinson, plus séduisant que Johnny Depp. Elle ne porte aucune attention au texte tellement elle est subjuguée par la beauté, la sensualité de son chum qui s'offre aux spectatrices alors qu'il lui appartient à elle.

Une superbe comédienne fait son entrée sur la scène, elle aussi en ratine blanche. Elle rejoint Samuel dans la baignoire, et il se dénude totalement. Sursaut de Magali et murmures dans l'auditoire.

« Même pas un string ni un jackstrap. NON ! Pas possible ! »

Magali ne tient presque plus en place sur sa chaise droite. Le corps de Samuel lui appartient. Il n'a pas le droit de le montrer à d'autres.

« No trespassing ! Au vol ! » aurait-elle envie de hurler.

La belle comédienne dénoue le ceinturon de sa robe de chambre, qu'elle lance sur la scène. Magali se retient vraiment de crier aux spectateurs : « Bande de voyeurs, vous avez pas honte ! »

Elle respire profondément, s'habituant peu à peu à leur nudité. Heureusement qu'ils parlent, qu'ils ne font que parler. Et, soudain, elle entend les dialogues et reconnaît des mots, des paroles... les siennes, en fait, prononcées dans le secret de leur lit.

— Ah, l'écœurant !

Autour d'elle, des protestations : « Chut... Tais-toi... »

Magali bout. Samuel a écrit leurs chicanes les plus intenses, les plus ridicules, les plus saugrenues, et en a construit une pièce de théâtre. Et ça continue et ça fait rire les spectateurs.

N'y tenant plus, elle se lève et dérange toute sa rangée en faisant le plus de tapage possible. Elle est fâchée, insultée, plus, elle est humiliée. Jamais plus d'acteur dans sa vie ! Ils sont prêts à sacrifier l'amour, l'intimité pour des applaudissements.

Samuel, qui est conscient de la sortie de sa copine, croise son regard alors qu'elle lui fait le signe de son désaccord, pouce en bas. C'est une mise à mort de leur relation amoureuse. Pire que son aveu de l'avoir trompée avec une autre.

Sur le trottoir humide d'une averse d'été, Magali a un urgent besoin de partager son outrage, de raconter tout et tout de suite. Ses deux meilleures chums sont au gym, et ce n'est pas la place pour afficher sa souffrance morale. Sa mère ? Elle est en Europe et, de toute façon, Magali ne la voit presque jamais. Son père ? Il ne comprend rien à la jeunesse et ne veut pas comprendre. C'est un vieux notaire qui ne pige rien de rien aux jeunes. Mis à part les cotes boursières, il n'y a pas grand-chose qui l'intéresse. Les deux derniers ex ? Non, quand même, ils riraient d'elle. Reste Clara, qui ne la juge pas et qui l'aime comme si elle était sa fille.

Elle ouvre son cellulaire et clique sur le numéro de Clara.

— C'est moi !

— Magali ? Il est tard là, ma fille.

Magali attendait ce « ma fille » comme on attend une caresse.

— Il est juste neuf heures. C'est vrai, vous allez au lit tôt en campagne. Je m'excuse. Je suis tellement... tellement.

— Je dormais pas, il y a juste que je suis seule pour tout faire à la ferme, alors le soir je cogne des clous.

— Votre mari est pas là ? Il vous aide pas ?

— Il est pas bien de ce temps-là.

— Ah. Écoutez, en fin de semaine j'ai rien, je peux aller vous donner un coup de main.

— Avec ton chum ?

— J'ai plus de chum.

— Je t'ai entendue souvent dire ça, ma belle.

— À samedi, je vais arriver le matin. On va parler, j'ai besoin de parler.

Magali fourre son téléphone dans la poche de son court imper, tout de même soulagée de pouvoir bientôt confier ses déboires amoureux à Clara.

« Maudit Samuel ! Pourquoi je suis tombée en amour avec lui ? Je le savais que c'était de la merde ! »

Sonnerie cristalline de son cellulaire, qu'elle saisit. Prémonition, instinct ou petit doigt, elle hésite à prendre l'appel, puis :

— Allô ?... Oui. Non ! Non... Ah non !

Elle raccroche, tétanisée.

25

Dans le potager, Clara arrache les mauvaises herbes dans les rangs de navets. Elle a beau mettre des coussins sous ses genoux, son dos crie misère. Elle est découragée. Étienne, qui a pris soin d'elle pendant si longtemps, ne l'a même pas aidée à remplir les premiers paniers bio. D'ailleurs, elle n'est plus certaine de continuer à les livrer à son point de chute à Longueuil. Ses clients viendront les chercher chez elle ! Voilà sa décision. Du moins pour le moment ! Elle est déçue de Jean-Christophe qui, après quelques heures de récolte et de lavage de légumes, a reçu un appel d'urgence d'un de ses patients, l'obligeant à partir.

« J'ai pas été fine avec lui, tant pis pour lui. »

Dans le fond, elle lui en veut de ne pas la désirer comme elle le désire. Elle lui en veut d'être fidèle à sa Charlène. Elle lui en veut d'avoir acheté le chalet jaune et de l'avoir si bien rénové. Mais ce qu'elle lui reproche le

plus, c'est de l'avoir remise à sa place de « grand-mère ».
Elle qui, ce jour-là, se sentait femme fatale.

« J'ai été ridicule ! Ça m'apprendra à me croire
jeune. »

— Pas bon ! Au compost !

Elle rejette un navet en forme de couple enlacé.

— Clara, es-tu là ?

— Oui, ici, dans le potager.

C'est Nicolas. Il a sûrement besoin de légumes et de
petits fruits pour son resto.

— J'ai téléphoné avant de partir. Ça répondait pas.
J'ai pris une chance.

— Étienne est à l'intérieur, mais il répond pas. Vaut
mieux m'appeler sur mon cellulaire.

— Pourquoi il répond pas ? La grippe ?

— Une dépression…

— Ah…

Clara sent que l'état psychologique de son mari
n'intéresse pas vraiment le chef restaurateur. « Il doit
avoir d'autres préoccupations », pense-t-elle.

— Et toi, mon beau, ça va avec ton Lulu ?

— Bien, très bien. Tout va très bien.

Il n'a pas le courage de lui avouer que tout ne va pas
comme sur des roulettes entre Nancy et Lulu, et encore
moins entre Nancy et lui.

— Il me faudrait de la roquette, de la ciboulette,
de la livèche, du cresson de montagne, du thym, du
romarin.

— Prends le panier là et sers-toi.

— Quelle bonne idée !

— Quoi ?

— Tu écris sur des petits cartons le nom des herbes,
des légumes, des petits fruits. Tes clients peuvent se
servir eux-mêmes. Ça va réduire ta charge de travail.
T'auras même pas besoin d'être là.

— Ils vont me payer comment ? Me laisser des sous selon leur bon vouloir ? J'aurai rien pantoute.

— Je te gage que tu vas avoir le double. Juste parce qu'ils voudront pas passer pour des gratteux...

— Ouais, je pourrais faire ça !

— Pour cet été seulement. L'année prochaine, ton Étienne va aller mieux, j'imagine.

— Si ça va pas mieux, c'est moi qui vas faire une dépression.

Nicolas choisit ses herbes avec grande minutie.

— Prends aussi des laitues, Nicolas, elles sont belles cette année.

— Lulu connaissait juste l'iceberg. Il est fou de tes salades.

— Prends des fraises aussi, avant que les écureuils les dévorent toutes. Est-ce que ça se place entre Lulu et Nancy ?

— Non. Le feu et l'eau.

— J'ai réfléchi : comment un enfant abandonné à répétition par sa mère peut faire confiance aux femmes ?

Il est surpris.

— J'avais pas vu ça de même. Ouais...

— Il a peur d'être encore rejeté par une femme. Il se protège. C'est normal.

Nicolas arrête sa cueillette de fines herbes, il s'agenouille près de Clara.

— Avant Lulu, je savais rien de l'amour paternel. Nancy et moi, on est des amis amoureux, mais mon lien avec ce petit gars-là, c'est... Si c'est pas ça l'amour !

— T'as peur que sa mère revienne le chercher ?

— J'ai peur qu'il choisisse sa mère, si jamais elle arrête de se droguer.

— T'as peur qu'il cesse de t'aimer ?

—Non, je sais que nous deux c'est du solide. Quand il met sa main dans la mienne, il me donne sa confiance entière, et je sais que jamais je vais la trahir.

—T'as peur de quoi alors ?

—J'ai peur qu'il reste pas avec moi à cause de ma femme. Elle était pourtant prête à l'aimer, elle voulait tellement un enfant que c'en était devenu une obsession... mais il veut pas d'elle. Je le vois bien.

—Tu veux pas avoir à choisir j'imagine ?

—C'est ça... parce que je sais pas qui, sincèrement, je choisirais. Comment tu fais, Clara, pour me faire parler ?

—Je t'écoute. J'écoute pas juste tes mots, mais tes émotions sous les mots.

—J'aimerais ça que Nancy m'écoute, juste m'écouter comme toi tu le fais, et que je me déboutonne à chaque fois.

—Es-tu certain que tu veux te déboutonner devant elle ?

—Peut-être que j'aurais la force de lui dire qu'entre l'amour inconditionnel envers Lulu et le sien rempli à ras bord de conditions...

—Tu l'as pas cette force-là parce que t'aimes encore ta femme et que tu veux pas donner en exemple à Lulu un couple qui se sépare.

—Et puis je pourrais changer pour pire.

—Ou pour mieux.

Nicolas réfléchit.

—Cet enfant, c'est un cadeau dans ma vie. Je veux qu'il soit heureux, même si je dois rester en couple pour ça ou même si je dois quitter Nancy.

—Le plus beau cadeau que l'on peut faire à son enfant, c'est de lui donner des parents heureux, qu'ils soient ensemble ou séparés.

Un grand silence s'installe entre eux. Nicolas termine sa cueillette par l'oseille.

— Je vais faire ta soupe à l'oseille. Dans mon menu, j'ai nommé ta soupe « le fameux potage de Clara ».

— Nicolas, je pourrai peut-être plus te fournir en légumes. Je suis seule pour m'occuper de tout.

— Je vais venir t'aider.

— Je vais m'arranger. Avec ton resto, Nancy et Lulu, t'en as plein les bras. Il y a mon voisin qui m'aide.

— Ah...

— C'est quoi cette réaction-là ?

— Rien, j'écoutais tes émotions.

— Toi ! N'empêche que t'es le seul à écouter mes émotions...

— À part le beau Jean-Christophe...

— Heille ! Prends pas toute mon oseille !

— Demain je fais du saumon. Avec une sauce à l'oseille. Je te dois combien pour les fines herbes ? Ce sont des extras...

— Ce que tu veux.

Elle rit de son beau rire à clochettes.

— Non, Clara, dis-moi ce que ça vaut vraiment. Allez !

— T'as pas les moyens, jeune homme, de payer ce que vaut une fine herbe choisie, caressée, soignée aux petits oignons, sans poison qui détruit la santé.

— T'as bien raison, les légumes dans les pays riches sont pris pour acquis.

— Tu m'inviteras à ton resto avec Étienne quand il ira mieux. Un genre de troc. Pas d'argent entre nous, c'est mieux.

— Il y a pas de mal à faire du profit, madame.

— Je fais pas ce métier pour l'argent, mais pour partager deux des grands plaisirs de la vie : manger sainement et garder mes amis longtemps.

— Merci. Pourquoi pas ce soir, le resto ?

— Plus tard… quand Étienne ira mieux.

« Cette femme est merveilleuse. Pourquoi je l'ai pas rencontrée avant ? »

« Cet homme est si généreux, si doux, si tendre. Pourquoi on a pas le même âge ? »

26

Des pichets de bière, des hamburgers géants, des club sandwiches, des montagnes de frites. Robert lunche comme chaque mois avec ses vieux chums. Hors de son rôle de mari et de père, il devient fanfaron, hâbleur, vantard. Un autre homme.

— Voulez-vous rire de moi ?

Tous les cinq insistent pour qu'il dévoile ses techniques de séduction avec la gent féminine.

— Pogner, ça s'enseigne pas… Tu l'as ou tu l'as pas ! Je l'ai. C'est pas de ma faute. Désolé, les gars.

— Envoye, Bob, donne-nous tes trucs !

— De pognage ?

— Pognage 101, yes !

Robert regrette de s'être toujours vanté de cueillir les femmes comme des pommes à l'automne. Il est pris dans ses menteries, ses exagérations.

— Disons que je pogne moins que je pognais.

— C'est pas gênant, Bob... On est des vieux chums. Crache !

Ils insistent, applaudissent. Au fond, ils jouent un jeu, sachant fort bien que leur ami se vante tout autant qu'eux.

— Crisse de caltor, allez-vous arrêter de m'achaler avec ça ! Je suis pas un séducteur pantoute... C'est même rendu que je bande mou.

Il voudrait rattraper son aveu sorti malgré lui de sa bouche. Mais c'est trop tard. Chacun se met le nez dans son assiette. Une armée d'anges passe. Puis un murmure dans un désolant soupir :

— Moi aussi...

Une autre confession et une autre. L'atmosphère se clarifie et devient presque sereine. Ils rient, contents de ne plus être obligés de jouer les matamores. Ils parlent en abondance de leurs problèmes de prostate, ils racontent les fois où ils n'ont pas pu se retenir et ont fait pipi dans leurs bobettes. Ils se révèlent le nom de leurs médicaments, de leurs urologues... Les hommes aussi ont leur club de « T'as-mal-où ». Robert est soulagé. Il se croyait seul à avoir perdu l'intérêt pour la chose.

— Moi...

Au tour du petit gros chauve de passer au confessionnal :

— ... J'ai eu comme un sursaut il y a trois ans, le démon du midi, faut croire. Après usage, elle était pas plus bandante que ma femme... Elle faisait même pas à manger. Ça fait que...

— Moi, tant qu'à pas baiser... c'est souvent moins de troubles de rester avec sa femme.

— Moins cher aussi !

— La mienne...

C'est le dernier arrivé, le « six pack » de la gang qui fait culpabiliser les bedonnants, qui prend la parole :

— C'est sûr qu'avec une plus jeune t'as un regain de vigueur, mais après un certain temps... c'est du pareil au même ; ça fait que tant qu'à bander une fois aux quinze jours, t'es aussi ben de rester avec ta femme.

Ils hochent la tête. Ils approuvent la sagesse du body builder.

Le grand maigre à petite bedaine de bière est le dernier à s'aventurer sur le terrain de la confession.

— Faut dire que ma Janine a jamais été forte sur la chose. Fallait toujours que je lui fasse un petit cadeau en argent pour avoir sa permission de... t'sais veux dire... Je me suis dit : « Je vais essayer les autres qui se font payer pour vrai, en cash, tant qu'à faire. » Après un certain temps, c'est moi qui avais plus le goût pantoute. J'ai abandonné le sexe. Y a pas juste ça, le sexe, dans la vie !

Tous applaudissent, et Robert met le point final aux confidences en enchaînant avec le sport. Là, au moins, on peut se mettre à la place du joueur et scorer.

27

Mireille, douchée et luisante de crème au parfum de mangue et framboise, attend que son mari la rejoigne au lit. Elle a eu beau essayer de lire son roman, rien n'y fait. Ce qu'elle veut là tout de suite, c'est lui. Une envie de lui, une envie dévorante plus grande que ses envies de sucre.

« C'est bête ! Au début de notre mariage, je prenais pas plaisir à l'acte. Maintenant que j'y ai pris goût, c'est lui que ça tente pas, même le Viagra lui donne mal à la tête, qu'il dit. »

Les pas de Robert résonnent dans l'escalier. Mireille rejette vite les couvertures, jouant de la cuisse entreprenante.

— T'es pas couchée ?

— Être étendue dans le lit, comment t'appelles ça ?

Il rit d'un petit rire niais. Il n'a que trop bien décodé son message. Il se déshabille pudiquement, trop... Elle comprend aussi son message.

— T'as mal à la tête, mon Bob ?

— Non.

— Alors on peut ?

— Sais-tu... pas ce soir... Une autre fois.

— Dis tout de suite que je t'écœure.

— Tu m'écœures pas, voyons.

— Alors pourquoi ?

— Parce que.

— Je veux juste savoir si sans petite pilule t'es capable.

— Je te teste-tu, moi ?

— T'as peur ?

— J'ai pas cinq ans, Mimi !

— Tu me désires plus !

— Y a pas juste le sexe dans la vie !

Elle le fixe durement pour qu'au moins il ait la charité d'offrir une explication. Il fuit son regard et attrape son oreiller.

— Ta fille occupe sa chambre. T'es pogné avec moi.

Il saute sur l'occasion pour la faire culpabiliser.

— Ta fille est enceinte et t'as le goût de te lâcher lousse. Toute une mère !

— Peut-être justement que ça me ferait du bien de me coller, d'oublier un peu ce que ma fille me jette en pleine face avec sa grossesse : qu'elle a besoin d'un bébé pour avoir de l'amour. Je lui en ai pas assez donné, y paraît...

Mireille se met à pleurer doucement puis à chaudes larmes. Elle sait qu'il ne peut supporter de la voir pleurer, que ça lui fend le cœur. Habituellement, il lui dirait d'arrêter de chialer, mais là il choisit d'écouter son chagrin.

— T'as de la peine ?

— J'appelle pas ça de la peine, je suis au désespoir.

— Tu pensais que t'avais donné tout ton amour à ta fille et t'es déçue que ce soit pas assez.

— Oui, c'est ça ! Ma fille, quand elle est née, j'ai capoté. J'avais fait ça, moi, cette merveille-là, une merveille qui criait comme un putois, mais un chef-d'œuvre. Je l'ai aimée, t'as pas idée comment je l'ai aimée. J'avais fabriqué une autre moi-même. Elle serait moi, en plus petit. Comme si je m'étais clonée en mieux. Je lui donnerais tout ce que j'avais pas eu, elle aurait mes qualités et pas mes défauts. Elle aurait tous les talents que j'ai pas moi. Ce serait une petite parfaite. Ç'a pas pris de temps qu'elle m'a montré qu'elle était « elle », que tout mon bon vouloir pouvait pas la changer. Elle était elle-même, tellement différente de moi que je suis pas sûre que j'aime le genre de fille qu'elle est.

— Moi j'ai senti ça, ben ta déception que ta fille soit pas comme toi, et j'ai compensé ton manque… ton manque de…

— Tu l'as gâtée pourrie.

— Je me suis senti responsable, j'étais son protecteur, son pourvoyeur. Je devais lui éviter tous les chagrins. Je devais combler tous ses désirs pour qu'elle soit heureuse. Lui payer les cours de piano, de diction, la choyer pour compenser, tu comprends ?

— C'est drôle que, pour ta fille, t'as tout compris. Pour ton gars, t'es tombé dans le panneau comme moi, le piège de vouloir qu'il soit toi en mieux.

— Ouais. Pourquoi on fait ça ?

— Je le sais pas.

— On se trompe.

— Tu parles.

Mireille se couvre, soudain pudique. Ils se regardent avec émotion. Elle l'invite à la rejoindre sous l'édredon.

— Viens.

Il s'y glisse, elle le serre dans ses bras, l'embrasse sur les yeux, sur le bout du nez. Il bécote chacun des doigts d'une de ses mains.

Ils en viennent à se caresser doucement, gentiment. Robert voudrait en rester là, mais c'est mal la connaître.

— Prends-moi !

— J'ai pas pris ma pilule.

— Au diable ta pilule ! T'es capable !

— Je veux pas prendre le risque d'avoir l'air fou. C'est humiliant en baptême une queue qui lève pas. C'est comme si t'étais pas un homme. Une chance que je suis pas tout seul à vivre ça. Mes chums de gars ont aussi des « difficultés érectiles », comme c'est écrit sur la boîte de pilules bleues. Vous autres, les femmes, vous êtes chanceuses d'être toujours prêtes. C'est plus difficile de lever un bras que d'ouvrir la bouche...

— J'haïs ça quand t'es vulgaire. Bonne nuit !

« Pis mon désir, moi ! Qu'est-ce que je fais de mon appétit sexuel ? C'est ben beau des petites caresses affectueuses, mais comme préliminaires, pas comme terminus ! Je peux quand même pas y sauter dessus. Et si j'y sautais dessus ? Pourquoi pas ? »

Mireille passe aussitôt aux actes. Robert se débat telle une vierge offensée et finit par bander.

Après l'amour, qui fut court, il lui glisse à l'oreille :

— On va passer de belles vacances en Gaspésie. As-tu hâte, Mimi ?

Elle roupille déjà, et il se demande comment il va s'y prendre pour annoncer à ses chums qu'il ne fait plus partie de leur club de « pas bons ».

28

C'est une journée chaude de juillet. Un ciel bleu sans nuages. Avec sa jupe blanche à volants, sa blouse qui lui dénude une épaule et son chapeau de paille jaune clair, Clara est pimpante et elle rejoint Jean-Christophe, qui achève de charger la camionnette de paniers bio.

— Clara, vous êtes si jolie ! On dirait une marguerite des champs !

— Merci, voisin...

— Étienne va mieux ?

— JE vais mieux !

— Ça se voit et ça s'entend ! Et les paniers sont là, preuve que vous avez repris le boulot.

— J'ai enfin compris tout ce que vous m'avez dit sur la dépression, que c'est ni par entêtement ni par paresse qu'Étienne fait plus rien. Il est malade tout simplement. La dépression est une maladie réelle...

— Qui se soigne !

— J'ai aussi compris que je pouvais pas tout partager avec lui et que, si lui faisait une dépression, moi j'en faisais pas une. Je suis vivante, en pleine forme et j'ai l'intention de profiter de la vie, de ma vie.

— C'est bien, ça, Clara.

— Ça m'a pris du temps à comprendre, trop de temps même, mais maintenant je sens que je vais pouvoir être à l'écoute de la détresse d'Étienne, pas dans sa détresse.

Jean-Christophe, qui se sent coupable de ne pas pouvoir aider Étienne davantage, demande :

— Voulez-vous que j'aille lui parler ?

— Il veut voir personne.

— Je peux toujours essayer.

— Si vous voulez. Bon, vaut mieux que j'y aille...

Elle grimpe dans la camionnette et démarre pour se diriger vers son point de chute à Longueuil, où se fait la distribution des paniers bio. Jean-Christophe l'observe s'engager dans le rang, puis sur la route menant au village. Elle lui fait un dernier salut de la main.

Rencontrer ses clients fait partie de ses petits bonheurs, de ses éclaircies dans la tempête. Elle en a besoin.

Après s'être lavé les mains à même le boyau d'arrosage et avoir mis de l'ordre dans sa crinière, Jean-Christophe prend la décision d'une tentative d'approche auprès d'Étienne.

À la porte moustiquaire de la cuisine, il tousse pour signaler sa présence. Pas d'autres bruits que le tic-tac de l'horloge antique qui trône dans le vestibule. Il entrouvre la porte.

— Étienne !

Aucune réponse.

— C'est moi... Jean-Christophe !

Pas un son, que ce tic-tac lugubre dans un silence pesant.

« Je vais quand même pas entrer et me mettre à sa recherche. Il doit dormir à l'étage. »

Alors que Jean-Christophe s'apprête à rebrousser chemin, la double porte du salon s'ouvre, et un cadavre apparaît en pyjama et veste de laine malgré la canicule. Barbe longue, cheveux gras et pieds nus dans des pantoufles doublées de mouton, Étienne lui fait signe d'entrer, tout en s'assoyant à la table de la cuisine.

Jean-Christophe le rejoint, s'installe devant lui.

— Pensez-vous à vous enlever la vie, Étienne ?

Surpris par la question, Étienne le fixe d'un regard absent.

— Vous faites une dépression, et penser à mettre fin à ses jours en est un symptôme... Parce que la dépression est une maladie... une maladie qui se soigne. Pensez-vous au suicide ?

Étienne bouge ses yeux de haut en bas, de droite à gauche tel un chevreuil apeuré face à son prédateur.

— Ça m'arrive... quand je suis dans le tunnel et que je vois pas la sortie.

— Vous voyez pas d'autres avenues possibles pour faire cesser votre souffrance ?

— C'est ça, je suis dans un cul-de-sac, aucune porte de sortie.

— Alors on se dit : « Il y a que la mort pour me sortir de là. »

— Oui.

— On peut pas croire que des portes peuvent apparaître, qu'elles peuvent s'ouvrir devant nous.

— On les voit pas. Je les vois pas. Il y a pas d'issue.

— Dans le fond, Étienne, vous voulez pas mourir, mais mettre fin à votre souffrance, non ?...

— J'en peux plus de souffrir.

— Je connais une porte, une issue pour vous sortir de cette détresse.

—Oui ?

—Une psychothérapie, et des antidépresseurs.

« Clara m'a suggéré la même chose, mais lui, c'est un spécialiste des maladies de l'âme. Peut-être que cela pourrait fonctionner ? »

—Je sais pas trop... En fait, je sais plus rien pantoute.

—C'est faux que vous êtes de trop sur la terre, que personne vous aime et que si vous partiez ça ferait aucune différence pour personne. Vous êtes nécessaire à votre femme, à votre fils, à votre petit-fils. Et moi, j'ai besoin de vous comme voisin, comme ami. Vous nous êtes indispensable à tous.

Mal à l'aise après cette déclaration d'affection, Étienne se lève et se dirige vers le salon, où l'attend son calmant préféré : le sommeil.

—Vous faites une dépression, Étienne. Une maladie qui se soigne avec des antidépresseurs et un suivi psychologique. ÉCOUTEZ-MOI, BON SANG !

Le ton est si autoritaire qu'Étienne revient machinalement à la table, intimidé.

—Je sais, je sais. C'est humiliant pour un homme de demander de l'aide. Je le sais, je suis un homme aussi. Nous autres, les hommes, on se croit forts, capables de s'en sortir tout seuls. C'est faux ! On est comme tout le monde face à la maladie, on est vulnérables. Étienne, je peux vous aider en vous suggérant dans un premier temps un médecin pour des examens et...

Étienne l'interrompt.

—Pourquoi moi ? J'ai tout pour être heureux. Pourquoi ça m'arrive à moi ?

—La dépression, ça peut arriver à tout le monde. Cause génétique, biologique, organique, psychologique : on a pas encore mis le doigt dessus. Mais ce que j'en sais est que la colère refoulée et la culpabilité sont les deux causes profondes de cette maladie.

Étienne se lève abruptement et retourne tout de go au salon aux volets fermés.

« J'ai manqué mon coup pas à peu près. J'ai pas dit ce qu'il fallait. S'il refuse de consulter un médecin et un psy, alors là il va falloir le faire entrer à l'hôpital. »

Jean-Christophe n'abandonne néanmoins pas la partie, et c'est bien décidé qu'il retrouve Étienne au salon, lui attrape un bras pour le forcer à se redresser, à le regarder droit dans les yeux.

— Écoutez-moi bien. De toute façon, la maladie va suivre son cours, vous allez vous en sortir. Il y a toujours une lumière au bout du tunnel.

Agacé, Étienne se déprend de la poigne de son voisin et recule pour créer une distance.

— Laissez-moi donc tranquille ! Je vous ai rien demandé ! Ma vie, c'est pas de vos crisse d'affaires…

« Ça vaut la peine d'avoir étudié pendant des années en relation d'aide pour échouer aussi platement. Il a raison : c'est pas de mes affaires. Comme si j'avais pas assez de troubles avec ma famille recomposée et Caro, mon ex, qui est toujours chez nous et qui casse les pieds à Charlène. »

— Bon, je suis encore là si… Pour une autre heure. Dans le potager. Qui a bien besoin de vous. Salut.

Une fois seul, Étienne marmonne :

— Colère refoulée ! J'ai pas de colère refoulée, moi.

Pour ne plus penser, il s'allonge sur le divan, ferme les yeux, cherchant le sommeil libérateur. Mais, cette fois-ci, il ne le trouve pas.

« Quelqu'un dans mon passé a violé mes limites, a blessé mon identité, a fait en sorte que je sais pas qui je suis. JE SAIS PAS QUI JE SUIS ! »

Sa voix intérieure n'a de cesse de tourbillonner, d'insister. Il voudrait la faire taire. À tout prix. Impossible de rester là sur le divan. Le sommeil le fuit. Il doit faire face à ses démons. Il souffre.

À bout, Étienne se lève, va à la fenêtre, entrouvre les volets, laissant pénétrer un filet de soleil. Ébloui, il se détourne. Un mince espoir l'envahit soudain. Un jour, il ouvrira toute grande cette fenêtre et il respirera l'air pur. Un jour...

29

Le ciel bleu s'est assombri. Il pleut maintenant des cordes, et Clara doit vite couvrir ses paniers d'une bâche, qui claque au vent. Elle referme les portes arrière de la camionnette. Trempée, elle s'installe au volant, remonte vite la vitre et s'éponge tant bien que mal avec sa veste de coton ouatée.

Sous un large parapluie tigré, Nancy frappe à la vitre de la portière. Clara lui fait signe de la rejoindre. Sa cliente referme son parapluie dégoulinant et s'empresse de monter à bord.

— Quel temps de chien ! Il faisait pourtant si beau ce matin.

— C'est juste une couple de nuages. Ça va passer. Comment vas-tu ?

— Mal. En fait, très mal même.

— Lulu ?

— Oui, Lulu.

— Il est malade ?

— Lui ? Il est en santé. J'y vois.

— C'est Nicolas d'habitude qui vient chercher son panier...

— Faut pas me parler de lui.

— Au contraire, parlons-en. Qu'est-ce que tu lui reproches ?

— J'existe plus. Depuis l'arrivée de cet enfant, il me regarde plus, me parle plus. Il me trompe avec Lulu !

— Beaucoup de femmes se plaignent que leur mari s'intéresse pas à leurs enfants, t'es chanceuse.

— Tu me blâmes ?

— Je trouve que tu passes à côté du bonheur parce que les choses se déroulent pas comme tu l'avais décidé. Ce que tu supportes pas, c'est la perte de contrôle. Tu me demandes mon avis, je te le donne.

— Tu me comprends pas.

— Je comprends parfaitement.

— T'as toujours préféré Nicolas. Tu prends pour lui !

— En ce moment, oui.

Clara aurait voulu lui expliquer la détresse de Lulu vis-à-vis des femmes, comme elle l'avait dit à Nicolas, mais Nancy, froissée, a claqué la portière et, sous son parapluie, elle court vers sa voiture.

Des rafales se mêlent à la pluie battante. Le tonnerre gronde. Un ciel sombre tel un drap mortuaire recouvre le parc et toute la rue, que les piétons ont vite désertée. Le ciel se déchaîne. Clara a une peur bleue des éclairs, une peur maladive. À cinq ans, elle s'était abritée de la pluie sous un arbre qui avait été scié en deux par la foudre.

Un jet d'électricité fend le ciel juste devant ses yeux. Elle sursaute au coup de tonnerre qui suit, faisant vibrer la camionnette. Apeurée, elle sort pour foncer vers l'auto de Nancy, qui était sur le point de partir.

Surprise totale de la pédiatre qui la voit entrer, tremblotante, proche des larmes.

— J'ai peur, Nancy.

— On est à l'abri là, il y a pas de danger.

— J'ai tellement peur.

Clara est devenue une petite fille. Nancy lui ouvre les bras.

— Viens, viens… N'aie pas peur, je suis là.

Nancy pose une main sur les yeux de Clara pour que celle-ci ne voie pas les éclairs et, de l'autre main, lui bouche une oreille. L'orage brasse le ciel et, au bout d'un moment, il finit par s'estomper, s'éloigner en grognant sourdement.

Les deux femmes sont bien dans les bras l'une de l'autre. Quand la pluie diminue, elles se dégagent, un peu gênées par cette intimité. Ce n'est pas tous les jours qu'on a l'occasion de se sécuriser dans les bras d'une autre femme.

— Je m'excuse. Je suis vraiment ridicule. Merci, Nancy…

— Non, c'est moi qui te remercie. Ça m'a rappelé quand j'étais petite et que maman me berçait.

— Excepté que là c'est la fille qui berçait la mère. Et c'était bon. J'ai juste eu un garçon. Il y a toujours une retenue quand un garçon enlace sa mère. Deux femmes ensemble, c'est plus naturel.

— Je m'ennuie tellement de ma mère. J'ai vraiment cru que c'était elle que je tenais dans mes bras.

— Tu la vois pas souvent ?

— Non, juste à l'occasion. Surtout aux fêtes. Quand mes sœurs ont fini de raconter combien elles font d'argent, combien leurs grosses maisons à ville Mont-Royal coûtent et combien leur famille augmente – une d'elles a trois enfants –, il y a moi qui m'obstine à parler français et qui suis qu'une simple pédiatre, alors qu'elles sont cardiologues comme mon père. Et arrive toujours la question : « When are you going to give us a baby ? » Je pourrais crier au meurtre à chaque fois.

— Quoi, ils savent pas encore que tu peux pas avoir d'enfants ?

Nancy confirme en baissant honteusement les yeux.

— Et ils savent pas encore pour Lulu ?

— Lulu ? Pas Lulu. C'est pas mon enfant, certain. Il est pas élevé. Il est violent, menteur. Il mord ! Il m'a mordue.

— T'as fait quoi quand il t'a mordue ?

— J'ai appelé Nicolas.

— C'est toi qui aurais dû lui faire voir que les humains sont pas des chiens, qu'ils ont la parole pour exprimer leur colère.

— Nicolas lui a parlé, Lulu est venu s'excuser.

— T'aurais pu lui dire : « T'es en colère, mais ta colère tu peux l'exprimer autrement qu'en mordant. »

— J'ai pas le tour avec lui. Pourtant, j'ai la réputation d'être une bonne pédagogue auprès des parents de mes petits patients.

— Avec tes patients, t'as du recul, t'as pas à gérer les émotions venant de ton enfance. Lulu doit ranimer en toi une insécurité qui te porte à être jalouse de l'enfant que ton mari tente de sauver.

— Jalouse, moi ?

— On ressent toutes la peur de perdre l'être aimé, que ce soit dans les bras d'une autre femme ou dans ceux d'un enfant.

— Moi, jalouse ?

Le ton de Nancy est plus hésitant, elle est visiblement ébranlée par les propos de Clara.

Une crinière telle une moppe mouillée apparaît dans le rétroviseur. Clara éclate de rire en reconnaissant Mireille, dont le mascara dégoulinant a noirci les yeux et les joues, en partie. Elle abaisse la vitre.

— Bonjour, Mireille.

— J'ai eu une grosse chaleur tantôt, je suis sortie de mon char pour m'éventer dans le parc, pis l'orage est arrivé. Je me suis fait doucher pas à peu près.

— Tout habillée à ce que je vois !

— J'étais quand même pas pour me mettre toute nue au milieu du parc. J'ai ma pudeur.

Clara et Nancy sortent de la voiture, et elles se dirigent toutes les trois vers la camionnette. Nancy attrape son panier bio et prend congé en embrassant Clara sur la joue et en lui murmurant à l'oreille : « Merci, Clara. » Mireille, qui les a observées avec un petit sourire, lance :

— Eh bien ?

— Quoi ?

— Je vous ai vues, toutes les deux… ben collées.

— Les éclairs et le tonnerre me rendent folle. Je panique.

Mireille garde son air un tantinet libidineux.

— Les hommes sont si décevants, hein ? Des fois je me dis que deux femmes c'est peut-être plus simple.

Clara pouffe de rire.

— Quoi ? Ça arrive !

Clara rit de plus belle devant une telle absurdité. Mireille rit aussi sans trop comprendre.

— Attention, Clara, on va créer un attroupement.

— C'est pas moi, c'est toi. On voit ton soutien-gorge et ta culotte à travers ta robe mouillée. Tu fais tout un show…

Elles montent dans la camionnette. Clara allume l'air chaud pour sécher quelque peu sa cliente amie.

Puis, de son sac à main, elle sort une tablette de chocolat noir qu'elle déballe et, en premier, en offre un bout à Mireille.

— Faut que t'aies l'esprit tordu pour penser que Nancy et moi... Si deux personnes du même sexe peuvent pas se toucher sans éveiller des soupçons sur leur orientation sexuelle...

— Je suis tellement en manque que je vois du sexe partout. Si tu savais ce que c'est que de coucher dans un lit avec un homme qui te touche pas si tu le forces pas...

« Je sais ce que c'est aussi, Mimi. Je le sais. »

— Je suis rendue que je sais plus à qui donner mon surplus de libido. Ça me sort de partout. Étais-tu comme ça dans ta ménopause ?

— Non... parce que j'avais Étienne. Mais, sans lui, je sais pas trop ce que j'aurais fait.

— Tu te serais jetée sur ton beau voisin, Jean-Christophe ?

— Peut-être...

— On dirait que les hommes croient que, parce que ça leur tente moins, pour nous autres c'est pareil. Non. Moi j'ai commencé à être vraiment femme à trente-cinq ans. Là, je suis dans mon peak. Lui, son peak c'était quand on s'est mariés. Aujourd'hui, lui, il lui faut sa maudite pilule pour performer. Pis là, il a commencé à dire que ça lui donne mal à la tête, le Viagra. Ce maudit « mal à la tête », on sait, les femmes, ce que ça veut dire : « Ça me tente pas pantoute. » Moi, j'ai juste le sexe pour exprimer mon amour. Je suis pas une minaudeuse, une faiseuse de petites caresses. Moi, il me faut toute la patente. Je te scandalise pas trop, j'espère...

— Non non.

— Pis là ma fille qui retontit enceinte pas de père. Bob est tellement content qu'elle lui soit revenue qu'il en prend soin comme il a jamais pris soin de moi.

— Qu'est-ce que tu veux, Mimi, au juste ?

— De l'amour.

— T'en as, mais il ressemble pas à ce que tu penses de l'amour.

— Je veux que Bob ait juste moi en tête, qu'il me désire et me prouve qu'il m'aime en me faisant souvent grimper au septième ciel. Comme avant les enfants !

Mireille est toute à ses récriminations envers son mari, sa fille enceinte à dix-sept ans, sa vie plate.

— Je veux pas être grand-mère. J'ai élevé deux enfants : j'ai donné. J'ai-tu l'air d'une grand-mère ? Je suis pas une grand-mère, je suis une femme dans toute la force du mot. C'est plein de feu en dedans, du feu qui demande rien qu'à brûler de passion. Je veux aimer et être aimée à la folie avant que je sois toute ratatinée. Bob, lui, on sait ben, le bébé, il veut le garder, l'élever. Il a aimé ça, lui, catiner. Pis avec l'enfant à la maison, il en aura des excuses pour pas me faire l'amour. Des plans pour qu'il couche le petit entre nous deux. Comme je faisais au début pour le refroidir un peu.

— L'aimes-tu vraiment, ton mari ?

— Je comprends ! Juste le voir en boxer, je grimpe dans les rideaux. Faut dire que tout me fait grimper de ce temps-là. Je pensais que la ménopause c'était la fin du désir sexuel. Mais dans mon cas, c'est plutôt le summum.

— Es-tu bien avec ton Bob, je veux dire, avez-vous une bonne relation ?

— Là, Clara, tu me perds. J'ai avec Bob la relation... sexuelle. Le reste, ça vient tout seul. Oh pis y en a des pires que lui... Si seulement il avait un peu de passion, un p'tit peu plus.

— Dans la relation de couple, il y a l'amour physique, mais aussi l'amour de l'autre pour ce qu'il est, et puis la tendresse, la connivence, la confiance, la complicité.

— Heille, t'as une autre cliente qui arrive. On reprendra notre conversation. Il faut que je rentre avant le gros trafic. Je prends mon panier !

Il est clair que la coiffeuse n'apprécie pas trop l'orientation que veut donner Clara à leur échange.

Une autre cliente et une autre. Tous les paniers ont maintenant été pris. Pendant quelques heures, Clara a pu oublier ses problèmes à elle et, par conséquent, ceux d'Étienne. Ça vaut bien le travail que ça lui demande.

***

De retour à la ferme, Clara est surprise des volets ouverts au salon. À la cuisine, elle remarque les deux chaises éloignées de la table. Songeuse, elle les replace. Puis Étienne descend de l'étage. Il est lavé, peigné, rasé et vêtu d'un jean et d'un t-shirt propres. À ses pieds, toutefois, encore ses vieilles pantoufles de mouton, question peut-être de démontrer que, s'il va mieux, il n'est pourtant pas sorti d'affaire.

« Je vais pas lui demander comment il va, c'est certain qu'il va me répondre "mal", comme toujours. Je vais faire comme si de rien n'était. »

— Tous les paniers sont partis. Pas trop de retardataires non plus. Il y a eu un gros orage. Une chance... Nancy était là...

Contre toute attente, Étienne la prend dans ses bras, la serre tendrement contre lui.

— Merci de ta patience.

— Je ne fais que t'aimer.

— Je vais finir par m'en sortir, on s'en sort tous, y paraît.

Clara ravale des larmes de joie. Elle ne veut pas savoir par quel miracle il est enfin sorti de sa torpeur. Il est là, certes maigre et affaibli, mais elle est dans ses bras, et son cœur saute d'espoir.

— Veux-tu manger ? Je peux dégeler des steaks.

Il l'éloigne un brin pour la regarder comme si elle avait dit une énorme bêtise. Et, sans un seul mot, il se retire au salon.

« Je vais trop vite. Faut pas le brusquer. Mais je suis si contente. Un steak, de quoi le tuer raide ! Depuis six mois, il avale juste des toasts. »

— Je t'apporte tes toasts, du fromage et ton thé, mon amour.

« Et s'il guérissait, s'il se remettait à travailler avec moi ? Je me suis habituée à m'organiser sans lui. C'est pas désagréable. J'ai aucune permission à demander. Je fais ce que je veux, et Jean-Christophe travaille deux fois plus vite et deux fois mieux que lui. Et puis il est de si agréable compagnie. Il m'instruit sur des notions de psychologie et, en retour, je lui apporte mon expérience de vie. J'ai la sainte paix. Je suis libre. Dans le fond, la maladie d'Étienne m'arrange. J'ai le parfait contrôle de la maison et du potager. Je m'aime pas quand je l'aime moins, mais la maladie use l'amour, a usé le lien qui nous rattachait l'un à l'autre. »

Clara fait griller deux tranches de pain, sort du frigo les confitures, le fromage de chèvre. De l'armoire, le contenant de thé chinois. Ses gestes figent d'un coup.

« Oh que j'ai honte de penser comme ça ! Que j'ai honte ! »

30

Il est un peu plus de vingt heures. Gabriel s'est endormi, son doudou petit singe contre son cou. Claude ajuste le thermostat de la chambre et, après un dernier regard plein de tendresse à son fils, il quitte la pièce.

Au rez-de-chaussée, la mine assombrie, il range la cuisine, se sert un verre de vin, jette la bouteille vide dans le bac de recyclage. Il boit, figé sur place, songeur : depuis deux jours, aucune nouvelle de Francis. Claude lui a laissé plusieurs messages vocaux, plusieurs textos. Silence, à part un court texto lui disant qu'il allait « super bien ».

Désœuvré, il éteint à la cuisine et, dans le grand salon, hésite entre regarder la télévision, des DVD, qu'il trie distraitement, ou joindre sa mère. Mais, au bout de Skype, aucune réponse.

« Je suis pas raisonnable, maman est pas obligatoirement devant son ordi à attendre mes épanchements à la con. »

Il allume finalement la télévision, cherche une émission susceptible de lui changer les idées, mais rien n'accroche son intérêt. Ou plutôt rien ne vient à bout de ses inquiétudes quant au silence de son conjoint.

« Où est-il ? Que fait-il ? Pourquoi il m'appelle pas ? Il a rencontré un nouvel amant ou bien il est parti pour toujours parce que je suis jaloux. Je suis pas jaloux tant que ça ! Je l'aime, et vouloir qu'il me soit exclusif est tout à fait normal. Je le suis, moi, fidèle, et c'est pas les tentations qui manquent ! La fidélité, c'est la base du couple. S'engager, c'est s'engager à l'exclusivité, à n'aimer personne d'autre. Se faire confiance, pas tromper l'autre, pas se mentir. S'aimer, quoi ! Je peux pas, je pourrai jamais accepter qu'il me trompe. Mes parents sont mon modèle de couple. Que je sois pas l'unique dans son cœur et dans sa vie, mais un parmi d'autres, ça je peux pas l'accepter. Je veux pas le partager... Juste l'imaginer faire avec d'autres ce qu'on fait ensemble, juste l'imaginer dire les mots qu'on se dit, ça me rend complètement fou.

« Peut-être ben que je m'inquiète pour rien. Peut-être qu'il a eu un accident, qu'il est inconscient sur une civière dans un corridor d'hôpital. Peut-être qu'il est en prison, pris dans une descente... Peut-être... »

— Ah non, faut que j'arrête ça !

Cliquetis d'une clef dans la serrure de la porte d'entrée. Claude attrape un magazine d'architecture, qu'il fait semblant de lire alors que son cœur bat à tout rompre.

Francis apparaît tout souriant, comme s'il revenait du dépanneur. Ils se regardent et, n'y tenant plus, Claude s'élance vers lui, l'enlace, l'embrasse.

Leurs corps s'entremêlent d'instinct, l'emballement des sens les entraîne vers le tapis moelleux, vers les grands coussins, vers des plaisirs d'hommes.

Après – il y a toujours un « après » –, Francis bâille, il s'endort mais Claude veut parler, il veut savoir ce qu'il a fait pendant ces deux jours.

— Où t'étais ?

— Tomorrow...

Francis se lève en s'étirant et se dirige vers les escaliers.

— Demain Gaby est là. Je veux pas qu'il soit témoin de nos chicanes.

— Come on, I want to sleep.

— Où t'étais ?

— Good night.

Francis monte les escaliers et disparaît à l'étage. Claude est furieux.

— Tu vas me dire où t'étais et avec qui ?

C'est debout du côté du lit où s'est couché Francis que Claude poursuit son interrogatoire.

— Tu m'as trompé ?

— Tromper, c'est pas respecter sa parole. Je t'ai jamais rien promis. Now go to sleep, Gaby wakes up at six.

— Tu m'aimes plus.

— I love you but je peux pas me priver de tous ces bodies qui s'offrent à moi. Promiscuity is my land. If you want exclusivity find a woman. Je suis épuisé. Baiser pendant deux jours sans arrêt, c'est très très fatigant. Bye.

Complètement secoué, Claude n'a d'autre choix que de se mettre au lit à son tour. Au bout d'un moment, les yeux embués, il pose sa main sur le cœur de Francis.

— Passer de l'un à l'autre sans s'attacher, je l'ai fait, le cul pour le cul, je connais. Finalement, je me suis tanné d'avoir le cœur vide. On a pas que des sens, nous autres les gais. Moi, j'ai besoin...

— Oh not again !

—J'ai besoin de liens solides. J'ai toujours rêvé de trouver un homme qui va m'aimer et que je vais aimer. Je crois, Francis, que t'es pas cet homme...

Pour toute réponse, il n'obtient qu'un léger ronflement.

31

À l'aube, Clara lit le courriel de son fils lui annonçant qu'il pense briser sa relation avec Francis et qu'il
pourrait facilement se faire muter à la filiale mon-
tréalaise de sa compagnie. Cela le rapprocherait
de ses racines, de sa mère et de son père. Toronto ne
lui convient plus, on dirait. Clara s'empresse de lui
répondre.

> Réfléchis avant de prendre cette décision. Et le petit
> dans tout ça ? Les enfants, même jeunes, sont sen-
> sibles aux ruptures. As-tu tout fait pour que ton
> couple fonctionne ? La stabilité de ton enfant passe
> par votre stabilité. Penses-y !

Avec une mine de déterré, Claude lit et relit le courriel de sa mère. Les questions qu'elle lui pose reviennent
en boucle dans sa tête.

Il sort chercher le *Toronto Star* dans la boîte postale et retrouve Francis, qui cuisine des crêpes. L'odeur de café corsé embaume la pièce.

— Je dois partir dans cinq minutes, j'ai une séance de maquillage à CBC.

— Ah bon !

— Je t'ai fait des crêpes aux petits fruits… comme tu les aimes. Gabriel is still sleeping.

Claude se verse un café, s'assoit à la table et déplie son journal. Francis lui sert des crêpes et pousse vers lui le sirop d'érable. Un petit couple heureux, comme si la veille rien ne s'était passé entre eux. Francis dépose un baiser sur le nez de Claude, lui replace une mèche rebelle. Il sait bien que son conjoint est blessé par ses infidélités, mais il sait aussi que son charme opère toujours sur lui.

« Je suis trop exigeant en amour. Je devrais comprendre que la fidélité, c'est une affaire de couples straights. Mais c'est pas vrai, c'est la question centrale du couple, de n'importe quel couple qui s'aime. »

— I've got to go…

— M'aimes-tu, Francis ?

— Of course.

— Aimes-tu qui je suis ?

— The best baise en ville !

— Je te parle pas de baise, mais de sentiments.

— You're a good guy.

— Pourquoi t'es avec moi ?

— You have the most amazing dick in the world !

— Fuck, Francis, je te parle d'amour, tu me parles de cul.

— It's the same fucking thing.

— Non, c'est pas la même chose. Le cœur, c'est dans la tête…

— Le cul aussi.

168

— On parle pas la même langue. Je t'aime, mais toi tu me désires.

— Sounds perfect to me !

— Non ! Ce que je veux, c'est…

— La vie de couple de tes parents, I know.

— Oui. Ils s'aiment depuis plus de cinquante ans.

— Well, change d'orientation sexuelle.

— Ça doit être possible, deux gais qui s'aiment d'amour, fidèles l'un à l'autre ?

— J'en connais pas. En connais-tu ?

— Ça veut pas dire qu'il y en a pas. Nous autres, on a un enfant ensemble.

— T'as un enfant ! Différence.

— T'étais d'accord. Tu m'as donné le feu vert.

— Tu le voulais tellement.

— Tu le voulais pas ?

— Listen, Claude. I like you, you turn me on but I'm not going to stay with you forever. Il y a trop d'hommes dans le monde pour que je me serve que d'un seul toute ma vie. What a dull life !

Claude est blessé à mort. Son Francis qu'il adore ne l'aime pas comme il voudrait être aimé.

— I like you Claude… seriously.

— Je veux de l'amour, puis de l'intimité, puis de la confiance puis de la tendresse puis de la fidélité puis après, seulement après, du sexe comme récompense de s'aimer tant.

— You're the wrong gender, man.

Ils entendent alors dans le moniteur sur la table les gazouillements de Gabriel.

— Gabriel croit qu'il a deux pères. Toi et moi. Une rupture serait pas bon pour lui.

— Un couple qui s'entend pas sur rien, is it better ?

Ce sont les dernières paroles de Francis avant qu'il le quitte pour sa séance de maquillage.

Debout dans sa couchette, Gabriel accueille son papa avec des cris de joie, des sourires désarmants. Attendri, Claude le prend dans ses bras, le serre contre lui.

— Tu es à moi, rien qu'à moi. Je t'aime tellement.

32

🌿 *Cher journal. On dirait que ça va mieux. Le gros de l'ouvrage est presque terminé. Il n'y aura plus d'ici deux semaines qu'à cueillir tomates, betteraves, poivrons, zucchinis et le reste. La récolte, c'est la grande récompense. Le bonheur de nourrir mes clients amis et de partager avec eux ce qui reste dans le potager quand les insectes, écureuils et autres bêtes ont pris leur part. En tout cas, je reprends ma forme et ma bonne humeur. Il y a de l'espoir dans l'air depuis qu'Étienne est sorti de sa torpeur, même s'il n'est pas encore très causant.*

Aujourd'hui, il a pris du soleil sur la galerie. J'espère que voir nos légumes arriver à maturité va lui redonner la joie de vivre pour de bon. Chose certaine, son teint hâlé lui donne un air de santé même s'il n'en a pas totalement la chanson. J'ai informé Jean-Christophe du changement d'humeur

d'Étienne après qu'il lui a parlé. Il va revenir le
voir bientôt. Moi, je me sens impuissante à soula-
ger mon mari. J'ai juste le goût de le secouer comme
un pommier. Il est une fois de plus renfermé sur lui-
même. Je pense encore que l'amour, c'est tout par-
tager. Mais je me rends compte que je ne peux pas
être déprimée parce qu'il l'est. Je me sens tellement
seule. On est deux solitudes.

***

Sur le banc au milieu du potager, Étienne semble dormir sous sa casquette. Une chatte pleine est couchée sur ses jambes, et son moteur ronronne à plein.

«Je me sens glisser, glisser. J'ai rien à quoi m'accrocher. Je glisssssse…»

— Étienne! On a de la belle visite!

Il ouvre un œil, se redresse à demi:

— Hein?

— Je vous ai pas réveillé, je vous ai vu flatter la chatte.

— Non non, je dormais pas.

— Ça fait plaisir de voir que vous allez mieux.

— Je vais aller faire ma limonade, il fait soif.

Clara les laisse seuls. Les deux hommes l'observent emprunter le sentier menant à la maison.

— Merci d'aider Clara avec le potager.

— Entre voisins, faut s'aider. Vous me remettrez ça quand vous serez revenu en santé. Je veux planter des fleurs chez moi.

— Je reviendrai pas en santé.

— Si je comprends bien, vous croyez encore que vous guérirez pas?

Étienne se renfrogne, ne voulant pas poursuivre l'échange.

— Vous voulez mourir alors?

Étienne détourne son regard. Son voisin a touché un point sensible qu'habituellement personne n'ose aborder, surtout pas Clara.

— Qu'est-ce que vous ressentez vis-à-vis de votre maladie ?

Un grand silence, puis Étienne se mouche pour se donner une contenance.

— La tempête dans ma tête va bien finir par m'emporter.

— La dépression, c'est une tempête en effet. Si on parvient à survivre à la tempête… presque toujours elle décroît et finit par mourir. La dépression, vous savez, Étienne, est encore considérée comme une maladie mystérieuse. On sait pas trop pourquoi elle arrive, pourquoi elle dure, ni pourquoi elle s'éteint. Mais dans l'ensemble, la grande majorité des gens qui ont fait une dépression, même très grave, survivent, et après ils sont aussi heureux que leurs semblables épargnés par la maladie. Je le sais, je suis déjà passé par là. Je suis un homme en paix maintenant. Ce serait bête de mourir et de se priver des belles années à venir quand on sait que la tempête va s'éloigner et disparaître…

Étienne se lève, il ne veut pas continuer cet entretien. Son voisin thérapeute le retient d'un geste amical.

— Qu'avez-vous compris de ce que je viens de vous dire ?

— Qu'il faut que je vive puisque je vais guérir.

Jean-Christophe lâche un soupir de satisfaction.

« Il est malade, mais pas idiot. »

— Et ça vous fait quoi, l'idée de guérir ?

— Ça me fait peur.

— Vous êtes angoissé ?

— S'il fallait que je laisse sortir ce qu'il y a là.

Et il montre son cerveau.

— J'en ai là ! Plein !

Il désigne ensuite son cœur.

— Et dans le cœur…

— De la colère ?

— Euh… oui…

— De la colère refoulée depuis… ?

— … toujours.

— Cette colère accumulée est en train de vous étouffer raide, va falloir que ça sorte un jour.

— Ou je peux partir avec…

— Vous voulez dire mourir avec ?

— Oui.

— Vous voulez vous donner la mort ?

Un long silence que Jean-Christophe respecte.

— J'y pense.

— Vous y pensez moins en ce moment ?

— Peut-être… Depuis que vous m'avez dit que la dépression était une tempête et que les tempêtes finissent par finir et que le beau temps revient…

— Je vous sens un peu moins désespéré. Je me trompe ?

— Je vois une éclaircie, une toute petite lueur.

— Donc ça va mieux ?

Étienne n'a pas le temps de répondre que Clara arrive avec un pot de limonade à la verveine, trois verres et une assiettée de ses biscuits au son, les préférés de son mari.

— Eh bien, Jean-Christophe. Comment le trouvez-vous ?

— Demandez-le-lui.

Les yeux de Clara vont de l'un à l'autre. Elle sent qu'il s'est passé quelque chose. Mais quoi ? Étienne fait quelques pas, n'aimant pas être sous la loupe.

— Je rentre faire une sieste. Juste regarder le potager, je suis fatigué.

Il prend deux biscuits et marche d'un pas lent vers la maison. Clara soupire en déposant la limonade, les verres et les biscuits sur la souche à côté du banc.

— C'est moi qui le fatigue. Il peut plus m'endurer. C'est moi sa maladie. Je partirais demain qu'il guérirait. Et c'est pas l'envie qui me manque de tout sacrer là et de partir, euh… chez mon fils à Toronto. Il y a juste que mes clients ont payé leurs paniers bio. Je peux pas les laisser en plan. Aussi, je l'aime, mon Étienne.

Jean-Christophe verse la limonade dans deux verres, en tend un à Clara.

— Il tonne, il éclaire, l'orage vous fait peur, vous pensez qu'il va tout détruire, mais l'orage passe. C'est ce que je viens de lui dire, il faut vous en convaincre tous les deux. Il faut vivre pour le retour du beau temps.

— J'en peux plus de le tenir hors de la noyade par la peau du cou. J'ai peur de couler avec lui.

— Mais non, vous êtes forte, Clara.

— Pas tant que ça.

— Un amour de plus de cinquante ans, c'est fort.

Elle a une hésitation. Elle aime son mari, mais pas sa maladie. Et après une gorgée de limonade :

— Oui je l'aime, mais…

— Alors vous devez lui prouver que la vie vaut la peine d'être vécue.

— Je suis plus sûre d'y croire moi-même.

— Vous allez y arriver si vous vous souvenez de toutes les belles années que vous avez passées ensemble. Et pensez à celles à venir.

— Il va guérir ?

— Je le crois fermement. Avec votre aide !

Jean-Christophe n'en est absolument pas certain, mais il sent que Clara a besoin d'encouragement pour continuer. On ne parle jamais du désespoir du dépressif à son conjoint !

Ils se regardent avec tendresse. Ils se comprennent. Puis chacun prend un panier pour cueillir les tomates mûres. Clara en cueille une toute petite, toute ronde, et la croque. Le jus gicle sur Jean-Christophe, et ils rient franchement. Leurs éclats de rire parviennent jusqu'à Étienne.

« C'est moi qui devrais rire avec elle. »

33

Les amis, les collègues et certains parents éloignés du défunt notaire Florian Dionne parlent à voix basse. Parfois, des rires s'atténuent sous les « chut » des dames âgées surtout. Sur un mur de la vaste pièce du salon où le cercueil est exposé, un diaporama de photos prises à différents moments de la vie du défunt. Beaucoup de fleurs et, sur le cercueil fermé de chêne laqué, la photo du notaire, tout sourire, le jour où il recevait le Prix d'excellence de la Chambre des notaires.

Vêtue d'une robe noire propre aux convenances, Magali est seule à recevoir les condoléances. Elle n'a pu retracer sa mère, qui est en voyage quelque part en Indonésie. De toute façon, le divorce de ses parents a été si cruel qu'elle envisage mal que sa mère se tape vingt-deux heures d'avion pour le dernier adieu à son « écœurant de mari », comme elle le disait à répétition.

Son paternel est mort à la suite d'une attaque cardiaque alors qu'il faisait l'amour dans une chambre d'un luxueux hôtel avec une femme. Cette même femme qui l'a informée du trépas du notaire. Quand, affolée, Magali lui a demandé des précisions, elle a répondu :

— Il est parti en venant !

Sur le coup, Magali en a perdu la voix. Son père baisait ! Son vieux père baisait encore ! Elle ne voulait pas le savoir, ni l'entendre. Juste l'imaginer à poil sur une femme lui était et lui reste encore intolérable. C'est bien connu, pour les enfants, les parents ne font pas l'amour.

« Mon père si prude, si sévère, si rempli de principes, qui couchait avec des putes. Y a juste des putes qui couchent avec des vieux riches ratatinés. »

Par la suite, Magali a pris en charge l'organisation des funérailles avec dignité et compétence. Samuel joue le rôle du « chum de la fille du mort » avec un peu trop d'ostentation à son goût. À tout instant, elle lui demande de se taire, de baisser le ton. Mais il adore ce statut de premier plan et se plaît à en rajouter, question de se faire remarquer de ces bourgeois d'Outremont.

Près du cercueil, une femme élégante fixe la photo du défunt. Elle embrasse le bout de son index et le dépose sur la photo, puis elle caresse le bois lustré du cercueil, comme si elle flattait le dos d'un être aimé.

Magali s'interroge sur son identité quand la dame s'avance vers elle pour... l'enlacer tendrement.

— Mes félicitations ! Qu'est-ce que je dis là ? Mes condoléances. Je me mêle tout le temps. Vous me reconnaissez pas ?

— Je vous ai jamais vue, madame.

— C'est moi.

— Qui vous ?

— Celle qui l'a tué !

La femme se met à grimacer puis à pleurer en tentant d'assourdir ses gémissements avec un mouchoir. Une scène à la limite du grotesque. Témoin de l'agacement de Magali, Samuel entraîne la jolie dame vers la grande table où il y a du café, des jus et de l'eau minérale. Ce qui soulage Magali. Elle sent le besoin de confirmer aux autres visiteurs :

— Une vraie folle ! Je la connais même pas !

Magali reçoit d'autres condoléances, où l'on fait valoir les belles qualités de son père. Ce n'est pas l'endroit pour témoigner de sa dureté, de son avarice et de ses illustres colères. Un bel homme dans la trentaine l'aborde en lui tendant la main.

« Pas mal cute, lui ! Hum, un complet Hugo Boss ou peut-être un Armani. Et sûrement un six pack en dessous. »

Elle lui sourit et croit bon de l'informer :

— Dommage, mon père me verra pas notaire. C'était son rêve que je suive ses traces.

— Avec ce que vous allez hériter, vous aurez plus à étudier.

— Vous êtes ?

— Olivier Marois, le notaire de votre père.

— Vous avez pas l'air d'un notaire. Je vous prenais pour un acteur, mon chum… est dans le théâtre…

— J'ai fait un stage au bureau de votre père. Il s'est pris d'amitié pour moi. Il m'a souvent dit qu'il aurait aimé avoir un fils. Et il m'a demandé d'être son notaire. Vous êtes riche, Magali. Je gère les biens qu'il a laissés.

— Je me fous de l'argent.

— Vous avez tort. L'argent achète tout.

— Y a personne qui vous a dit dans vos cours qu'on attend que le mort soit enterré pour parler d'argent ? Sachez que je suis capable de gérer de l'argent. C'est pas parce que je suis une fille… Mon père avait peut-être pas de fils, mais il avait une fille qui vaut cent gars.

« Crisse qu'il m'énarve, lui ! »

Sur ce, Magali fait volte-face et s'éloigne pour aller se réfugier dans les toilettes et ingurgiter de la vodka à même un petit flacon extirpé de son grand sac à main.

« Papa, pourquoi tu me fais ça ? J'en veux pas de ton argent ! J'en ai jamais voulu, je vais pas changer d'idée parce que t'es plus là. »

Arrivée de Samuel, qui verrouille la porte derrière lui.

— C'était qui le gars avec qui tu parlais ?

— Le notaire de mon père.

— Ah bon…

— L'animal, il a pas eu assez de me faire suer avec son maudit argent, il me le laisse. Pis sa grosse maison aussi, je suppose. Pis son gros chalet. Pis sa grosse Mercedes. De son vivant, il a jamais pu me faire rentrer dans le rang, il s'est sûrement dit : « Avec cet argent-là, elle va être obligée de se ranger. »

Samuel s'assoit sur le comptoir des lavabos et, visiblement, il ne partage pas du tout son avis sur l'héritage. Pour lui qui n'en a pas, l'argent est une clé qui ouvre des portes. Il reste néanmoins prudent en se taisant.

— Je te gage qu'il a fait exprès de mourir. Juste pour me casser le caractère. « Je vais te casser, ma fille », qu'il me disait quand je lui tenais tête. Je suis née désobéissante. J'en veux pas de sa fortune. Ça l'a-tu rendu heureux, lui, le pognon ? Non. Pas une miette. Son argent a pas acheté ma mère, qui l'a laissé parce qu'il était pire que Séraphin. Il comptait pas ses cennes dans le grenier, mais il vivait juste pour faire de l'argent, toujours plus. La Bourse était sa coke. C'est avec la Bourse qu'il a ramassé son magot, parce que notaire, c'est pas si payant que ça... On en veut pas de son argent, hein, mon amour ?

— Moi, étant donné que de l'argent, j'en ai jamais eu...

— Ben chanceux, comme ça t'es libre, et la liberté ç'a pas de prix.

— Je sais pas, moi. Me semble qu'on est mieux libres et riches que libres et pauvres...

— On est bien comme on est là !

— C'est un fendant chiant, le notaire de ton père. Un petit monsieur de six pieds et deux. Il a l'air d'un pimp.

— Là t'exagères. Il est beau rare, ce gars-là.

— Enlève-lui ses guenilles, il a l'air d'une chenille à poil, j'en suis certain.

— Une suggestion que tu me fais ?

— Écoute, Mag, t'étudies le notariat pour faire plaisir à ton père... Maintenant qu'il est mort, tu vas pas refuser son héritage. Ça l'insulterait, et tu vas pas insulter un mort ? Et si t'as de l'argent et que tu sais pas quoi en faire, on peut acheter un théâtre par chez nous, en Abitibi, et le consacrer aux comédiens dans l'ombre. Tu sais, tous ceux qui travaillent pas beaucoup, qui ont jamais l'occasion de montrer leurs talents pis qui sont pas engagés. Eh que ça ferait suer mes frères ! Je dis ça, c'est juste si ça te tente pas de le garder pour toi, l'argent. Tu fais ce que tu veux, c'est pas moi qui hérite, c'est toi, mais comme on est ensemble...

— Arrête de me parler de ce maudit argent-là ! Ça m'écœure.

Pour la sortir de son humeur ombrageuse, Samuel glisse une main sous sa petite robe noire. Magali résiste d'abord, mais peu à peu s'abandonne à la montée de leur désir réciproque... Ils font l'amour à la va-vite, avec cette urgence irrésistible que confère la peur d'être pris en flagrant délit dans un lieu non convenable.

— Je t'aime.

— Je t'aime.

Et ils éclatent de rire, un rire indécent, déplacé. Avec ce besoin de se prouver que la mort n'a aucune prise sur eux, sur leur jeunesse. Ils sont vivants, eux. La preuve, ils font l'amour. Un cognement, puis deux autres à la porte. Ils rajustent vite leurs vêtements en pouffant de rire. Elle glosse de rose ses lèvres gonflées par les baisers et fait bouffer ses cheveux, retrouvant son statut de fille de notaire, et c'est avec dignité qu'ils sortent des toilettes sous le regard ébahi de deux religieuses.

Samuel suit sa blonde avec l'air de propriétaire de celui qui a pénétré la femelle. Ce qui irrite Magali, qui décide de flirter avec le beau notaire.

« Maudit Sam, s'il croit que je lui appartiens ! »

***

Au cimetière, Magali tente de repérer le notaire. Ce n'est que devant la fosse qu'elle réalise son nouveau statut : celui d'orpheline. Et elle s'effondre de douleur. Derrière elle, le séduisant Olivier, qui est apparu comme par magie, l'enlace pour la soutenir. Samuel, qui les observe, en crève de jalousie.

À la fin de la cérémonie, Magali demande à Olivier de l'accompagner dans la limousine. Faute de place, Samuel doit s'asseoir avec le chauffeur. De vagues cousins et cousines occupent les autres places.

— Papa, c'est le premier homme de ma vie. Je l'ai tellement aimé. Je l'admirais. C'était un honnête homme, sévère, mais juste, très juste.

Samuel leur jette des regards froids par à-coups. Il n'aime pas trop leur rapprochement. L'air doucereux, Olivier renchérit :

— Il était la bonté même. C'était mon mentor, mon maître. Il était comme mon père.

Samuel se retourne vers eux, leur crie presque :

— Il a rendu sa femme folle à cause de ses infidélités. Il a levé le nez sur sa fille unique tant qu'elle a pas décidé de faire notaire comme lui. Un control freak, si vous voulez mon avis.

Outré, le chauffeur ouvre la radio, question de couvrir la voix de Magali qui engueule son chum. Dans ses petits souliers, Olivier regarde le paysage du cimetière.

À la radio, Ginette Reno chante : « T'es mon amour, je suis ta maîtresse. » Magali cherche l'épaule d'Olivier, moitié parce qu'elle a de la peine, moitié pour prouver à Samuel qu'il n'y a pas que lui. Et vlan !

Samuel ronge son frein.

34

Les vacances qui devaient s'effectuer au début de juillet ont été quelque peu retardées à cause de Geneviève. Autant Robert voulait ce voyage de pêche en Gaspésie, autant il a peur de laisser sa fille seule à la maison. Il répète souvent : « Dans son état, tout peut arriver… »

Mireille le trouve ridicule et ne se gêne pas pour le contredire et rire de son inquiétude. Elle a un urgent besoin de s'éloigner de la maison et du salon de coiffure. De s'aérer la tête au plus vite. Sa ménopause, la grosse canicule et sa fille enceinte l'oppressent au plus haut point. Elle se sent comme un ballon qu'une simple pichenotte ferait éclater.

Robert craint que, pendant leurs vacances, Mireille provoque des esclandres devant sa belle-sœur et son frère. Dans sa parenté, il tient à sa réputation de grand chef de famille.

C'est le matin du grand départ. Robert donne ses dernières recommandations à Geneviève, qui cache mal sa joie d'avoir la maison à elle toute seule.

— Pis là, ma poupée, j'ai mon cellulaire, s'il y a quoi que ce soit, tu m'appelles, hein...

— T'appelle pas parce que tu t'es cassé un ongle là.

— Ben non, m'man, je suis pas nounoune.

— Ben, faire un enfant à dix-sept ans de nos jours, quand y a la pilule pis les condoms pis plein d'autres choses, faut l'être, nounoune. Je t'avais avertie de te protéger. Mais non !

— Mimi, torrieu, arrête donc ! Elle a assez d'avoir mal au cœur, c'te pauvre chouchoune. Et à Geneviève : T'as assez d'argent ?

— Oui oui, papa. Tu m'en as donné en masse.

— Je devrais peut-être te laisser une de mes cartes de crédit, au cas où...

— Fais-lui donc un chèque en blanc tant qu'à faire. Pour la récompenser d'être enceinte à son âge !

— Pis si t'as le goût de parler, Clara est une sacrée bonne oreille. J'ai mis son numéro de téléphone sur le frigo.

— Bon ben, viens-t'en, Bob !

— T'ouvres à personne. Si tu sors, barre bien toutes les portes. Y compris celle du patio. Pas de baignade toute nue, les voisins ont des longues-vues. Pis...

— Papa, je suis une grande fille intelligente...

— Avoir un petit dans le ventre, c'est pas nécessairement une preuve d'intelligence...

— Bon ben bye là, maman. Bon voyage, papa. Partez si vous voulez revenir.

***

Mireille décide de faire un bout du voyage allongée dans la roulotte. Ils doivent prendre Ginette, surnommée Zézette, et Ti-Guy à Québec.

La roulotte est confortable quoique exiguë. Petite cuisinière, petit frigo, petite salle de bain et petits lits doubles. Mireille s'y promène tel un éléphant dans une garde-robe et finit par s'installer sur un lit avec sa pile de magazines.

Au volant, au-dessus de ses affaires, Robert écoute du Gerry Boulet, dont il tente d'imiter la voix rauque. L'autoroute 20 est dégagée, le ciel est sans nuages, il y a un bon vent. Tout fonctionne comme il l'a lui-même décidé.

Très vite, le ballottement de la roulotte provoque le tournis chez Mireille, proche de la nausée. Elle joint son mari au cellulaire : elle veut être dans l'auto, sinon elle va vomir. Robert se range sur l'accotement.

Trois heures plus tard, ils se garent devant l'immeuble du logement modeste dans la Basse-Ville de Québec où habitent Zézette et Ti-Guy. Le couple est déjà sur le trottoir, entouré de sacs, de valises, d'une grosse glacière et de trois caisses de bière. L'air malcommode, Mireille sort de la voiture et croise ses bras sur sa poitrine.

— Trop d'affaires, ça va pas rentrer !

— Mimi, tu pourrais au moins leur dire bonjour avant de donner tes ordres.

Ti-Guy adresse un large sourire à sa belle-sœur.

— Allô, Mimi ! Coudonc, on va-tu aux noces ou à la pêche ?

— On sait jamais qui c'est qu'on va rencontrer.

Mireille est en effet habillée chic, trop chic aux yeux de Zézette qui, elle, s'est déguisée en pêcheuse.

Mireille la détaille des pieds à la tête, la jugeant ridicule dans son kit de camouflage, comme si elle allait à la pêche aux requins dans le Pacifique. Mais elle fond de jalousie devant ses seins haut placés et durs comme des balles de baseball.

« C'est comme rien, ils sont en plastique. »

Et sa taille mince, qu'elle associe à de la maigreur d'anorexique.

« Trop maigre, ça doit pas baiser, ça ! »

Mireille embrasse distraitement son beau-frère, dont les mains s'attardent sur le pneu de sa belle-sœur – il semble y trouver du plaisir. Mimi pense :

« C'est ça, bourre-toi ! »

Robert est au comble de la joie. Son plan de vacances en Gaspésie en couples va fonctionner.

« Je suis pas aussi concombre que ma femme le pense. »

Ti-Guy entasse dans la roulotte les trois caisses de bière, comme si leur destination était un désert sans dépanneur.

— La chaleur… ça donne soif !

***

Les deux couples arrivent tard à leur première étape. Le camping est plein, mais Ti-Guy avait heureusement fait une réservation. Mireille rouspète contre les vacanciers fêtards qui font tout un boucan. Zézette se moque de ses plaintes et trouve l'ambiance plutôt intéressante.

Robert affiche un calme olympien. Il veut l'équilibre de la famille, comme il dit. Ils ont tous faim, n'ayant avalé qu'une frite en chemin pour arriver au camping avant la noirceur.

Zézette veut à tout prix une crème glacée molle enrobée de chocolat fondant. À tout prix. Il faut ressortir en auto du terrain pour contenter cette échalote qui n'engraisse pas d'un iota, malgré qu'elle ne se nourrisse que de fast-food. De quoi se faire haïr de Mireille, qui engraisse juste à passer devant une crémerie.

La première nuit de Mireille est affreuse. La couchette est trop étroite pour deux, elle a trop chaud, sans compter deux maringouins qui s'acharnent sur elle. Soudain, un bruit à l'extérieur ! Un animal sauvage, peut-être un ours !

Mireille secoue son mari pour le réveiller, mais rien n'y fait. Elle se lève, entrebâille la porte, inspecte les alentours pour, finalement, reconnaître la silhouette trapue de son beau-frère, en train d'uriner derrière un bouleau. Elle attrape sa veste de laine, enfile ses sandales et sort.

Ti-Guy est surpris de la trouver dehors.

— J'ai chaud, c'est pas possible. Pis Bob et toi, je suis plus capable de vous entendre. Si au moins vous ronfliez à l'unisson, mais non, vous vous répondez. S'il y en a un qui passe son tour, je m'inquiète : y est peut-être mort, que je me dis. Le pire, c'est ta Zézette. Elle grince des dents. Demain matin, je prends l'autobus pis je retourne direct à la maison. Qu'il le fasse tout seul, son maudit voyage de pêche !

L'atmosphère se charge soudain d'électricité, il y a même des éclairs au loin. Ti-Guy s'assoit à la table de pique-nique, calme. Il est un peu ridicule dans son pyjama court, d'autant plus que le vent a fait rejaillir des gouttes d'urine sur le palmier du devant. Mireille décide de le rejoindre, l'air boudeur.

Dans la demi-obscurité du camping, elle remarque ses yeux pour la première fois, car d'habitude ils sont derrière des lunettes fumées. Ti-Guy a de beaux yeux bleus, très doux, très pâles. Elle réalise qu'elle ne l'a jamais vraiment regardé. Elle le trouve plutôt beau tout à coup.

— Tu sais, Mimi, les couples qui sont mariés depuis un boutte, on se tombe souvent sur les nerfs. Ma femme m'agace, je l'agace... Je trouve pas ça grave, les agacements, c'est juste normal. Quand on s'aime, on croit qu'on ne fait qu'un. On se trompe royalement.

On vient de milieux différents et, à part le sexe, on a rien en commun. C'est juste normal qu'il y ait des nuages pis des fois des orages. Ça passe, Mimi, ça passe.

— T'es donc ben fin de me parler comme ça !

— Je fais partie d'un groupe d'hommes qui discutent sur la condition masculine. Ça me fait comprendre pas mal d'affaires.

— Vous vous mettez ensemble pour haïr les femmes ?

— Non, c'est pour se comprendre nous autres. Ç'a été vite pour les hommes. On était boss des bécosses et on avait une employée pour nous faire des enfants, nous faire à manger et tenir notre maison en ordre. Pis là, y a eu un vent qui est passé chez les femmes, et elles veulent plus rien savoir d'être des employées, elles veulent être des associées. Ma Zézette, que j'avais mariée comme si elle était une princesse, elle voulait plus ça, elle voulait être mon égale. Je comprenais plus rien. On a ben failli se laisser. Pis je me suis mis à fréquenter ces ateliers d'hommes... On a pu réfléchir ensemble sur notre place dans la société pis dans le couple. J'ai compris ben des affaires. Mimi, je veux pas t'ennuyer avec ça. Mais moi, les relations de couple, ça m'intéresse. L'égalité, je suis pour ça, même que je suis content que ma femme me dépasse. Elle est agent d'immeuble, je suis rien qu'un petit peintre en bâtiment qui est toujours à se chercher des contrats, des jobines...

— Pis ça marche, votre couple ?

— Oui. Y a juste dans le lit que ça marche pas fort fort. Elle, ce qui l'excite, c'est un gros rustaud. Elle vivrait pas avec, mais pour coucher... Elle travaille trop, la pauvre petite chatte. Là, c'étaient ses vacances et elle aime tellement la pêche. Moi aussi j'aime ça, la pêche, mais on dirait que depuis que je vais aux ateliers d'hommes, j'aime mieux lire. Ça fait que je lui ai dit : « Tu iras à la pêche, et moi je vais lire. » Je laisse sortir ma féminité pis c'est ben correct.

Mireille est sidérée. Comment a-t-elle pu méconnaître cet homme pendant toutes ces années ? Il est vrai que, lorsque son mari parle de son frère, c'est toujours pour s'en moquer. Genre : « C'est pas un homme, c'est une guenille », « Il se fait mener par le bout du nez par sa femme. Une lavette ! »

— Moi non plus, ça marche pas avec Bob, je veux dire dans le lit.

C'est Ti-Guy qui s'étonne alors de la tournure de leur échange. Ils passeront ainsi le reste de la nuit à se faire des confidences, à partager leurs secrets intimes.

***

Au petit matin, serviette sur l'épaule et savon en main, Robert sort de la roulotte pour, dit-il, aller changer son poisson d'eau et prendre une douche. Il s'étonne de voir sa femme dormir dehors, enroulée dans la nappe de la table de pique-nique, et son frère qui ronfle dans le hamac.

— Ho ho ho ! Heille là !

Les dormeurs se réveillent en duo, et en sursaut.

— Fais le café, Mimi ! Pis réveille pas Zézette, elle a mal dormi, la pauvre chouette. Y a deux maringouins qui lui ont fait la vie dure. Ti-Guy, va faire la file aux douches. Tu m'appelles quand ce sera rendu à mon tour.

— Mets-toi en file tout seul. Moi, je m'occupe du café et des toasts. Mimi a encore besoin de dormir. Parle pas si fort !

Surpris de la nouvelle autorité de son frère, Robert se dirige vers les douches et toilettes, où il y a déjà deux files. En attendant, tout ce beau monde fraternise et personne ne s'impatiente.

Après un copieux petit-déjeuner composé de toasts, d'œufs et de bacon, les deux couples reprennent la route. Zézette s'est installée à l'avant avec Robert. Mireille et Ti-Guy se sont naturellement assis sur la banquette arrière.

Zézette lit à haute voix les attraits touristiques de la région, selon son guide de voyage. À la radio, des chansons country, une passion partagée de Zézette et Robert. Ils en viennent à chanter en chœur, mal il va sans dire.

À l'arrière, la conversation sur les différences entre les hommes et les femmes se poursuit, mais à mi-voix. Une nouvelle complicité s'est établie entre Mireille et Ti-Guy.

35

Le site près d'une rivière poissonneuse que Ti-Guy avait pris soin de réserver est isolé, sauvage et magnifique. Mireille s'ennuie cependant du brouhaha du terrain de camping. « C'était plus vivant », dit-elle.

Zézette et Robert discutent hameçons, mouches et cannes à pêche. Ti-Guy fait cuire sur le gril des côtelettes de porc, aidé de sa belle-sœur, qui coupe des légumes.

Pendant le repas, ils parlent du menu du souper. De la truite, c'est certain.

— On va ramener des gros poissons. Hein, Zézette ?

— Je vais sortir les poitrines de poulet du congélo, au cas où. Je comprends pas que vous alliez passer des heures dans une chaloupe à vous faire piquer par les bibittes, pas le droit de parler.

— Viens donc avec nous autres, Mimi, ça va te faire du bien te taire.

— Insiste pas, Zézette, ma femme faut lui mettre son ver de terre, pis elle freake si la truite meurt ; c'est juste si elle lui donne pas la respiration artificielle.

— Des plans pour qu'elle nous demande de l'enterrer avec service funèbre au lieu de la manger.

— Je veux ben la manger, mais pas savoir qu'elle a été tuée si cruellement.

— C'est ben ma femme, ça, pas de logique... juste du sentiment.

— On est pas toutes pareilles. Pendant un été, j'ai travaillé comme étêteuse de poulet dans une ferme avicole. Je leur coupais ça « zing zlang ». Une fois, mon couteau est passé tout droit, puis clic... Zézette plus de tête ! C'est pourquoi j'ai marié mon Ti-Guy.

Une histoire qui la fait rire comme une grenouille qui coasse. L'air bête de Mireille en vient vite à refroidir son humeur. Les deux hommes préfèrent ne rien ajouter et, pendant un long moment, on n'entend que les feuilles des bouleaux bruisser sous le vent chaud.

— Ben, garde le fort, Mimi. Laisse pas traîner de nourriture... Les ours sont jamais loin. J'ai vu des traces tantôt en allant pisser.

— Je reste avec Mimi. Inquiète-toi pas pour elle.

— C'est ben blod, Ti-Guy, de te préoccuper de la sécurité de ma femme. Ben blod...

Robert tourne en rond. Sa belle-sœur s'impatiente, le poussaille.

— Envoye, décide-toi, Bobby ! On y va ou pas ? Le poisson nous attend !

La bonne humeur de Zézette lui fait du bien, le change des remarques acidulées de sa femme.

« Les femmes des autres sont toujours plus fines que les nôtres. Comment ça se fait ? On devrait faire des échanges. »

À cette pensée, il sourit. Mireille et Ti-Guy sourient aussi, l'air de dire : « Prenez tout votre temps, on est pas pressés de vous revoir, on est bien quand vous êtes pas là. » Mais ils disent plutôt, quasiment à l'unisson :

— Partez si vous voulez revenir.

Les pêcheurs s'éloignent sur la rivière en chaloupe. Une chape de plomb tombe des épaules de Mireille et Ti-Guy. Ils décident d'aller se baigner. Ils se sentent légers, taquins. Ti-Guy plonge de façon comique, Mireille l'imite. Ils s'amusent comme des enfants. Elle rit de son meilleur rire pour l'aguicher. Un peu plus, elle cueillerait une marguerite pour courir vers lui au ralenti, comme dans les films, en tenant d'une main son chapeau de paille et, de l'autre, sa longue jupe virevoltante. Ce serait une superbe scène de film. Yeux fermés, Mireille s'imagine en « jeune fille amoureuse ».

A-t-il deviné ses pensées romanesques ? Ti-Guy vient vers elle avec un bouquet de marguerites entre les dents. Il le lui offre en jouant au galant homme. Elle essaie de ne pas voir son bedon de bière qui rebondit au-dessus de l'élastique de son maillot dégoulinant d'eau.

— Vois-tu, Mimi... ma femme, elle me dirait : « Mets pas ça dans ta bouche. Y a des animaux qui font pipi sur les fleurs sauvages. »

— Moi, mon mari, jamais il m'en donne, des fleurs. Il dit qu'il est là et que c'est la preuve qu'il m'aime, qu'il a pas à m'en fournir d'autres.

— Des fleurs pour une belle fleur comme toi...

Mireille accepte le bouquet, émue.

— Ton frère, c'est tout le contraire de toi. Pas romantique pour une cenne. Il m'a mariée pour avoir une vie sexuelle régulière. Nous deux, c'était pas l'amour avec un grand A, mais avec un grand S, pour sexe. Pis tout de suite, on est devenus parents. Pis là, on a travaillé pour s'acheter le bungalow. Après, ç'a été la piscine creusée, les deux autos... le kit du parfait banlieusard. C'est peut-être pour ça qu'on a pas vraiment eu de grand amour comme ils parlent dans les livres... Il y a toujours eu le travail et les enfants entre nous.

— Moi, ben ma femme et moi, on a toujours voulu avoir des enfants. On en a pas eu et on dirait ben qu'on est devenus l'enfant l'un de l'autre. Pas beaucoup mieux comme situation.

— Vous avez pas pensé à adopter, même prendre un enfant en famille d'accueil ?

— On a nos petites habitudes. T'as en face de toi un égoïste chevronné.

— Je sais pas comment vous faites, pas d'enfants. De quoi est-ce que vous parlez ?

— On se parle pas. On est des colocs. Il fait chaud, il fait frette, passe-moi le sel.

— Dans le fond, je me trouve ben chanceuse d'avoir des enfants, même s'ils me rendent des fois la vie dure.

— C'est long, rien que nous deux. On se connaît par cœur, y a jamais rien de nouveau. Quand Zézette ouvre la bouche, je sais ce qu'elle va dire.

Et ils parlent, parlent, et déjà, même si cela fait quatre heures qu'ils sont en tête-à-tête, ils voient revenir les pêcheurs, heureux comme des rois en exhibant fièrement leur quota de truites.

Mireille n'avait pas vu son mari aussi heureux depuis des lunes. Robert avait oublié que sa femme pouvait afficher un tel air épanoui. Il s'exclame :

— La Gaspésie fait des miracles !

Mireille et Ti-Guy savent bien que, pour eux, il s'agit plutôt du miracle de l'amour.

36

C'est le party dans le grand logement de Samuel et ses deux colocs. C'est grouillant d'aspirants comédiens. Ils ont avalé des tonnes de pizza, et la bière coule à profusion. Les gars boivent comme des hommes, les filles, comme des gars. La différence : elles se soûlent plus vite vu leur poids plus léger.

Durant l'après-midi, ils ont échangé sur la pièce *Une maison de poupée*, d'Ibsen, qui sera au programme de la rentrée. Puis les critiques acerbes sur la qualité de ce qui joue à la télévision ont pris toute la place.

— Dépassée ! Pourrie ! Finie ! Morte !

Samuel, qui rêve de se voir au petit écran, tente de nuancer leurs propos.

— Quand même, y a de bonnes affaires. Les séries américaines, par exemple…

On le siffle, le chahute. Ce sont pour la plupart de « purs théâtreux », qui considèrent la télévision comme un art mineur que l'on pratique essentiellement pour gagner sa vie. Pour ces purs et durs, travailler dans un bar ou à la télé, ça s'équivaut.

Pour appuyer son argumentation, Samuel en pousse un, qui pousse l'autre, qui réplique par une « bine » sur le bras d'une troisième. Cela tourne vite au tiraillage, façon détournée de se toucher, d'explorer leurs corps, de s'entremêler sous prétexte de rigoler. Les sens s'aiguisent, et l'ambiance devient sensuelle sinon sexuelle.

C'est ce moment que choisit Magali pour faire son entrée. Personne ne la remarque, malgré sa robe fleurie ras le bonbon assez décolletée. Tous sont occupés à se batailler... certains très langoureusement. Elle se racle la gorge pour signaler sa présence. Aucune réaction. Elle cherche Samuel des yeux. Nulle part en vue.

Puis elle l'aperçoit, allongé sous sa coloc, celle qui est la plus sexée, qui sous prétexte de jouer à « Dis mon oncle » l'enserre de ses bras et de ses jambes.

— Samuel, tabarnak !

Il se dégage d'un coup, l'air penaud.

— C'est pas ce que tu penses !

Magali lui lance un regard assassin. Elle tourne les talons et se dirige vers la porte d'entrée, sachant très bien qu'il va la suivre.

Samuel rajuste son jean, mais doit attendre que son érection régresse. Certains s'en moquent, le tournant en dérision. La coloc sexée le fait chuter cette fois-ci sur elle en riant aux éclats. Il se dégage tant bien que mal. Magali est déjà sortie.

À l'extérieur, il essaie de la retrouver. Elle a disparu. Il opte pour la droite, tentant de repérer sa vieille voiture. Rien.

Sur le point de laisser tomber, il l'aperçoit au volant d'une Alfa Romeo rouge décapotable.

— Où t'as volé ça ?

Il saute sur le siège du passager, béat d'admiration.

— C'est le plus beau petit char que j'ai vu ! Où c'est que t'as pris ça ?

— Mange de la marde, Sam !

— Quoi ? Qu'est-ce que j'ai fait ? On se tiraillait. Tu te tirailles jamais, toi ?

— Avec toi oui, et je sais comment ça finit : ça finit dans le lit !

— On se tiraillait juste pour rigoler. Rien de mal là-dedans.

— Je t'ai pas vu depuis les funérailles. Depuis huit jours exactement !

Il respire mieux, le danger est passé.

— On est en grosse répétition de la nouvelle pièce dont la première est bientôt, tu comprends. The show must go on.

— Bullshit ! Même pas un coup de fil... même pas un texto.

— Trop fatigué.

— C'est pour ça que t'étais couché sous ta coloc ?

« Bon, ça y est, elle y revient. Merde ! »

— Tu peux pas comprendre, t'es pas comédienne, on répétait et, après une couple de bières, on a besoin de décompresser. Pas ce que tu penses ! On s'est mis à se tirailler pour je sais plus quelle niaiserie. Je me suis retrouvé par hasard... je dis bien par hasard...

— Penses-tu vraiment que je vais gober ça ?

— Non... mais c'est la vérité pareil.

Magali le connaît, elle sait qu'il dit vrai. Et il a pris son air d'enfant contrit qui la fait littéralement fondre. Elle fond.

— Oh toi, si t'étais pas aussi beau !

— Et toi aussi bandante.

Et Magali de lui raconter comment elle s'est rendue chez le notaire, comment elle a hérité de beaucoup d'argent, sans néanmoins chiffrer le montant tant il est gros.

— Pis cette belle petite auto ?

— C'est à Olivier, le notaire de mon père, il me la prête.

— Pour quoi faire ?

— Voir si j'aime ça, en attendant de m'en acheter une.

— On achète pas ça !

Elle le crucifie des yeux.

— C'est pas ton argent, à ce que je sache !

Un extraterrestre aurait surgi à ses côtés que Samuel n'aurait pas été plus ébranlé dans ses valeurs. Pour lui, depuis le Cro-Magnon, c'est le mâle qui gagne l'argent et fait vivre sa famille. Et voilà que sa blonde va renverser cet ordre établi depuis des millénaires. Il prend une grande respiration, se lance :

— Dis-moi jamais ça, Magali. On est ensemble ou on l'est pas. Ton argent, c'est mon argent. Mon argent, c'est ton argent, c'est ça un couple.

— C'est ancien, ça ! Aujourd'hui… chacun garde son argent. Je vais hériter de deux millions, moi, pas toi. C'est comme ça !

— Deux. Pas deux ! Deux ?

— Deux.

— Non non ! C'est non ! Pas deux millions. On a pas ce qu'il faut pour posséder tant d'argent. Je dis pas, dix mille, vingt mille, mais deux millions ? Non non non !

— Reviens-en, Samuel. Moi qui haïs les études, tout ce que je vais faire, c'est placer mon argent et voyager, que mon notaire suggère. On pourrait partir pour Bali, faire le tour du monde.

— Pis moi ? As-tu pensé à moi ? Je veux être comédien, je peux pas partir de même. Je suis à l'École de théâtre pour encore deux ans.

— T'auras pas besoin d'être comédien ni rien. Aujourd'hui, mon Sam, les gars se font vivre par des femmes des fois. Si c'est elles qui gagnent plus, pourquoi pas ? On est égaux. Et si c'était toi qui héritais de deux millions ?

— C'est pas pareil ! Pis je veux travailler. C'est pas une carrière ça, gigolo. Je veux devenir un comédien connu, reconnu, célèbre. Ça prend du temps à démarrer, mais je vais finir par être un artiste. Je vais prouver à mes frères pis à mon père que je suis pas une moumoune comme y disaient. M'a leur prouver qu'on peut réussir en dehors de la mine.

— Marier une fille riche, c'est pas pire ça non plus comme réussite.

— Dans ma famille, tu sauras, les hommes font vivre leur femme. Et si les femmes travaillent, c'est pour apporter le superflu, genre une deuxième auto, une grosse télévision plasma. Moi, je veux pas qu'une femme me fasse vivre.

— Moi non plus, je veux pas qu'un homme me fasse vivre.

Samuel sort de la voiture sport, le regard glacial.

— Samuel, qu'est-ce qui te prend ?

— Refuse l'héritage. T'en as jamais voulu de l'argent de ton père.

— Il est mort. Toi, tu hériterais de ton père pis tu le refuserais, l'héritage ?

— Oui. Parce qu'il aurait trop de dettes.

Il rit bêtement. Elle hausse les épaules.

— Sérieux, Sam. On se chicanait parce qu'on était pauvres, on va pas se chicaner parce que je suis riche.

— Je veux pas vivre à tes crochets. Veux, veux pas, dans un couple, celui qui a le motton, c'est lui le boss.

— De nos jours, on est égal, les gars et les filles, y en a pas de boss.

— Si tu refuses l'héritage, là on va être égal, également pauvres.

— On est au vingt et unième siècle, Sam !

— C'est moi ou l'héritage ! Pis cet avorton de petit char de riche, moi, il me fait lever le cœur. Salut ! Je retourne à mon party !

C'est beaucoup trop d'émotions pour Magali. Elle éclate en sanglots. Samuel donne un coup de pied dans un pneu.

— Très bien joué ! Bravo, Mag !

Il l'applaudit, ironique, et détale. Sur le trottoir, quelques amis du party hurlent de plaisir, applaudissent aussi, sans savoir ce qui s'est passé entre eux. L'important est que Samuel revienne dans le party. La coloc sexée se jette à son cou, et il ne la repousse pas.

37

« Tempête ! La tempête passe et puis s'en va. Survivre à la tempête. Mais comment ? Suivre les conseils de mon voisin, un homme dont je suis jaloux et qui, en douce, est en train de prendre ma place dans le cœur de ma femme. Ma Clara si généreuse, si patiente qui, la nuit, me tient la main quand je panique et qui, le jour, écoute mes divagations. »

Dans le salon aux volets toujours fermés, Étienne regarde l'image sans son du téléviseur. Un chef cuisinier exécute avec des légumes et de la viande une œuvre d'art tout en hauteur. Que ce plat puisse se manger semble être le dernier de ses soucis. Étienne pense aux bonnes choses que Clara lui cuisine.

« Clara se plaint jamais de mon manque d'appétit. Elle fait rouler notre petite ferme comme si de rien n'était. Elle est mon pilier, ma planche de salut, ma sécurité. Je dois guérir pour elle. »

Alors il fait taire son orgueil et, à l'insu de sa femme, il téléphone à Jean-Christophe pour obtenir le nom d'un médecin. Ce dernier lui rend le service de fixer le rendez-vous pour lui dès le lendemain avec un omnipraticien de ses connaissances.

Ce soir-là, Clara se couche presque heureuse. Il lui a déclaré qu'il irait consulter et, contre toute attente, il lui demande de l'accompagner. Elle espère fortement qu'il ne changera pas d'avis.

***

Étienne est devant une jeune médecin plutôt attirante. Son sarrau blanc cache à peine ses courbes plantureuses. Ses sandales laissent voir ses jolis pieds aux ongles rouge corail. Il est déçu, voire mal à l'aise. Il aurait préféré un homme d'âge mûr, un genre bedonnant. Se dévêtir et faire voir son corps décharné à une femme n'est pas facile pour lui. Il y a l'orgueil, la gêne également. Quel homme veut montrer sa faiblesse à une femme docteure ?

Mais l'omnipraticienne a vite fait de le mettre à l'aise. Après la consultation et la remise de la formule pour les tests sanguins requis, elle déclare :

— J'aimerais rencontrer votre femme… si vous n'y voyez pas d'inconvénients.

— Euh, je veux la laisser hors de ma maladie. Je veux pas la faire souffrir pour rien. Il y a assez de moi…

— Vous êtes en couple depuis combien d'années ?

— Plus de cinquante ans.

— Vous avez tout partagé jusqu'ici ?

— Oui… tout.

— La dépression est une des plus terribles épreuves qu'un couple puisse traverser. Je vais lui demander de venir nous rejoindre. D'accord ?

« Cette foutue femme a de la pogne. Elle va me sortir de là. »

C'est bien à reculons que Clara s'assoit sur la seconde chaise devant le bureau de la docteure, sans regarder Étienne, qui fixe droit devant lui. L'ambiance est lourde, lourde.

« J'ai peur... s'il fallait qu'Étienne ait définitivement perdu la carte... »

— Madame ?

— Oui, docteure.

Elle la juge beaucoup trop jolie. L'image d'un docteur patriarcal, froid, distant et condescendant, qui parle peu et distribue beaucoup d'ordonnances, est fortement inscrite dans l'inconscient collectif.

— La dépression est une maladie réelle. Je ne peux pas soigner votre mari si vous pensez que ce n'est qu'un caprice et qu'il pourrait à force de volonté s'en sortir tout seul. Vous comprenez ?

— Au début, je pensais qu'il se laissait aller, mais Jean-Christophe...

— C'est un excellent psychothérapeute.

— Oui, je sais. Il m'a fait comprendre que la dépression était une maladie encore mystérieuse, mais une maladie qui se soigne et...

— Qui se guérit.

— Qui se guérit, j'espère !

Étienne espère très fort que c'est vrai. La docteure poursuit :

— Une maladie donc qui affecte votre couple.

Clara et Étienne se lancent un regard qui en convient.

— Quel est l'état de votre relation en ce moment ?

Clara hésite, puis se décide à ouvrir son cœur.

— On est comme des colocs, des étrangers vivant sous le même toit. Quant à notre vie... disons, sexuelle... Rien.

Et Clara, si forte, si brave d'habitude, se met à pleurer jusqu'à sangloter. Elle continue de s'épandre, ses paroles sont hachées. Étienne pose sa main sur la sienne. La docteure a beau lui faire signe qu'elle ne la comprend pas clairement, Clara est sur sa lancée. Étienne est dévasté. Il lève les bras, qu'il laisse retomber, impuissant devant la douleur de sa femme. Puis Clara se tait, mais pleure toujours dans son énième mouchoir. Étienne murmure :

— Ça peut pas continuer.

— Voilà ce que je voulais vous entendre dire euh..., Étienne. Je vais vous prescrire des antidépresseurs. C'est un suivi sérieux avec un psychologue qui est le cœur de la thérapie, c'est le chemin vers la guérison. Je vais vous recommander un excellent psychologue qui pourra vous voir dès cette semaine.

— C'est mieux. J'aime mieux que ce soit pas Jean-Christophe. C'est mon voisin, vous savez.

— Je comprends ça... Bon ! On va, à nous trois, à quatre avec le soutien de Jean-Christophe, on va prendre la maladie à bras-le-corps et s'en débarrasser.

— Oui !

C'est un « oui » de couple, un « oui » qui les unit comme celui du jour de leur mariage. Un « oui » pour la vie.

***

Le retour à la maison se fait dans le silence total, chacun dans ses pensées.

« J'ai jamais pris de pilules de ma vie ! Pourquoi je prendrais ces maudits antidépresseurs-là ? »

« S'il prend pas ses médicaments, ce sera un signe qu'il veut pas guérir. Qu'est-ce que je vais devenir si ça arrive ? »

— Qu'est-ce que t'en penses ?

— J'ai jamais pris de pilules, je vais pas commencer.

— Qu'est-ce que t'en penses, de la docteure ?

— Jeune.

— Ouais. A-t-on idée de porter des jupes aussi courtes, des décolletés pareils pour recevoir les patients.

— Elle avait un sarrau.

— Tu t'es rincé l'œil !

— Pas tant que ça.

— Tu la défends ?

— Je la défends pas, c'est pas important comment elle était habillée, mais j'ai remarqué qu'elle m'écoutait bien.

— J'y fais pas confiance.

— Je pense qu'elle veut vraiment ma guérison. Elle a été recommandée par ton ami Jean-Christophe, tu devrais lui faire confiance.

« Cette docteure est-elle une amie proche de Jean-Christophe ? Est-ce une de ses anciennes blondes ? Bon, voilà que je deviens jalouse. »

— Les pilules, tu vas les prendre ?

— Savoir que ça me ferait du bien, peut-être...

— On va arrêter à la pharmacie d'abord.

— J'ai un petit creux tout à coup. Après, tu veux ?

« Il va mieux, il m'a provoquée, il m'a répondu. La lumière clignote au bout du tunnel. Il faut maintenant qu'il suive cette thérapie. Et il a un petit creux, lui qui mangeait plus ou presque. L'espoir est permis. »

***

Ce soir-là, Clara lit le courriel de son fils. Francis est parti pour de bon, et Claude est très malheureux. Il a peur pour l'équilibre de Gabriel.

Clara lui répond avec deux seuls mots : *Je t'attends.*

« Ça lâchera donc jamais, la souffrance. Et si c'était ça, la vie, de la douleur entremêlée de petites joies ? Non, c'est le contraire, c'est de la joie entremêlée de douleurs. »

Elle monte à l'étage pour rejoindre Étienne qui est déjà au lit. Elle se glisse sous les couvertures, lui murmure à l'oreille :

— C'est pour ça, Étienne, qu'il faut guérir de ta dépression... pour profiter des joies quand elles passent. Et elles passent. Il s'agit juste de les attraper, comme là. Francis vient de rompre avec Claude, notre petit-fils va venir passer quelques jours avec nous. C'est un grand bonheur. Et puis il y a le rendez-vous avec ton psy...

Étienne a un faible sourire. Clara va trop vite à son goût. Il ne sait pas encore s'il pourra ou voudra la suivre, la thérapie. Il traîne un si lourd fardeau. Oui, il ira probablement au premier rendez-vous. Mais vivement que s'abatte sur lui le sommeil refuge.

38

Madeleine Pauzé rejoint Nancy, qui a insisté pour la voir. « De toute urgence », lui a-t-elle dit au téléphone.

— Une journée épouvantable. Je sais plus quoi faire de ces enfants en attente d'une famille d'accueil. Des gens généreux comme vous, il y en a pas beaucoup.

— Je suis pas parfaite, loin de là... loin de là.

Madeleine s'assoit à son bureau face à sa visiteuse et pousse une pile de dossiers tout en poursuivant :

— Les couples veulent tout de suite le petit ange qui va les aimer. Ils se passent la bande-annonce du film de leur bonheur : l'enfant qui rit dans les bras de la maman, l'enfant qui revient de l'école avec un beau bulletin, la graduation, le mariage, les petits-enfants, jusqu'à ce que l'enfant devenu adulte les prenne chez eux quand ils seront à l'âge de l'incontinence. J'exagère à peine...

— Madeleine, je voulais vous parler...

—Ces enfants ont subi beaucoup de rejets, de changements de famille. Ils sont toujours sur la défensive, ils veulent pas s'attacher de peur de subir un autre rejet. Étant pédiatre, docteure McKenzie, vous avez sûrement compris ça...

—Entre le savoir et le vivre...

—Je sais. Après chaque désintox, la maman de Lulu promet de rester sobre et de bien s'occuper de son fils. Mais elle rechute et me le renvoie. Lulu a vécu d'énormes déceptions.

—Je le sais, mais vous vivez pas avec lui. Dès le premier jour, j'ai ressenti sa haine envers moi.

—C'est pas vous qu'il déteste, voyons, mais la femme en vous... Il veut pas vous aimer, il a trop peur d'être abandonné...

—Il me rejette...

—Comme sa mère le rejette depuis sa naissance.

—Pourquoi elle le donne pas en adoption si elle peut pas s'en occuper au lieu de...

—Parce qu'elle l'aime et espère après chaque désintox qu'elle ne succombera plus.

—Si elle l'aimait vraiment, elle opterait pour son bonheur à lui.

—Lulu est tout ce qu'elle a au monde. Elle veut le garder, elle veut qu'il soit heureux. Mais sa dépendance aux drogues dures est malheureusement forte.

—Si vous savez qu'elle va rechuter, pourquoi lui redonner Lulu ?

—Parce que c'est son enfant, parce que, peut-être que cette fois-ci... ce sera la bonne.

—Et si la mère de Lulu... c'est quoi son nom d'ailleurs ?

—Manon.

—Si Manon restait sobre, nous autres, on le perdrait, Lulu ?

—Oui.

—Je lui souhaite de rester sobre.

—Cela ferait votre affaire ?

—Un enfant est mieux avec sa mère, non ?

—Pas toujours. Même sobre, c'est une mère à problèmes. Elle a personne au monde, sa famille l'a reniée. Je me demande même si elle sait qui est le père ; elle vit en bonne partie de l'argent de la prostitution.

—Lulu s'est entiché de mon mari. Il lui obéit, lui fait des câlins. Nicolas l'adore ! Moi, j'ai droit qu'à des regards sournois, des grimaces. Mais le pire est sa totale indifférence à mon endroit, comme si j'existais pas. C'est devenu intolérable...

Nancy lui débite une litanie de plaintes que Madeleine a maintes et maintes fois entendues. Mais la pédiatre n'en a pas terminé. Parler soulage son sentiment de culpabilité.

—Je suis pas une travailleuse sociale qui, pour moi, sont des saintes modernes. Je prends très mal le rejet, moi. Il se pourrait que je puisse pas... Je venais vous dire que... je peux pas le garder.

—Ah non ! Qu'est-ce que je vais en faire, de Lulu ? Personne en veut ! Si vous, une pédiatre, n'êtes pas en mesure de le garder... qu'est-ce qu'il va devenir ? Je vous demande de repenser à votre décision. Et votre mari qui s'est attaché à Lulu, qu'est-ce qu'il en dit, lui ?

—Je peux juste pas.

—J'insiste. Votre mari, lui ?...

—Mon mari veut pas me perdre.

—Vous m'achevez complètement !

—Sa mère l'aime, elle pourrait le reprendre.

—Elle est sur la go de ce temps-là.

—Il y a des centres de désintox meilleurs que d'autres.

—Elle rechute toujours.

— Parce qu'elle va pas dans le bon centre...

— Docteure McKenzie, les centres privés coûtent un bras.

— Je pourrais...

— Déjà que par amitié pour vous j'ai passé par-dessus la procédure. Non !

— D'accord, Madeleine.

Nancy se lève, prend son sac à main sur le bureau.

— Et vous gênez pas si vous avez besoin de soins en urgence pour vos enfants. Je suis là... comme pédiatre !

— Merci. Euh... docteure McKenzie ? Si vous y mettez du vôtre, vous allez finir par l'amadouer. Comme tous les autres enfants, Lulu ne demande qu'à être aimé.

Nancy sort. Sa décision est prise. Sa stratégie se dessine.

39

Le psychologue Antoine Marcel est dans la cinquantaine, un brin enrobé, des cheveux poivre et sel, une calvitie naissante. Un regard empathique.

Les deux premières séances ont été ardues pour Étienne. Se retrouver devant un inconnu qui le regardait avec autant de bienveillance, et sans le juger, était très nouveau. À la troisième séance, il avait fini par s'ouvrir.

— C'est pas beau, la colère. J'ai jamais pu exprimer ce que je ressentais de peur de passer pour mal élevé. Dans mon enfance, jamais personne élevait la voix, j'ai imité les adultes qui m'entouraient. J'ai rien dit de l'agression dont j'ai été victime. Je croyais que cet abus sexuel je l'avais provoqué, je m'en sentais coupable. Qui ne dit mot consent, hein ? Je me suis marié et j'ai pas mal fait ce que ma femme voulait. Je lui ai jamais dit ce que je voulais non plus. Je l'ai pas contredite souvent.

— C'est pour ça, Étienne, que vous vous retrouvez en dépression. Vous avez tu ce que vous ressentiez devant l'injustice, vous avez remisé vos ressentiments au fond de votre cœur. Ce n'est pas une bonne hygiène de vie.

— Je suis incapable de faire des colères.

— Je ne vous demande pas de crier, de taper du pied, mais de dire vos frustrations. Je vous demande à l'avenir devant une injustice ou un abus de dire à l'offenseur : « Voici ce que tu m'as fait, voilà ce que j'ai ressenti et voilà ce que j'attends comme réparation. »

— Je vais faire carrément rire de moi… non ?

— Pour un enfant qui a été agressé, parler de son agression et demander des réparations, c'est très thérapeutique. Pas besoin de faire une colère pour ça.

— Le frère qui m'a abusé est mort. J'ai vérifié l'année dernière.

— Alors il faut en parler à la direction de la congrégation concernée pour obtenir des excuses en son nom.

— J'ai pas le goût de faire cette démarche.

— D'accord, Étienne. Vous verrez plus tard. Mais chose certaine, il faut extérioriser votre colère, il faut qu'elle sorte de vous. C'est le premier pas vers la guérison de votre dépression. Le premier pas…

Chose étonnante, Étienne qui avait si peur des psychologues se sent très à l'aise avec celui-ci. Il ne se sent pas jugé, mais compris.

— Je suis pour la paix des ménages. J'ai horreur de la chicane. Alors pour pas faire de vagues, je me tais. Ce qui choque ma femme…

— Le silence est une arme parfois plus efficace que les mots.

— Ma femme dit ça aussi.

— Et vous, qu'est-ce que vous en pensez ?

Étienne découvre qu'il aime parler de lui.

— C'est sûr que j'ai horreur de prendre des décisions.

— Vous avez peur de vous tromper.

— Oui.

— C'est grave pour vous de se tromper ?

— Oui. Mes parents sont morts noyés dans le canal Lachine – mon père a fait une crise cardiaque alors qu'il conduisait la voiture –, j'avais dix ans et j'étais un champion en natation. J'ai nagé jusqu'à la rive. Mais j'ai toujours cru que j'avais pris la mauvaise décision. J'aurais pu les sauver. Et je me sens encore coupable… je…

Et Étienne s'effondre, en larmes. C'est la première fois de sa vie qu'il parle de son sentiment de culpabilité.

40

Leurs deux semaines de vacances se sont déroulées sans anicroche. Zézette et Robert sont allés à la pêche tous les jours. Ti-Guy lisait, faisait ses mots croisés ou jasait avec sa belle-sœur, Mireille, souvent devant de grands bols de café au lait à la boulangerie-bistrot du village.

Les deux mordus de la pêche sont partis très tôt avec d'autres touristes campeurs vers une pourvoirie située à une vingtaine de kilomètres. Même si c'était le dernier jour de vacances, Robert a insisté pour s'y rendre : un lac très poissonneux pour la truite, avait-il entendu dire. Ils ont alors décidé que Mireille et Ti-Guy les prendraient à quatre heures avec roulotte et voiture pour aussitôt entreprendre un bout de chemin pour le retour. Un espace camping avait déjà été réservé pour l'escale à Grande-Vallée.

Vers les deux heures trente, la voiture et la roulotte se garent non loin du bureau d'accueil de la pourvoirie.

Ils sont en avance. Mireille et Ti-Guy sont estoma-qués par la beauté de l'endroit. Des épinettes bleues, des sapins baumiers, des pruches, des feuillus et des fleurs de toutes sortes. Et des bleuets sauvages à profu-sion. Au bord de la rivière, un héron lisse ses plumes. Des patineurs de fantaisie font des chorégraphies sur l'eau.

Talonnée par son beau-frère, Mireille prend des photos. Ti-Guy est si près qu'elle sent son souffle sur sa nuque. Son cœur bat très fort. Elle se tourne vers lui, tous leurs sens en alerte. La chaleur, le vent doux, le ga-zouillis des oiseaux en rajoutent à leur désir réciproque.

C'est tout naturellement qu'ils se retrouvent dans un des lits doubles de la roulotte, tout excités de faire l'amour dans un lieu exigu, en courant le risque de se faire surprendre par leurs conjoints. L'interdit du moment est délicieusement affolant ! Ti-Guy se perd dans la chair abondante de sa belle-sœur, comme on se bourre de crème glacée après un régime sévère. Et Mireille s'offre surtout sans aucune pudeur, contrai-rement à Zézette qui toujours camoufle ses os pointus sous un ample pyjama agrémenté d'antiorgasmiques bas de laine gris.

Mireille expérimente de nouvelles zones érogènes et va de surprise en surprise sous les caresses de son beau-frère. Celui-ci y va de main de maître, à l'opposé de son mari qui, en homme d'habitude, sait exactement ce qui le mène à l'orgasme et s'y rend yeux fermés et bouche cousue. Sans compter qu'il fait l'amour comme il bouffe : il avale tout rond. Après s'être empiffré, Ro-bert s'exclame inévitablement : « Bon, c'est faite ! »

Mireille et Ti-Guy sont si perdus dans le plaisir de la chair qu'ils ne voient pas le visage de Robert ap-paraître dans le carré vitré de la porte de la roulotte. Des minutes plus tard – combien exactement ? ils ne sauraient le dire –, le couple revient de ce fabuleux voyage au pays des sens. Il est maintenant presque quatre heures, et c'est en vitesse qu'ils ressortent de la roulotte, rhabillés, repeignés, repus.

Ti-Guy est le premier à apercevoir son frère dans la chaloupe amarrée au quai, en train de rapailler son attirail de pêche. Il est seul ! Il le rejoint au pas de course.

— Zézette ! Où est ma femme ?

— Le gérant de la pourvoirie a été la conduire à la clinique du village.

Robert prend un malin plaisir à étirer ses explications, de façon à faire mal à l'amant de sa femme. Son frère, l'écœurant !

— Pas un accident, j'espère ?

— Non, non...

— ELLE A QUOI ?

C'est Mireille qui, impatiente, a lancé la question. Mais Ti-Guy a déjà deviné la cause probable du malaise de sa femme.

— C'est un paquet... un paquet de nerfs. Quand quelque chose fait pas son affaire, c'est la crise d'anxiété automatique. Lui as-tu dit quelque chose qui a pas fait son affaire ?

Un soupçon le traverse :

« Si je couche avec la femme de mon frère, mon frère couche peut-être avec ma Zézette ? »

— Pantoute. On pêchait et on parlait de vous deux. J'y disais que c'était le fun, vous aviez l'air de bien vous entendre. Pis ça lui a pris... Je savais pas trop quoi faire.

— C'est jamais grave, ses crises. Faut juste la faire souffler dans un sac en papier et ça passe. Pauvre elle ! Y a ben fallu que tu lui dises quelque chose pour qu'elle pogne les nerfs. Qu'est-ce que tu lui as dit ?

— Rien, que je te dis. Ça lui a pris de même, pour rien.

Robert ment, car il a bel et bien révélé à sa belle-sœur les avoir vus baiser dans la roulotte.

— C'est rare ça. D'habitude, c'est quand je la contredis.

— C'est-tu dangereux pour elle, je veux dire pour sa santé ?

— Ben non, Mimi, le docteur de la clinique va lui donner un petit calmant… Elle va être correcte.

— Qu'est-ce qu'on fait ?

— On va à la clinique. Faut ben !

***

Le jeune médecin de la clinique préfère garder Zézette en observation et conseille même de l'amener à l'hôpital de Gaspé pour des examens plus poussés.

— On va rester avec toi, Ti-Guy !

— Non, Mimi. T'es attendue à ton travail lundi, pis moi je recommence à travailler aussi. Je regrette, mon frère, mais nous autres, faut faire un bout de chemin avant la noirceur.

— Pas de problème. Je prends nos bagages. On va revenir en autobus.

— C'est ça, Ti-Guy !

Mireille, qui sent encore le sperme collé sur ses cuisses, cherche le regard de son amant. Il lui sourit avec affection et, au lieu de se tenir les mains, ils se tiennent par les yeux pendant que Robert, la mine sombre, sort les bagages du couple sans la moindre précaution.

41

En route vers leur escale prévue à Grande-Vallée, Mireille parle sans arrêt, une façon d'enrober son sentiment de culpabilité quant à son infidélité. Elle vante leurs vacances, qualifie avec des mots poétiques les lacs, la rivière Bonaventure, la nourriture, surtout les homards dont elle s'est gavée. Robert reste silencieux, malheureux comme les pierres.

Puis, se butant au mutisme de son mari, elle se tait et fait mine de sommeiller pour pouvoir se repasser en boucle le film de ses ébats avec son beau-frère. Robert conduit vite, écoute ses chansons country en mâchouillant des réglisses rouges.

« Qu'est-ce que je fais ? Je lui dis que je le sais, ou pas pantoute ? Si je lui dis, ça va faire de la chicane. Elle va dire que c'est pas vrai, et si je lui dis les avoir vus, elle va me sortir les cent deux raisons qu'elle a de me tromper. C'est pas le temps de se chicaner quand ma fifille est là et qu'elle est enceinte. Pauvre petite chouette ! Et se rendre à la maison, c'est long en caltor si on se chicane tout le temps. Je me ferme la trappe. C'est mieux. »

« Qu'est-ce que je fais ? Je lui avoue que j'ai couché avec son frère ou pas ? Si je lui dis, ça finira plus, il va vouloir, compétitif comme il est, savoir ce que Ti-Guy fait de mieux que lui. Pis il va m'engueuler, me traiter de tous les noms, il risque même de me faire débarquer du char en plein milieu de la route. Non, c'est mon jardin secret, je garde ça pour moi. »

Ils approchent de Grande-Vallée. Mireille s'étire, feignant de se réveiller.

— Mimi, si on se trouvait un bed and breakfast pour la nuit avec un grand lit ? Et qu'on se payait un bon souper pour fêter la fin de nos belles vacances ?

Elle a, elle aussi, envie d'un matelas moelleux après celui de la roulotte.

— Bonne idée. Oui oui...

Elle s'étonne d'être capable de parler comme si son infidélité n'avait pas existé. Robert est aussi surpris de sa capacité à faire semblant de ne rien savoir. Lui, dont la première réaction aurait été de flanquer toute une raclée à son maudit traître de frère.

Ils finissent par dénicher une auberge située au bord du fleuve. Un lieu ravissant, entouré de jardins. L'aubergiste a justement une chambre dont des vacanciers viennent d'annuler la réservation.

— Pas chère, j'espère. On revient de vacances, on a dépensé pas mal.

— Au diable l'argent ! Je t'invite, ma chérie !

Elle s'étonne : Robert ne l'a jamais, jamais appelée « ma chérie ».

Au souper, devant des chandelles, du vin blanc et une entrée de crabe et de petits légumes, le couple n'échange que des banalités : le travail qui reprend, les réparations en retard du bungalow. En attendant le plat principal, Robert téléphone à son frère pour prendre des nouvelles de Zézette. Elle va bien. Leur conversation est courte, mais éveille la jalousie latente de Mireille.

— Qu'est-ce que vous avez fait toutes vos journées, Zézette et toi ?

— Pêcher c't'affaire !

— Je le sais ben, mais c'est beaucoup d'heures en tête-à-tête !

— On pêchait !

— Je te le fais pas dire !

Ils rigolent du jeu de mots, mais la curiosité de Mireille est tenace.

— Qu'est-ce que vous vous disiez, toi et elle ?

« Elle me trompe pis c'est elle qui est jalouse. C'est le boutte de la marde ! »

— Peux-tu penser que je pourrais te tromper avec ce paquet d'os-là qui fait une crise d'angoisse quand on la contredit ? J'aurais trop peur de la casser en mille miettes. Je sais pas comment il s'y prend, Ti-Guy !

— Tu l'as même pas désirée une petite fois ?

« Elle exagère, la Mimi. »

Robert lui prend la main, la regarde bien droit dans les yeux.

— Je t'aime, mon amour, je te trompe pas. J'ai juste une parole, moi. Je t'ai juré fidélité… je suis fidèle.

« Et vlan. »

Mireille va refouler sa jalousie pour le reste du souper.

« J'exagère là ! »

Ils prennent une crème de menthe blanche au bar près de la piste où un couple d'amoureux danse sur un slow. Une idée traverse Robert. Il se lève, joint les pieds, se penche comme il a vu faire au cinéma et entraîne sa femme vers la piste, dans une étreinte cochonne où les corps font à la verticale ce qu'ils ont envie de faire à l'horizontale.

« Si ça prend ça pour transformer mon mari en prince charmant, je vais le tromper tous les jours. »

« Elle va se rendre compte que son Ti-Guy, c'est rien à côté de bibi. »

De retour à la chambre, Mireille sait comment va finir la soirée. Elle se déshabille, prend une longue douche comme pour effacer les effluves de Ti-Guy et, du fait que ses jaquettes sont toutes dans le sac de lavage, elle se couche nue.

Robert, qui a gardé ses bobettes, éteint, l'embrasse sur le front et se couche de son côté habituel du lit. Il veut la punir en ne lui faisant pas l'amour.

Mimi est en colère contre elle, contre lui, contre les hommes en général. Ti-Guy compris !

« Ma mère avait raison, tous des écœurants ! »

42

Les écouteurs de son iPod sur les oreilles, Lulu avale ses pâtes sans se préoccuper de Nancy qui lui demande d'un ton impatient de manger plus lentement. Furieuse, elle lui arrache les écouteurs et lui prend son joujou.

— Maudite folle !

— Tiens, tu me parles, c'est un progrès coudonc.

— Je t'haïs, je t'haïs, je t'haïs !

Il tente de reprendre son iPod. En vain. Ils se tiraillent, il la frappe, mais elle réussit à le forcer à se rasseoir sur sa chaise.

— Tu veux pas me voir, tu me verras plus. Ta mère va venir te chercher !

L'enfant fige sec, ses yeux agressifs se mouillent aussitôt. Et son regard vers elle est carrément un appel au secours.

« Il réussira pas à m'attendrir avec ses larmes de crocodile. Non ! »

Elle lui tend une serviette de table pour qu'il s'essuie les joues.

— Tu vas être bien avec ta maman, elle sort d'une cure de désintox et...

— Je pars pas d'ici.

— Ta mère va venir te chercher la semaine prochaine.

— Je pars pas d'ici !

— Ta mère t'aime fort, Lulu. Cette fois-ci, elle en prendra plus, de drogue.

— Papa, je veux voir papa !

— Nicolas travaille, il va revenir tard, tu le sais ça.

— Je veux le voir ! Il me laissera pas partir, lui.

— Nicolas est très très occupé au resto. Son sous-chef est en congé de maladie.

— Je vais aller au resto. Il me laissera pas partir. C'est mon papa !

— Tu le verras demain matin.

— Je t'haïs.

Lulu se lève si brusquement que sa chaise se renverse. Il fuit.

— Heille, tu restes ici !

La porte d'entrée claque, Nancy se lance à sa poursuite. Sans résultat. Lulu n'est pas en vue.

***

Nancy est au téléphone quand Nicolas rentre autour de minuit.

— À qui tu parles à cette heure-ci ?

— À personne, un faux numéro.

Il n'est pas dupe, il la connaît trop.

— Qu'est-ce qu'il y a ? Lulu ?

— Ben, il a pris la porte... Il est parti. Je téléphonais à quelques voisins.

— Qu'est-ce que tu lui as fait ?

— Rien. On parlait. Il est parti...

Il s'énerve, haussant le ton. Elle détourne son regard.

— Tu lui as dit quelque chose qui l'a choqué. Il est pas parti pour rien.

— Je lui disais que sa mère allait venir le chercher la semaine prochaine.

— Quoi ! Tu m'as jamais parlé de ça !

— Pour t'éviter d'avoir de la peine...

Il la force à le regarder. Elle tente de se dégager de sa poigne.

— Puis tu m'as pas appelé ? Pour pas me déranger, je suppose ?

— Oui, en plein ça.

— Me prends-tu pour un cave ?

— Crie pas ! J'ai un début de migraine...

— Mais t'es complètement folle, ma parole !

Au mot « folle », utilisé plus tôt par Lulu, Nancy voit rouge. Elle se jette sur son mari, lui martèle la poitrine de ses poings. Il a du mal à la maîtriser. Finalement, il réussit à lui enserrer les poignets. Elle éclate en sanglots.

— S'il lui est arrivé de quoi, jamais je te le pardonnerai.

***

Après avoir ratissé tout le quartier, Nicolas trouve finalement Lulu à la piscine située sur le toit d'un immeuble de condos du voisinage. Il est couché en chien de fusil sur une chaise longue. Il ne dort pas et, malgré la chaleur, il frissonne.

— Viens, mon gars... Viens.

Lulu s'accroche à la chaise.

— Je veux pas aller avec ma mère.

— On va en discuter. Nous deux, on discute, hein fiston, nous deux, on se parle.

Il lui brasse la crinière. Réconforté, Lulu le suit :

— Papa, garde-moi.

Il lui prend la main, la garde dans la sienne. Nicolas ne sait pas quoi répondre, n'ayant pas tous les éléments de la situation.

Nancy est tout de même soulagée en les voyant revenir.

— Il était à la piscine des condos au bout de la rue.

— Je vais lui faire prendre un bain chaud.

Elle s'en approche, pose sa main dans le dos de Lulu. Le garçon a un soubresaut.

— Non, pas toi, lui !

— Nancy, il peut prendre son bain tout seul, à son âge.

— Arrangez-vous donc !

Nancy se sent encore une fois rejetée. Exclue.

***

Vers deux heures du matin, Nicolas est surpris que Nancy ne dorme pas et qu'elle l'attende, assise dans le fauteuil satiné près de la fenêtre.

— Il dort ?

— Oui, enfin. Il a fallu que je lui promette qu'il partirait pas d'ici pour qu'il ferme les yeux.

— Légalement, on a pas le droit de le garder si sa mère prouve sa bonne conduite. Et elle a eu une bonne conduite… en moins d'une semaine…

— C'est toi qui l'as envoyée en désintox ?

— Euh… oui.

— Tu as manigancé le départ de Lulu.

Nancy choisit alors de maquiller quelque peu la vérité. Une chose à la fois.

— Pas manigancé. C'est Madeleine qui m'a suggéré la clinique privée. J'ai juste offert de payer la cure.

— En sachant très bien que si la cure fonctionnait la mère reprendrait son fils. T'es machiavélique !

— Je veux pas qu'un ti-cul brise notre couple.

Furieux et attristé tout à la fois, Nicolas se déshabille.

— Je vais parler à la travailleuse sociale. Je vais lui faire comprendre que Lulu est encore trop fragile pour...

— Non !

— Pourquoi non ? T'as peur que je découvre d'autres de tes manigances ?

— Il y a pas d'autres manigances.

— Je le sais quand tu mens, Nancy. T'en veux pas, de Lulu. T'es très habile pour te débarrasser des gens que t'aimes pas. Souviens-toi de ma sous-chef, Ariane... Tu t'étais arrangée pour la faire engager par un de mes compétiteurs.

— C'était pour ton bien.

— Laisse-moi m'arranger avec mon bien. Occupe-toi du tien.

— Chacun de notre côté ?

— S'il le faut.

Nancy retire sa robe de chambre et rejoint Nicolas au lit. Ils sont côte à côte, mais éloignés par des kilomètres d'incompréhension.

43

Pendant les vacances de Mireille et Robert, Filippo est venu plus d'une fois rejoindre Geneviève au bungalow.

— Pourquoi tu veux pas que tes parents me rencontrent ?

— Parce que...

— Parce que je suis un maudit Latino ?

— Ben non, voyons, mes parents sont pas racistes.

— Je pensais vivre ici avec toi et mon bébé dans ton ventre.

— Je veux pas de mari ni de père dans mon chemin.

— C'est pas moi, le père ?

— Je voulais un enfant, je l'aurais fait avec n'importe qui !

— C'est moi, le père. Je pensais que t'avais du sentiment pour moi.

— J'en ai, Filippo, t'es drôle avec ton accent et t'es galant. C'est rare par ici. Mais le couple, j'y crois pas. Je veux pas faire comme mes parents, m'engueuler pour les enfants jusqu'à ce qu'ils crissent leur camp, comme on a fait mon frère pis moi.

— Je comprends rien à ce que tu dis. Je t'aime, tu m'aimes, on se marie puisqu'il y a un petit bébé en route. Ça, c'est simple. L'amor, y a de l'amor entre nous. On s'aime.

— Non.

— Comment, non ?

— On fait pas l'amour, on fait du sexe.

— C'est la même chose.

— Ben non. Le sexe, c'est pas de l'amour. Le sexe, c'est le sexe, et je crois à l'amour quand c'est de l'amour des parents. Mon père m'aime. Moi, je vais aimer mon enfant. Moi, mon enfant, je le ferai pas élever dans des garderies. Je vais pas aller travailler, moi, je vais rester avec. Il va en avoir, de l'amour. Lui et les autres à venir...

— Et comment tu vas faire vivre tous ces enfants-là si tu travailles pas et que t'as pas de mari ? Hein, señorita ?

— Papa va m'aider. Pis je sais pas où je vais être dans dix ans. Je suis mobile. Du moment que j'ai mon ordi, mon iPad, mon téléphone intelligent, je peux me retrouver en Australie ou au Yukon avec les petits.

— Si ton père paye les billets pis tout le reste !

— Je vais hériter. Mes parents ont perdu leur vie à bosser comme des fous, ils doivent ben avoir un motton à eux deux.

— T'es un monstre d'égoïsme !

— J'ai un super ego et j'en suis fière. Ma mère a pas d'ego, mon père non plus. Moi j'en ai un.

— C'est quoi de l'ego pour toi ? Je comprends pas.

— De l'intelligence pure...

— Tu te crois plus intelligente que tout le monde ?

— Oui. C'est pour ça, Filippo, que je me marierai jamais.

— Moi, je crois à la famille. Je crois que le bébé que tu portes est autant à moi qu'à toi.

— C'est une menace ?

— C'est mon droit et mon devoir. Deux notions dont t'as aucune idée.

— Très bien, mais tu devras me signer un papier comme quoi tu payeras la moitié de son entretien et que tu me laisses la liberté de l'élever seule.

— On l'a fait à deux, on va se le partager à deux. Éducation et affection compris.

— C'était pas ça, le contrat.

— On a jamais négocié, nous deux, tu m'as donné des ordres et t'as cru que j'étais borné comme un âne. Je suis pas borné, je suis têtu et je tiens à cet enfant autant que toi.

— Combien ?

— Combien ?

— Combien tu veux ?

— Tu peux pas m'acheter !

— Tout a un prix, même pour un ti-cul qui a des principes comme toi. On s'en reparlera quand t'auras plus de travail pis que tu pourras plus donner de l'argent à ta mère.

— T'as pas fini d'entendre parler de moi. Je suis le père de NOTRE enfant.

— Mon enfant ! Je le fais toute seule.

— Oui, mais t'as quand même eu l'aide de mes spermatozoïdes.

— Filippo, tu vas renoncer au bébé ou je me fais avorter. Penses-y ! Il est encore temps pour moi.

Et sur ce, elle le pousse vers l'extérieur et lance son sac à dos sur le perron.

« J'ai toujours eu ce que je voulais, je vois pas pourquoi ça changerait aujourd'hui ! »

44

Lulu pleure, hurle et s'accroche à son père. À l'écart, bras croisés sur la poitrine, Nancy regarde la scène avec une neutralité tout de même chancelante. Madeleine, la travailleuse sociale, doit user de son autorité, de sa force physique pour décrocher les petits bras qui s'accrochent aux jambes de Nicolas et entraîner l'enfant avec elle. Proche des larmes, Nicolas tente de raisonner Lulu, lui répétant que sa maman a le droit de le reprendre, qu'elle l'aime...

Une fois la porte d'entrée refermée, Nicolas s'effondre et pleure la perte de son enfant, tandis que Nancy pleure la perte de son mari.

— Son regard, je l'oublierai jamais... jamais.

— Je me sens tellement coupable, Nico.

— TU L'ES !

***

Nancy, dévastée, téléphone à Clara, son seul refuge. Nicolas est retourné à son resto.

— C'est fini entre nous. Il m'aime plus, il a bien raison. J'ai été affreuse, méchante, odieuse.

— Bon, tu vas arrêter de te flageller. Ce qui est fait est fait, on va pas revenir là-dessus. Vaut mieux réfléchir ensemble à ce que tu peux faire pour réparer.

— Il y a plus rien à faire.

— Il y a toujours quelque chose à faire.

— Mais quoi ? J'ai tout gâché.

— T'as gâché quoi, d'après toi ?

— Notre amour, notre relation.

— On va réparer ça, je vais t'aider, Nancy.

« Moi-même, je suis en train de retisser ma relation de couple avec Étienne. »

***

Le soir même, au retour de son mari, Nancy lui sert un scotch, puis déclare :

— J'ai une offre à te faire.

— À propos ?

— De nous deux.

Il dépose son verre, se lève du sofa.

— Je suis fatigué, j'ai juste envie de dormir.

— Deux minutes. Pas plus.

— Bon.

Il se rassoit sur une fesse, prêt à partir.

— J'ai commencé à t'aimer toute jeune parce que j'aimais ce que tu étais, et puis j'ai voulu te changer, j'ai voulu que tu sois comme moi, que tu m'aimes comme moi je t'aimais. Je t'ai pas respecté dans ton identité. J'ai focalisé sur des futilités plutôt que sur notre couple. J'ai pas été une amie pour toi, mais une mère supérieure. Je passe mon temps à te critiquer sur ce que tu dis, sur ce que tu fais, plutôt que de t'encourager comme je le faisais quand j'étais étudiante, et toi, laveur de vaisselle dans un resto. Ce sont tes encouragements qui m'ont fait pédiatre, et mes encouragements qui t'ont fait chef restaurateur. Pourquoi j'ai cessé de t'encourager, de te valoriser ? Parce que je te tenais pour acquis.

Nicolas se cale dans le sofa. Sceptique, mais à l'écoute.

— Je te jure que, désormais, je vais m'occuper de notre relation plutôt que de vouloir te changer. Je te jure que je vais essayer de toutes mes forces de t'accepter tel que tu es. J'ai pas compris ce que tu ressentais pour Lulu parce que je t'ai pas écouté comme il le fallait quand tu l'exprimais. Je pensais qu'à moi. Je regrette les gestes que j'ai faits concernant Lulu. J'avais oublié que ce qui est important dans ma vie, c'est notre relation. Je te demande pas de changer, moi je vais changer.

Nicolas a besoin de temps pour digérer la nouvelle attitude de sa femme. Nancy poursuit :

— Peut-être que tu préfères laisser s'user notre relation et qu'on se sépare. Je peux pas forcer tes sentiments, mais je veux qu'elle dure, notre relation, j'y tiens. Je suis prête à faire ce qu'il faut pour qu'on soit heureux ensemble.

Les yeux embués, elle s'arrête, dans l'attente de sa réaction. Il soupire, se lève.

— On peut en reparler demain si tu préfères, Nicolas.

— Oui, je préfère.

— Bonne nuit.

— Bonne nuit.

« Elle, elle a parlé à Clara. Mais je pourrai jamais oublier ce qu'elle a fait. Je l'ai peut-être pas fait cet enfant-là, mais dans mon cœur, dans ma tête, c'est mon fils et elle me l'a enlevé. »

45

Depuis leur retour de vacances, Mireille évite la compagnie de son mari qui, de toute façon, passe tout son
temps libre avec sa fille, Geneviève. Ce jour-là, cependant, il lui dit :

— Je peux aller chercher le panier bio si tu veux. Je
dois passer dans le patelin de Clara. On pourrait faire de
la sauce à spagat, avec plein de carottes pis de céleris. La
petite est folle de ça, pis il faut qu'elle mange pour deux…

— C'est pas vrai ça. Déjà qu'elle est grosse.

— Elle est pas grosse, elle est rondelette.

— Bon, moi je suis grosse, elle est rondelette.

— Ben oui !

— Je vais revenir tard, une sortie avec mes chums
de femmes. Tu parleras à ta fille : dans le congélo, notre
stock de viande a comme fondu.

— Elle a reçu des amis pendant nos vacances. Elle
a ben le droit…

— Qu'est-ce qu'elle avait à prendre mon char ? Je lui avais pas donné la permission.

— Y avait un char dans le garage. Je vois pas pourquoi elle l'aurait pas pris.

— Arrête !

— Quoi, qu'est-ce que j'ai fait encore ?

— Tu prends sa défense contre moi tout le temps.

— Parce que tu l'accuses pour rien tout le temps.

Et ça recommence et ça continue jusqu'à ce que, exaspéré, Robert quitte la pièce, la maison, les deux poings fermés dans ses poches. S'il ne se retenait pas...

***

À la ferme, il trouve une Clara fatiguée, mais de fort bonne humeur. Elle lui cueille des tomates italiennes pour sa sauce à spaghetti.

— C'est l'abondance, mes haricots verts et jaunes ont deux semaines d'avance, les tomates, il y en a tellement, on sait plus quoi en faire. Les concombres, faute d'abeilles, ont pas donné, j'ai dû les polliniser au pinceau.

— Hein ?

— Les abeilles ont une maladie qu'elles attrapent quand elles butinent dans les champs de maïs, de soya ou de canola traités avec des pesticides. Elles rapportent à la ruche ce nectar empoisonné ; elles meurent.

— Ah ben...

— Je vois que ça t'intéresse pas beaucoup mes problèmes, mais je te dis que si on laisse les poisons s'infiltrer dans notre nourriture, ce sont pas seulement les abeilles qui vont mourir, mais les humains aussi. Si les abeilles meurent, comment on va faire pour avoir des légumes et des fruits pour nourrir le monde ?

— Ouais... hein ?

— Qu'est-ce qui va pas, Bob ? Le voyage de pêche en Gaspésie s'est pas bien passé ?

— As-tu deux minutes ?

— Pauline Julien.

— Hein ?

— C'est Pauline Julien qui chantait ça : *As-tu deux minutes ?* J'ai tout le temps que tu voudras.

C'est ça qui fait la popularité de Clara. Elle écoute comme si elle avait tout son temps, comme si la personne en mal de se confier était la plus importante du monde.

Et Robert de lui raconter l'infidélité de Mireille, d'une voix neutre, comme s'il ne s'agissait pas de sa femme ni de son frère. Il ne veut surtout pas montrer ses blessures à Clara. Mais comme elle sait creuser pour débusquer les émotions cachées, elle demande :

— Qu'est-ce que tu ressens au fond de toi ? Bien au fond...

— L'envie de tuer. Ti-Guy d'abord, elle ensuite. Ou d'engager un tueur à gages pour les éliminer tous les deux.

— T'es en colère pour vrai.

— Je suis en tabarnak... Excuse, mais c'est comme ça que je me sens.

— Triste aussi j'imagine ?

— Triste et en tabarnak... Les deux !

— Plus triste ou plus en colère ?

Robert réfléchit un moment puis :

— Je suis triste parce que, mon frère, j'en ai juste un et je l'aime, on a que seize mois de différence. Je l'ai toujours admiré et là, si j'y dis que je l'ai vu en train de... tu sais quoi, avec ma femme, je vais être obligé de plus le voir jamais, pis comme c'est ma seule famille que je fréquente, je vais le perdre.

— Ta femme ?

— Juste le goût de la sacrer là et de divorcer, mais ça fait si longtemps qu'on est ensemble, on a nos habitudes, pis c'est une maudite bonne femme à part qu'elle est plus portée sur le sexe que moi. Je sais pas ce que je deviendrais sans elle.

— Pourquoi tu lui as pas dit que tu l'avais vue avec ton frère?

— Parce qu'un homme, il a beau savoir ben des affaires, il sait pas quoi faire quand il pogne sa femme les culottes à terre avec un autre. Tant que tu l'as pas vécu, tu penses que tu saurais quoi faire pis quoi dire. T'as toutes tes phrases préparées. Ton fusil est chargé, toutte. Mais quand ça arrive, les bras te tombent, les jambes te coupent, t'as la langue paralysée. Y a comme un grand vide dans ton cerveau. T'as pas une chute de pression, t'as une chute d'estime de toi-même.

— L'infidélité, tu sais, Bob, c'est souvent une stratégie pour éviter de faire face à ses problèmes de couple. C'est une tentative désespérée de sortir d'une impasse qui conduit au désastre. C'est s'offrir un bon prétexte pour partir. Je le trompe, donc il va me laisser et j'aurai pas l'odieux de le faire. C'est inconscient, bien sûr… mais c'est le signe que quelque chose a besoin d'être réparé dans la relation.

— Mimi veut pas me laisser.

— Qu'en sais-tu?

— On est mariés… on a une maison, des enfants… Je veux dire, on est heureux, je pense. Ben, on a toutte pour être heureux. Y a le côté couchette où ça va pas fort fort. Elle est dans sa ménopause, pis à nos âges… Ben, pour dire le vrai, moi c'est tombé, je veux dire le désir, j'ai moins de désir, même que j'en ai pas pantoute. Heille, je suis-tu à confesse, moi là?

— Non, je te juge pas et t'auras pas de pénitence.

—J'ai pas l'habitude de soulever la couvarte du lit double de ma vie intime, c'est toutte. Avouer qu'on bande pas pour un homme, c'est... je veux dire, c'est... c'est comme si un bateau avait perdu son gouvernail. Un gars qui a perdu la commande de son sexe, c'est plus un homme. Pis pas être un homme, c'est ce qu'il y a de plus humiliant au monde. Je sais pas pourquoi je te dis tout ça...

—Parce que t'as besoin de parler.

—Je le sais, mais moi, parler de ça à une femme...

—Ça? La sexualité?

—Je viens d'une famille où on parlait jamais de ça. Juste ce mot-là, «sexualité», moi il me fait monter le rouge aux joues. S'il y avait pas le mot «sexe» dans «sexualité», je te dis pas... Quand j'étais jeune, je prenais mon bain avec ma petite culotte parce que personne m'avait dit qu'il fallait l'enlever. J'étais ben nono. Pas pudique, juste nono. Ma mère, je l'ai jamais vue en jaquette. Chez nous, on se comportait comme si on avait pas de bas.

—De bas?

—De... sexe.

—Vous faites plus l'amour, ta femme et toi?

—Ça l'insulte que je prenne du Viagra, ça fait que j'en prends pas pis y a rien qui se passe ou presque. Même qu'un jour elle m'a demandé d'en prendre pis c'est moi qui a pas voulu.

—Et comment tu te sens quand il y a rien qui se passe?

—Pas comme un homme en tout cas.

—Et elle, comment crois-tu qu'elle se sent de pas être désirée?

—Je sais pas trop, caltor!

—Mimi a testé sa féminité avec le premier venu. C'était un test. Comme les hommes qui couchent un soir avec une autre femme pour vérifier si leur pénis fonctionne encore. Rougis pas. Ça s'appelle comme ça, non ?

— Ça me dit pas quoi faire, ça ! Je dois-tu y dire que je le sais et l'engueuler comme du poisson pourri ?

— Ça donnerait quoi de l'engueuler ? C'est arrivé… c'est fait.

— Ça me ferait du bien en simonac !

— Qu'est-ce que tu veux ? Te venger ou être heureux avec elle pour les années à venir ?

— Je sais pas si je suis capable de garder ça pour moi.

— Qu'est-ce que tu veux, Bob ? Soulager ta colère ou être heureux ?

— Je veux être heureux.

— Alors tu sais quoi faire.

— Je suis pas un bon hypocrite.

— Les couples doivent pas tout se dire s'ils veulent vivre agréablement.

— Je fais comme si je le savais pas… c'est ça ?

— Mais tu le sais et tu sais aussi quoi faire pour qu'elle retourne pas à lui.

— Je peux pas faire plus que ce que je fais là.

— Tu peux faire plus, si tu veux garder ton couple. À toi de décider.

— Elle aussi, elle pourrait faire plus pour garder son couple.

— Si elle te voit faire des efforts, elle fera des efforts aussi.

— Pis mon frère, l'écœurant ?

— Il arrive qu'on doive se taire pour sauver son couple.

— Je le savais que ça tournerait de même, ma visite. Tout pour sauver le couple !

— Quand ça en vaut la peine… Et ça en vaut la peine, non ?

— Je vais y penser. Merci quand même. Si tu vois Mimi, essaye de lui tirer les vers du nez. Elle m'aime-tu encore ? Parce que moi, je l'adore, ma femme. J'aimerais ça le savoir pour pas avoir à me forcer pour rien. Pis je voudrais te parler de ma fille...

— Bob, je gagne pas ma vie avec des conseils, mais avec des concombres et des tomates, et puis j'attends mon petit-fils, Gabriel, avec son père.

— Eh ben, je te laisse travailler. Salut.

Clara regrette d'avoir écourté l'entretien, elle aurait tout de même voulu lui parler de son fils et de son petit-fils, mais Robert est sur son départ.

— Ton panier de tomates ?

— Ah oui, je l'oubliais.

Robert prend son panier sans jeter un œil sur les trésors dont il est rempli. Clara a l'habitude.

« C'est quand il y aura plus rien à manger que les nourriciers de la terre seront appréciés à leur juste valeur. D'ici là, c'est tenu pour acquis. Tenue pour acquise ! C'est aussi l'histoire de ma vie ! »

46

— Ah ben, Magali... Qu'est-ce que tu fais au Valpaia ?

— Samuel ? Long time no see.

— Deux semaines !

— C'est vrai, deux semaines.

— Ça m'a paru un an.

— Menteur !

— C'est vrai. Pas toi ?

— Pas un an, deux ans !

Leur différend à propos de l'héritage s'efface comme par magie. Leurs corps ont du mal à retenir leurs désirs réciproques, et ils se dévorent des yeux. Un client en mal de jaser les ramène à la réalité en commandant deux bières à Samuel.

— Tu travailles encore ici, Sam ?

— Euh... oui, ç'a ben l'air.

— T'avais pas parlé de contrats de télé ?

— J'ai pas le droit de prendre des contrats de télé pendant que je suis à l'école.

Le client dépose sur le comptoir l'argent pour ses consommations. Samuel pense tout haut :

— Ça va arriver... On est une maudite grosse gang à rêver de jouer devant du vrai monde, pas juste devant des profs.

Le client prend ses deux bières. Il se veut encourageant :

— Un jour, tu vas être riche et célèbre... pis tu me regarderas plus.

Magali contemple amoureusement Samuel.

— C'est ben ça, moi aussi, il me regardera plus pantoute.

Le client rejoint son groupe, installé sur la grande banquette du fond.

— Magali, c'est pas l'argent qui va changer quoi que ce soit entre nous.

— Tu m'as pas rappelée à cause de l'argent de mon père.

— C'est pas pareil.

— Une fille a pas le droit d'avoir plus d'argent que son chum ?

— On va pas recommencer ça. Thérèse me fait des gros yeux. Faut que je travaille.

Magali, l'air coquin, attrape le cellulaire de son chum et y entre une adresse.

— Viens dîner demain midi à cette adresse-là.

— Je suis occupé...

— Je t'attends.

— Bon. Peut-être. Je vais m'organiser.

Derrière le bar, Samuel s'acharne à faire briller des verres déjà rutilants tout en observant obliquement sa patronne, Thérèse, qui aborde Magali assez cavalièrement :

— Viens-tu acheter le bar coudonc ?

— Il a bavassé...

— Il m'a appris la bonne nouvelle. Maudit que t'es chanceuse !

— J'ai perdu mon père. On s'entendait pas, mais c'était mon père et je l'aimais.

— Le chagrin s'avale mieux avec un héritage au boutte. Veux-tu une vodka martini ?

— Non. J'ai vraiment de la peine, tu sais...

— J'en doute pas. Veux-tu du champagne d'abord ? Un héritage, ça se fête !

— Non, je suis juste passée voir Sam.

— Je suis sérieuse, le boss veut vendre, je te vois très bien ici. Pis tu me présenterais des hommes riches, autre chose que les mafieux qui se tiennent ici.

— T'as pas l'air de comprendre...

— Je comprends. Y a plein de fric qui te tombe du ciel, tu fais ben pitié.

— Heille ! J'ai pas choisi mon père, O.K. ? J'y suis pour rien, moi, si toute sa vie il a ménagé pour me laisser un héritage.

— O.K. Donne-le-moi si t'en veux pas.

— Je suis dans la marde parce que mon père est mort et m'a laissé de l'argent, que d'ailleurs j'ai pas encore.

— T'habites pas son château à Outremont ?

— C'est pas un château, c'est une vieille maison. Je vais pas la garder.

— Tu vas en acheter une à Westmount ?

— Pourquoi tout le monde m'haït ? C'est pas de ma faute si j'hérite.

— Parce qu'on est tous jaloux.

Magali est quelque peu rassurée. Thérèse lui chuchote à l'oreille :

— Je veux juste te dire que j'ai les confidences de ben du monde depuis le temps que je travaille dans les bars. Eh ben, l'argent qu'on a pas gagné, ça file entre les doigts comme l'argent de Monopoly. Fais attention, Magali, prends-toi un bon gestionnaire. Je pourrais te faire ça à bon prix. L'argent, je connais ça, je gère des bars depuis des années…

— Merci. J'ai l'œil sur le notaire de papa. Je veux dire, je vais demander au notaire de papa. Il connaît un bon planificateur financier.

— T'es ben sûre que tu veux pas un drink sur mon bras ?

— Merci. Ciao !

En partant, Magali accroche le regard tendre de Samuel, qui lui confirme qu'il ira à son rendez-vous du lendemain.

***

Une maison centenaire de deux étages en pierres grises, un beau jardin, des arbustes soigneusement taillés. Un gazon impeccable. Des roses rouges en main, Samuel sonne à la porte d'entrée. Puis il cache son bouquet derrière son dos. Magali lui ouvre et, aussitôt, il agite les fleurs sous son nez, fleurs qu'elle empoigne et lance par terre.

— Qu'est-ce qui te prend ? Ça coûte cher, ça !

— Les roses, ça sent le salon funéraire, j'en sors.

— Je m'excuse.

— Je te demande pardon, Samuel. Viens, entre.

Dans le vestibule, elle l'enlace et, très vite, ils en viennent à se sauter littéralement dessus.

— Pas ici. Dans ma chambre. Come on !

Ils grimpent l'escalier en essaimant leurs vêtements dans les marches. Ils s'élancent sur le lit de jeune fille de Magali et ils font l'amour sauvagement.

Ce n'est qu'une fois rassasié que Samuel remarque où il se trouve.

— Ta chambre ?

— C'est beau, hein ?

— Tu couchais ici, avant moi ?

— En rêvant de toi.

— Tu me connaissais pas.

— Je rêvais du prince charmant.

Habitué à de tels compliments, Samuel ne bronche pas.

— C'est pas gênant de coucher dans du blanc de même ? Ma mère a toujours dit que le blanc, c'est salissant.

— On avait une bonne.

— Ma mère à dix-huit ans voulait à tout prix sortir de l'Abitibi. Elle a travaillé un temps à Montréal comme servante. Pour tes parents peut-être ?

C'est cette phrase « douche froide » qui extirpe Magali de sa langueur. Elle se redresse, en appui sur un bras.

— On va régler une chose tout de suite, Samuel : c'est pas de ma faute si je suis née à Outremont dans une famille à l'aise, et c'est pas de ta faute si t'es né dans une petite ville de l'Abitibi. On choisit pas ses parents.

— T'es ben susceptible ! Comme ça, c'était ta chambre ?

— Ado, je la trouvais quétaine, la dentelle anglaise, les froufrous. Là, je trouve ça cute. Peut-être que si tu retournais chez vous...

— J'y suis retourné, c'est aussi laid et sale qu'avant. Sais-tu ce qu'ils ont fait de ma petite chambre ? Un entrepôt pour les fusils de chasse de mon père et de mes frères. J'en ai plus pantoute, de chambre, aussi ben dire que j'ai plus de chez-nous.

— Ben, t'es parti.

— C'était ma chambre pareil.

— Bon, on mange ?

— Tout nus !

— Non, voyons ! Pas dans la salle à manger.

— Tu vois comme le cash te change. Dans notre petit logement, on mangeait tout nus dans notre lit. T'aimais ça.

— J'ai une salle à manger maintenant. Habille !

Ils récupèrent leurs vêtements dans les marches et se rhabillent en riant.

Les murs de la salle à manger et du grand living sont garnis de toiles signées. Sur l'immense table acajou, une nappe blanche brodée, un service de couverts en argent, des verres de Bohême. Un lustre de cristal diffuse une lumière qui scintille.

— J'ai pensé à du rosbif…

— C'est toi qui l'as fait cuire ?

— Non.

— T'as pas une bonne toujours ?

— Non. Y a des traiteurs.

— Ça doit coûter un bras. Ça fait un siècle que j'en ai pas mangé, du rosbif. Au resto, c'est super cher, pis mes deux colocs cuisinent pas.

Magali n'aime pas trop le rappel des colocs. Pour éviter la chicane qu'elle pourrait facilement provoquer, elle change de sujet.

— Va te laver les mains. Le powder room est au bout du corridor à droite.

Samuel examine ses mains qu'il ne trouve pas sales, mais il obtempère pour ne pas la contrarier.

« C'est quoi, au juste, un powder room ? »

Dans la salle de bain, sans bain, Samuel cherche la poudre qu'il ne trouve pas. Il se regarde dans le miroir, se sent comme une tache de graisse dans cette demeure trop immaculée. Il décide de ne pas se laver les mains : il n'est pas un petit chien obéissant.

Puis l'envie de fuir lui vient. Il étouffe dans cette maison qui lui rappelle sa pauvreté. L'idée s'impose.

Dans le hall d'entrée, il ouvre en douce la grande porte. Mais il fige sur place en entendant de la cuisine :

— Le rosbif a l'air écœurant. Tu vas te régaler, Sam.

Grosse hésitation entre la peur de la nouveauté et la gourmandise. Et ça sent la bonne viande rouge qu'il n'a pas les moyens de s'offrir. Il rejoint Magali à la cuisine.

— Encore un petit cinq minutes. Je le fais reposer pour qu'il soit plus tendre encore.

Elle le prend par la main et lui fait faire le tour du propriétaire. Le salon et son piano à queue, les meubles anciens, une collection de sculptures inuites, des antiquités chinoises. La cuisine est moderne, rutilante, un anachronisme dans cette maison centenaire. Un coin petit-déjeuner avec des banquettes fleuries. Il ouvre sur sa salle de jeu : une maison de poupées, des peluches, des poupées et, sur les étagères, des jouets et des jeux de toutes sortes.

— T'en avais, des bébelles !

— Oui, mais j'avais pas de frères ni de sœurs pour jouer avec moi.

— Moi, j'avais une trâlée de frères et pas de bébelles.

— On vient de milieux différents, mais on veut la même chose, nous deux, hein ?

— Faire l'amour ?

Déjà il sent une érection qui se pointe.

— Être ensemble ?

— Ah…

— Le veux-tu vraiment, Sam ?

— Ben oui. Le temps qu'on a été séparés, je pensais juste à toi.

Il l'entoure de ses bras, descend les mains sur ses fesses. Elle le repousse.

— Il a quand même fallu que je fasse les premiers pas.

— J'ai ma fierté même si je suis pauvre.

Elle se dégage brusquement.

— Arrête de me parler d'argent !

— Je m'excuse.

— Arrête de t'excuser !

— Oui, boss.

— Je suis pas ton boss. Je suis ton égale ! Oublie jamais ça !

Ils se chahutent comme des gamins, et ce n'est pas long que les petits coups deviennent des caresses. Il pouffe de rire, elle rit aussi. L'odeur du rosbif fait effet d'aphrodisiaque.

***

Ils sont devant le rosbif juteux, une montagne de purée de pommes de terre, des pois verts et des verres de vin rouge. Samuel avale des tranches de rosbif, quasiment sans les mâcher, tel un écureuil qui s'approvisionne en noix. Magali le contemple, fière de son choix de repas.

— Qu'est-ce qu'on va faire ? J'ai de l'argent… pas encore, mais bientôt. Aussi, j'ai cette maison, le chalet, la Mercedes. Je vais pas donner ça aux pauvres.

— Pas aux pauvres… mais à un pauvre.

— Tu veux que je te donne mon héritage !

— Si ça sépare notre couple, t'es aussi bien de me le donner.

— Ça va revenir au même, ça va être moi la pauvre pis toi le riche.

— Non puisque je garderais pas l'argent ! Je vais fonder un théâtre par chez nous. Je vais engager une troupe. C'est mon rêve. On va offrir du théâtre à ceux qui en ont pas les moyens. Ça va être gratuit.

— C'est toi qui vas avoir l'argent, c'est toi qui vas avoir le pouvoir. Non, si je donne mon argent, ce sera à une bonne œuvre.

— Encourager les arts, c'est pas une bonne œuvre, ça ? On est tous pauvres, nous autres, les comédiens...

— Change de métier !

— Toi, à part faire l'amour comme une déesse, tu connais rien à l'humanité.

— C'est mieux que de tout connaître comme toi et de faire l'amour comme un pied.

— Ah ben ! Elle est bonne, celle-là !

Ils rient, ils s'aiment, se désirent.

47

Sur la terrasse, Geneviève et ses parents mangent du poulet écrapouti – la version de Bob du poulet en crapaudine, sa spécialité – et des légumes bio grillés sur le barbecue. Il fait un temps nuageux et l'ambiance familiale est au diapason.

— Les Latinos, tous des paresseux. Parce qu'ils dansent la samba, ça veut pas dire que ça fait de bons partis. Moi, je sais pas danser pis tu vois ta mère, elle manque de rien.

— Uno, je veux pas d'un bon parti parce que je veux pas me marier ; secundo, Filippo danse très mal.

— Si t'es pour m'astiner...

— Je t'astine pas, je discute.

— Il est pas question que ce gars-là devienne mon gendre, ça finit là.

— On va pas se marier. On vivra même pas ensemble. Ça fait dix fois que je te le dis, p'pa. Il veut juste un droit de visite pour le bébé. Pis moi je veux pas.

Mireille les a écoutés sans intervenir, trop occupée à déguster son poulet, qu'elle arrose de vin blanc. Robert reprend du poulet.

— Faut un mari dans la vie, ma fille. Qui c'est qui va te faire vivre ?

— Faudrait savoir ce que tu veux, p'pa. Un gendre ou pas ? Maman, parle donc à ton mari !

— Hein ? Quoi ?

— Mais où t'étais, pour l'amour du crisse ?

— Ici. Je mange. Toujours bon, ton poulet, Bob. J'étais dans la lune.

— La lune gaspésienne peut-être.

Mireille fait comme si elle n'avait pas entendu et empoigne la bouteille de vin blanc qui est dans la glace pour remplir sa coupe.

— Qu'est-ce que t'en penses, toi, que le danseur de samba fréquente notre fille ?

— Pas moi ! Le bébé, pis juste quand il va être né.

Mireille s'extirpe tant bien que mal de la scène érotique qu'elle revivait avec Ti-Guy.

— Si c'est lui le père.

— Maman...

— Je connais ça, l'amour...

— Moi aussi je connais ça, parce que ta mère et moi on s'aime depuis longtemps. Hein, sa mère, nous deux on s'aime ? Hein ?

— On a pas d'affaire à discuter si ce Latino doit venir ou non habiter ici puisque notre fille est pas encore décidée à garder le...

— Je suis très décidée, et tu le sais.

— À dix-sept ans, t'es trop jeune pour engager ton avenir. La vois-tu, Bob, à ses cours avec un petit braillard ?

À l'idée du bébé de sa fille dans ses bras, Robert ramollit.

— Il braillera pas, je vais le bercer. Je vais être une bonne maman.

— Moi aussi, je vais m'en occuper.

— Bob, t'as l'âge de la préretraite, pas celle de t'occuper d'un bébé à plein temps.

— Et Claude Dubois, lui ? Il est plus vieux que moi...

— C'est un artiste. Les artistes, c'est pas du vrai monde.

— Est-ce que Filippo va pouvoir visiter le bébé ici ? C'est ça la question. Si vous voulez pas, je vais aller habiter avec lui dans Griffintown.

— Au Mexique !

— Ben non, Griffintown c'est à Montréal. Un quartier hot !

L'ignorance de ses parents l'exaspère, mais Geneviève a besoin d'eux, besoin de leur maison, besoin de leur argent. Elle est une enfant-roi qui exige, mais n'offre rien en retour.

— On va en parler dans le particulier, ta mère et moi.

— Vous êtes des égoïstes, vous pensez rien qu'à vous autres.

— Dis pas des affaires de même, ma poulette.

Mireille est irritée par la mollesse de son mari.

— Tais-toi donc, ma fille, pis va réfléchir en haut dans ta chambre !

Geneviève est sidérée, c'est la première fois de sa vie qu'on l'envoie réfléchir dans sa chambre. Elle se lève brusquement, attrape une cuisse de poulet et disparaît derrière la porte moustiquaire de la terrasse. Ses parents continuent de manger sans se regarder, mines renfrognées. Puis :

— Si tu m'avais laissée faire, Bob, si tu m'avais laissée l'élever comme je le voulais...

— J'ai passé une bonne partie de mon enfance en pénitence dans le coin. J'étais pas pour répéter la même erreur que mon père pis faire la police dans la famille. Je suis l'ami de ma fille, moi !

— T'es son père ! Ç'a été ça, notre erreur, croire qu'on pouvait être ami avec nos enfants.

Robert sait qu'il glisse vers un affrontement qui s'annonce de taille. Dans un mariage usé à la corde, n'importe quoi peut devenir sujet à conflit. Vite, il lui faut trouver ce qui pourrait faire tourner le vent.

« Les sushis, elle adore les sushis... »

— Je t'emmène manger des sushis, ma chérie. Je réserve pour ce soir.

— T'aimes pas ça, les sushis ! Pis depuis quand tu m'appelles « ma chérie » ?

— Ma belle doudoune ?

— Doudoune-moi pas, j'ai assez d'être grosse...

— T'es pas grosse.

— Ta vue baisse en vieillissant.

— T'es une belle femme, Mimi, une maudite belle femme. Moelleuse comme du gâteau des anges.

Mireille a toujours fondu sous ce compliment, et Robert le sait.

— Bon, O.K. pour les sushis.

« Bob est tombé sur la tête. Une sortie en semaine ! Mais pourquoi pas ? Ça nous changera de la terrasse... et de la face de notre fille. »

48

Le serveur japonais dépose au centre de la table un plateau de sushis et de sashimis. Mireille choisit l'anguille
fumée, dont elle raffole. Robert cache sa nausée en ava-
lant d'une traite la coupelle de saké chaud, qu'il remplit
aussitôt à ras bord. Mimi, la bouche pleine, commente :

— C'est traître, le saké, mon homme.

— C'est bon, ça goûte le parfum, ma femme.

— T'es drôle, t'as toujours dit que c'était mauvais
parce que justement ça goûtait le parfum.

— Un gars change.

« Qu'est-ce qui lui prend tout à coup ? »

Mireille savoure chacune des pièces de poisson
cru. Robert opte pour une crevette cuite. Elle prend
une gorgée de saké, question de se donner du courage.

— As-tu eu des nouvelles de ton frère ?

— Ti-Guy ?

— Ben, t'en as juste un frère.

— Toi, as-tu des nouvelles ?

— Pourquoi j'en aurais ?

— Pourquoi tu me demandes si j'ai eu des nouvelles de mon frère ?

— Pour faire la conversation, pour qu'on ait pas l'air d'un couple qui s'aime pas.

— Parce que tu m'aimes ?

Mireille, qui se sent coincée, cherche à se dérober à cette fatale question.

— On est mariés depuis un boutte.

— M'aimes-tu ? Réponds !

— Arrête ça, on va passer pour un couple qui se cruise.

— Moi je t'aime.

— Me trompes-tu ?

— Non ! Pourquoi tu me demandes ça ?

— C'est un « je t'aime » de gars coupable.

— Je suis coupable de rien. C'est quoi ça ? T'aimes ta femme, tu lui dis et elle t'accuse…

— Tu viens pas de me tromper ?

— Non !

« Dieu merci, elle a pas demandé : "M'as-tu déjà trompée ?" Je l'ai trompée en intention, trois fois, une fois en trois fois… entécas, ça compte pas, la tromperie a pas été consommée, mais l'intention y était. Un gars qui a l'intention de tromper, qui croit avoir trompé, mais qui dans le fond trompe pas, ça compte-tu ? »

— Où est-ce que t'es rendu, Bob ?

— Je pensais à nous deux.

— Je sais pas si c'est le saké, mais t'es romantique à soir. « Je t'aime », tu m'as pas dit ça depuis ben longtemps. « Chérie » en plus.

— Je viens de m'apercevoir que t'es pour moi la personne la plus précieuse au monde.

— Après ta fille, ton gars pis le petit qui est dans le ventre de ta fifille.

— T'es vraiment plate.

— Je suis comme d'ordinaire, c'est toi là...

— Ça doit être ça, le démon du midi, mais moi, le démon, il me pousse vers toi. C'est-tu grave ?

— C'est un original, ton démon.

— Si tu m'aimes pas, dis-lé...

— Ahaaaa ! Si je t'aimais pas, y a longtemps que je serais partie.

— Avec un autre ?

— Ben oui, qu'est-ce que tu crois ?

— Donc tu m'aimes ?

— Oui, bon !

« Qu'est-ce que je ressens pour lui, de l'amour ou de l'habitude ? C'est sûr qu'après toutes nos années ensemble on a développé des liens. C'est loin d'être de la passion, mais c'est de l'amour, de l'amour conjugal. Je vais le laisser mijoter avant de lui dire. »

— Qu'est-ce qu'on va faire avec notre fille ? Mon avis est qu'il est encore temps qu'elle se fasse avorter. Mais c'est limite. Faut l'aider à prendre une décision. Il faut qu'elle continue ses études en hôtellerie. Si encore elle était en amour par-dessus la tête, je comprendrais, je comprends ça, l'amour, j'ai déjà été jeune, mais elle se fait faire un p'tit pour me punir de je sais pas trop quoi...

— Je t'ai vue dans la roulotte avec Ti-Guy.

— Hein ?

— Je t'ai vue dans la roulotte avec mon frère en train de...

— Ça se peut pas !

— Je t'ai vue, Mimi !

Elle lâche ses baguettes, attrape son sac à main, se lève, fermement décidée à partir.

— Assis-toi, j'ai pas fini.

Robert enfile un autre saké et poursuit, il est sur sa lancée :

— J'ai été blessé au plus profond de mon « moi-même ». C'est comme si tu m'avais tranché le cœur avec un couteau pas aiguisé. Mon orgueil en a pris un coup. Être cocu, c'est pas comique pantoute, même si ben des jokes se font là-dessus. T'as refait avec un autre ce qui devait rester entre nous. Ce que les couples font ensemble en dessous de la couvarte, c'est grand, c'est beau, c'est intime, ça s'appelle l'intimité. T'as détruit notre intimité.

Mireille est sans voix, abasourdie. Elle l'a pas vu venir.

« Il le savait depuis les vacances. Maudit ! »

— T'as trahi ta parole. Tu m'as juré fidélité le jour de nos noces. Moi, je t'ai crue. Une parole donnée, c'est une parole donnée. T'es une maudite belle femme, mais j'avais pas peur, j'avais tellement confiance en toi. Tu t'étais engagée à l'exclusivité, c'était ça le deal.

Mireille se cherche des arguments pour dignement faire front.

— C'est ça, l'amour, Mimi : faire confiance à l'autre. Là, je te truste plus pantoute. Je me demande tous les jours ce qui fait le plus mal. Mon orgueil blessé ou la perte de ma confiance en toi, mon amour bafoué pis les mensonges après ? Toutte fait mal. Je saigne de partout en dedans. Je suis une plaie qui marche, pis une plaie qui marche, ça cicatrise pas. Mon propre frère en plus !

Mireille choisit finalement de l'accuser plutôt que d'admettre quoi que ce soit.

— T'es ben hypocrite ! Pourquoi tu me l'as pas dit que tu le savais ?

— Pour sauver notre couple. Pour moi, y a rien de plus important au monde que notre couple. J'aime ma fille, j'aime mon garçon, et je vais l'aimer, le bébé, s'il y en a un, mais notre couple, c'est ma priorité dans la vie. Je suis pas un raconteux de romances comme mon frère, mais quand j'aime c'est pour la vie. Lui, ce qu'il aime dans l'amour, c'est la chasse. Quand la proie est dans ses filets, il repart à la chasse sur un autre territoire. Il est de même, il a toujours été de même. Pas moi! Moi, tu me combles. J'ai pas d'autres mots, tu me combles.

— Je suis une femme, et une femme c'est pas un homme. Une femme, ça rêve de mots doux, de petites surprises... Pis ton frère Ti-Guy est pas un chasseur, comme tu dis! T'as passé tous les jours de nos vacances à la pêche, j'étais seule avec un gars qui m'écoutait, qui s'intéressait à moi, qui me parlait, lui, qui me trouvait belle et qui me le disait... Je suis pas faite en bois, soda à pâte.

— Moi, je suis pas un grand parleur, mais je m'occupe de toi. T'es toujours dans mes pensées. Je parle pas avec toi comme tu le voudrais, mais là on commence une nouvelle vie, et je vais me forcer. Je veux qu'on vieillisse ensemble, qu'on soit bien tous les deux. Avant, s'engueuler c'était notre façon de communiquer, on a développé au fil des années un système d'accusations mutuelles. Qu'est-ce que tu veux, on veut toujours avoir raison chacun de notre bord. Mais on peut changer. Je veux changer, en tout cas. Ça sera pas facile, faut pas oublier qu'on a des années de pratique ensemble. Mimi, je suis fier de toi. T'es partie de laveuse de cheveux et t'es rendue propriétaire de ton salon de coiffure. Tu devrais m'entendre parler de toi avec mes chums...

— Je peux-tu placer un mot?

— Excuse-moi.

— Je te demande pardon. Je t'aime, Robert.

Il est si ému qu'il ne trouve qu'une farce pour ne pas fondre en larmes:

— Allez, et ne pêchez plus !

Ils s'embrassent au-dessus du grand plat de sushis à peine entamé. Des clients autour les observent avec envie et admiration. Un couple âgé qui s'aime, c'est de l'espoir pour les jeunes.

49

C'est le jour de la livraison des paniers bio. Au point de chute à Longueuil, Clara est affairée, mais elle prend le temps d'écouter Mireille.

— Il m'a vue avec son frère en train de... en plein milieu de... Ben, crois-le ou non, Bob a pas dit un mot, il est retourné à sa chaloupe comme si de rien n'était. C'est-tu pas merveilleux ? Il aurait pu le battre à mort, me poquer un œil, pire même. Mais non, il a fait comme s'il nous avait pas vus. Il est extraordinaire ! Il te l'a-tu raconté à toi, Clara ?

— Nnnon...

« La confidentialité exige le mensonge. »

— Depuis le souper japonais, il est devenu exactement ce que je voulais qu'il soit. Ce qui me trouble un peu parce que, si je l'avais pas trompé, il serait pas devenu fin de même. Ça veut-tu dire que c'est bon, l'infidélité ? Si tu le voyais, Clara, amoureux comme dans les vues. Et il parle... sans arrêt, tellement que des fois je suis obligée de le faire taire. C'est moi qui parle dans la famille, il va pas prendre ma place ! En tout cas, on est redevenus amoureux, excepté dans le lit. Là, c'est mollo, plus que mollo même. On dirait qu'il a peur d'essayer au cas où ça marcherait pas.

— Est-ce que tu sais ça, Mimi, que les hommes ont leur peak sexuel entre dix-huit et vingt-quatre ans, et qu'après... ça fait que diminuer ?

— Ah oui ? Et les femmes ?

— C'est entre trente et quarante ans, leur sommet. C'est Jean-Christophe qui dit ça. Un garçon de vingt ans qui fait l'amour, c'est comme s'il conduisait une auto de course. Zéro seconde d'accélération pour se rendre à deux cents kilomètres à l'heure. Tandis que ton Bob, ça lui prend plus de temps pour accélérer, mais ça lui donne le loisir de regarder le paysage. Le but de l'amour, c'est pas de performer, mais d'avoir du plaisir. Dans le temps, on faisait l'amour sans aller jusqu'au bout, on avait peur de la grossesse. Mais on explorait davantage nos zones érogènes...

Clara se tait tout à coup, nostalgique en évoquant ses souvenirs érotiques.

— Avec ton Étienne, c'est comme ça ?

Si Clara est toujours prête à entendre les confidences des autres, elle n'est pas prête à en faire :

— À toi, Mimi, d'amorcer votre deuxième vie sexuelle. Quand Bob sentira moins de pression de ta part, la confiance va lui revenir.

— Toi, Clara, à ton âge, là, comment c'est ?

— Bon, la petite Magali qui se pointe. Je suis contente pour vous deux. T'as ton panier, tout ? Bye, Mimi !

« Je l'ai échappé belle. Si elle savait que, depuis la maladie, Étienne et moi, on vit notre amour sans sexualité... »

Magali claque la portière de sa Mercedes pour s'assurer que Clara remarque bien sa luxueuse voiture.

— As-tu gagné à la loterie ?

— Mon père est mort.

— Puis tu me l'as pas dit ?

— J'ai été bien occupée avec les funérailles, les affaires de notaire pis mes chicanes avec Sam. J'aurais dû au moins t'aviser que je pouvais pas venir t'aider avec le potager.

— Je comprends ça.

— Mon père est mort subitement et...

Clara l'enlace et l'entraîne vers un des bancs du parc.

— Tu peux pleurer, tu sais.

Magali n'attendait que ça. Elle pleure, pleure et repleure à chaudes larmes. Des phrases surgissent à travers ses sanglots.

— C'est trop trop trop ! Je suis dans le trouble... Je suis retournée aux études et j'ai refusé que mon père m'aide... La dernière fois que je l'ai vu, je me suis chicanée avec lui, et il meurt subitement en me laissant de l'argent, trop d'argent, et pis la grosse auto, la grosse cabane à Outremont et le gros chalet. Parce que j'ai de l'argent, mon chum me fait des scènes. Je pensais que, nous autres, les femmes, on avait droit à l'égalité au Québec. Eh ben oui, à condition de pas avoir plus d'argent que son chum. Je suis ben ben mêlée, Clara...

— Si je saisis bien, tu crois que ton héritage va te faire perdre ton chum ?

— Oui.

— Tu trouves ça injuste ?

— Oui, les gars font la cuisine, prennent soin de leurs bébés, mais si la femme a beaucoup plus d'argent qu'eux, ça marche pas.

— Tu le trouves macho ?

— Oui.

— T'es déçue de lui.

— Oui.

— Tu te dis que si lui gagnait à la loterie, mettons que ton amour pour lui changerait pas.

— Oui. Comment ça se fait que pour lui ça change tout ?

— Parce que, ma chérie, les hommes sont différents des femmes.

— Plus de nos jours. On va aux mêmes écoles, aux mêmes universités, on a les mêmes jobs. C'est normal que des fois on fasse plus d'argent, me semble.

— C'est nouveau dans l'histoire de l'humanité que la femme fasse de l'argent. Les hommes sont des êtres d'habitude, et même s'ils se disent pour l'égalité entre les hommes et les femmes, ça empêche pas le conditionnement millénaire de remonter à la surface en cas de crise.

Magali se mouche bruyamment, réconfortée par les propos de sa grande amie.

— Depuis des siècles, le premier critère de la séduction masculine a été la capacité de subvenir à sa famille. Ç'a pas tellement changé. Fondamentalement, l'homme recherche une mère pour ses enfants, la femme recherche un pourvoyeur pour l'aider à prendre soin de la famille. Et puis toi, t'arrives avec ton argent, comme ça, comme un coup du sort. Samuel sait plus quoi faire. Il est tout mêlé lui aussi. C'est pas pour rien qu'à Loto-Québec on offre des services de psychologue à ceux qui subitement deviennent riches. Il semble que l'argent qu'on a pas gagné à la sueur de son front est difficile à gérer.

— Mon père est mort trop tôt.

— Peut-être. Peut-être que dans cinquante ans une femme qui a de l'argent pourra se faire aimer d'un homme plus pauvre qu'elle.

— Je vais pas attendre cinquante ans.

— Tu pourrais trouver un homme plus… moderne que Samuel.

— Je l'aime lui, c'est lui que je veux. J'étais bien avec lui avant, on était pauvres tous les deux. Mon père meurt, me laisse de l'argent et ça gâche tout. Il a fait exprès, je gage.

Clara rit de son beau rire de clochettes, ce qui fait se détendre Magali.

— Riez-vous de moi ?

— Oui.

— Qu'est-ce que je vais faire ?

— Je peux pas te dire quoi faire, mais seulement ce que je sais par expérience. Si ça peut t'aider.

— Oui, aidez-moi.

— Dis-moi franchement, Magali : quel rapport as-tu avec l'argent ?

— Je suis née dans l'argent, et même quand j'en avais pas, je savais que mon père était là, et je savais – j'ai honte de dire ça –, je savais dans le fin fond que j'étais sa fille unique et que j'hériterais un jour, le plus lointain possible. Parce que même si avec mon père c'était le feu et l'eau, je l'aimais. Il m'a pas quittée, lui, comme ma mère qui a une carrière qui passe avant moi, elle a même changé de pays pour se débarrasser de moi…

— Donc l'argent, c'était une sécurité, une bouée de sauvetage pour toi.

— Oui, et pour vivre, j'ai besoin de savoir que la bouée est là en cas de besoin. Pour le reste, je m'arrange. J'ai toujours travaillé et j'ai pas l'intention d'arrêter parce que j'ai full d'argent.

— Faudrait que tu demandes à ton chum quel est son rapport avec l'argent.

— Il me parle plus.

Clara rigole, trouvant plutôt amusante leur situation de couple.

— Riez pas, c'est pas drôle !

— Je ris parce que vous avez une relation samba : un pas en avant, un pas en arrière.

— C'est pas bon ?

— Une chose est sûre, c'est pas une relation ennuyante.

— Je voudrais qu'on fasse l'amour tout le temps, parce que dans le lit, on est heureux. En dehors du lit, avec nos deux caractères fougueux, c'est l'enfer plus souvent qu'autrement.

— Faudrait peut-être consulter un thérapeute en relation de couple ?

— Un psy pourra pas le changer, ni moi me changer.

— Un psy pourrait vous aider à harmoniser vos pas de danse.

— J'en connais pas.

— Il y a Jean-Christophe que tu as déjà rencontré. Il fait des consultations en ville deux fois par semaine.

— Je vais en parler à Samuel, mais il voudra pas. Les vrais hommes consultent pas de psys, c'est juste bon pour les femmes. C'est ce qu'il va répondre. Je vais lui en parler, ça va me donner une excuse pour le relancer.

— Dis-lui pourquoi tu l'aimes, dis-lui ce qu'il t'apporte. En attendant de consulter.

— Il le sait.

— Redis-lui au cas où il aurait pas bien compris.

Magali remercie son amie par un long câlin. Clara se questionne :

« Si les femmes sont attirées par le pouvoir et l'argent des hommes, pourquoi les hommes ne le seraient pas aussi ? »

50

Après le départ de Lulu, Nancy avait espéré que sa vie de couple redeviendrait comme avant. Mais très vite elle s'est rendu compte que son mari lui tient rancœur d'avoir fomenté le départ de l'enfant.

Les soirs de semaine, Nicolas revient très tard du resto et, souvent, il couche sur le divan sous prétexte qu'il ne veut pas la réveiller. Le matin, Nancy part pour la clinique alors qu'il dort encore. Le vendredi soir, elle se rend seule au chalet, et lorsqu'il la rejoint parfois le samedi soir, elle est généralement endormie au lit devant la télévision en marche.

Ce dimanche midi, ils se retrouvent en tête-à-tête, en silence toujours. Pas un mot, même pas un : « Ton café est-il assez chaud ? Voudrais-tu une autre toast ? » Rien. Durant l'après-midi, Nicolas vaque à des occupations autour du chalet. À son retour en fin de journée, il joue aux échecs à son ordinateur, puis il prépare le repas du soir qu'il va manger au salon devant la télévision alors qu'elle mange seule à la grande table de la salle à dîner. Ce soir-là, Nancy n'en peut plus :

— Nicolas ? Viens t'asseoir près de moi.

— Non.

Elle va alors vers lui, le prend par les bras, le force à se lever, à la regarder.

— Pardon, Nico. Je te demande pardon.

— Ça change quoi ? Le mal est fait !

— Je te demande pardon.

— Si ça te fait du bien.

— Je reconnais que je t'ai manipulé.

Il lui lance un regard pour la tuer. Elle vacille.

— J'ai horreur des manigances, Nancy, et tu le sais…

Elle l'interrompt, elle la connaît, la chanson.

— On va pas finir notre vie comme ça ?

— Sûrement pas.

— Merci…

— On va se séparer.

Elle s'attendait à une dispute costaude, mais se séparer, non !

— Ce que t'as fait est impardonnable.

— C'était par amour.

— Eh bien, tu m'as perdu par amour.

— Laisse-moi au moins t'expliquer.

— Comment tu t'y es prise ? Quelles ficelles t'as tirées pour réussir si bien à le faire partir ? Réponds, Nancy ! Comment tu t'y es prise ?

Il a haussé le ton. Elle craint sa colère, mais tente de ne pas trop le montrer. Elle lui tourne le dos et raconte d'une voix enrouée :

— La travailleuse sociale a trois enfants… que je soigne parfois. Le plus jeune souffre d'asthme et, souvent, je l'ai dépannée en la recevant soit avant les heures de la clinique soit après. Je lui ai même donné mon numéro de cellulaire si jamais... Un jour qu'elle se plaignait de pas trouver de famille d'accueil pour un petit garçon et que j'étais en plein dans ma crise d'horloge biologique, je lui ai offert de le prendre. J'ai pas eu besoin de passer par les procédures habituelles, qui sont assez longues. J'étais contente, je déteste attendre. Le reste, tu le sais...

— Mais comment t'as fait pour que la mère reprenne Lulu ?

— Tu seras pas content.

Nicolas s'est rapproché pour la forcer à lui faire face.

— La vérité !

— Ben... le fils de Madeleine a eu une crise d'asthme au milieu de la nuit, elle m'a téléphoné et je suis allée chez elle. Après avoir traité son garçon, je lui ai demandé les coordonnées de la mère de Lulu. Elle a pas pu refuser. Après, j'ai rencontré cette femme gentille, douce, très pauvre, avec une forte dépendance aux drogues. Elle l'aime, son Lulu. Elle le donne pas en adoption parce qu'elle est sûre qu'un jour elle va être clean. Je lui ai offert une chance de ravoir son Lulu : une désintox dans une clinique privée reconnue pour ses résultats rapides et surtout durables. Les suivis aussi...

— T'as tout payé ?

— Je lui ai donné l'argent pour... oui.

— Tu te fous des lois.

— Ma seule loi a été d'éliminer les obstacles à mon bonheur.

— Et moi, hein, as-tu pensé à mon bonheur à moi ?

— Oui. Cet enfant-là t'a changé. T'étais plus le même homme. Je suis même certaine que ton restaurant en a pâti. Lulu était pas une bonne chose pour toi.

— Tu te trompes, j'ai jamais été aussi heureux.

— T'en as jamais voulu, d'enfant.

— J'ai changé d'idée. Quand j'ai vu ces grands yeux-là me regarder comme si j'étais un héros de bande dessinée en vie, j'ai su que j'étais fait pour la paternité. Et quand il m'a appelé « papa » la première fois, là j'ai craqué. Il y a entre lui et moi un réel attachement. Un lien si fort… C'est mon fils !

— Il est retourné à sa mère. C'est réglé.

— As-tu eu de ses nouvelles ? Est-ce qu'il va bien ?

— J'ai pas cherché à avoir de ses nouvelles. L'important est que toi et moi, on puisse se retrouver comme avant.

— Donne-moi l'adresse de sa mère, je vais aller le voir au moins pour le…

— Tu pourras pas. C'est pas bon pour lui.

— Donne-moi son adresse !

— Non !

— Pourquoi ?

— Parce qu'il est pas chez sa mère. Ils redonnent pas l'enfant à la mère avant des mois, pour être certains qu'elle ne rechutera pas.

— Où est-il s'il est pas chez sa mère ?

— Dans une maison d'accueil provisoire.

— Va me le chercher.

— Je peux pas. La DPJ…

— C'est ton problème, Nancy. Trouve une autre manigance. T'es championne là-dedans. Trouve-le et ramène-le-moi.

— Ç'a pas d'allure ce que tu me demandes. On enlève pas comme ça un enfant…

— M'enlever Lulu, ç'a en avait, je suppose, de l'allure ?

— Mais si moi j'arrive pas à l'aimer ? Je peux pas aimer un enfant qui me déteste.

— Je saurai quoi faire alors.

« Je deviens folle ou quoi ? Il peut pas me demander ça ! Du chantage… »

— Je suis sérieux, Nancy. Je veux Lulu ici pour la vie si tu veux qu'on reste ensemble et que j'arrive un jour à te pardonner…

51

— Je vais mieux, on dirait.

Étienne a vu son psychologue huit fois, à raison de deux séances par semaine. Ce matin-là, aidé de Jean-Christophe, il prélève les rattes. La récolte est bonne malgré les sauterelles qui ont dégusté la plupart des feuilles.

— Grâce à vos efforts surtout.

— Grâce aux antidépresseurs, à la psychothérapie, grâce à Clara. J'arrête pas de me répéter votre phrase… là…

— Pas la mienne, celle de Shakespeare : « Il n'est si longue nuit qui n'atteigne l'aurore. »

— « Il n'est si longue nuit qui n'atteigne l'aurore. » Je suis rendu où ?…

— Où vous croyez-vous rendu ?

— Je recommence à apprécier la vie ici, les gens que j'aime. Je recommence à goûter les aliments puis je trouve ça bon, puis ma Clara, je la trouve belle, plus belle que jamais. Je lui en ai fait voir de toutes les couleurs, pauvre elle.

— Elle a souffert d'impuissance et de culpabilité. La dépression est une maladie difficile à comprendre. Vous êtes si proches l'un de l'autre. J'ai dû souvent la réconforter. Fallait pas qu'elle coule à pic avec vous. Elle a tenu bon. Vous êtes tous les deux sortis du bois, comme disait mon grand-père, bûcheron de son état.

— Au début, les séances avec le psychologue me rebutaient, mais là je me surprends à avoir hâte d'y aller.

— Très bon signe, ça.

— Bon, v'là Clara avec du thé…

— Bonjour, les hommes ! C'est le temps de la récréation, souvenir de maîtresse d'école. Et des biscuits encore chauds.

— Il lui manque juste la claquette.

— Est-ce que vous avez connu ça, la claquette, Jean-Christophe ?

— Non, mais mon père m'en a parlé, il paraît que sur le bout de l'oreille, ça faisait mal.

— Clara, je veux te dire…

— Pas nécessaire, Étienne. Dis rien.

— Je veux te dire que je sais que cela a pas dû être facile pour toi de supporter pendant des mois ma… mon désespoir. Je te remercie de m'avoir aidé. Si ça continue, je m'enligne vers la guérison. Je sais pas si mon psychologue me trouve mieux, mais moi je retrouve petit à petit ma joie de vivre. Pleure pas, Clara, il a mouillé hier soir et ça va faire trop d'eau dans le potager.

Elle rit. La gaieté de Clara éclate au soleil. Si Étienne fait des blagues aussi plates, c'est qu'il est bel et bien sur la voie de la guérison.

Le trio s'assoit sur le grand banc au centre du potager. On boit le thé, on mange un biscuit, et Clara s'esquive. Les deux hommes la suivent du regard. Étienne soupire.

—Je l'aime.

Jean-Christophe laisse échapper :

—Moi aussi !

Ils se regardent et éclatent de rire. Ils ont compris qu'il s'agit d'un amour différent, l'un ne nuit pas à l'autre, l'un s'ajoute à l'autre.

Dans la grange, Clara nettoie la couchette que Charlène lui a prêtée pour Gabriel. L'enfant y sera plus à son aise que dans un parc de bébé.

« Étienne m'a remerciée, il va mieux. Quand on vit avec un déprimé, c'est tentant de le devenir aussi, de juste voir le côté noir des choses. On va s'en sortir. Il faut qu'on s'en sorte ! Gabriel sera ici toute la semaine, ça aidera Étienne. En tout cas, moi, ça va me redonner la joie de vivre. Tout l'été à côtoyer des clients en peine, en questionnement, plus mon mari, j'étais en train de sombrer. Une chance qu'il y avait Jean-Christophe ! »

Seule une petite lueur brille à l'étage de la maison jaune. Charlène est en train de faire ses valises sous l'œil réprobateur de Jean-Christophe.

— Tu comprends pas, Charlène !

Elle continue de jeter pêle-mêle ses vêtements dans la grande valise posée sur le lit. Son silence est plein de rage.

— Tu devrais pas prendre de décisions quand t'es en colère. On va se coucher, dormir, et demain si tu veux toujours partir...

— Je veux pas vivre une minute de plus avec un bigame.

— Tu dis n'importe quoi.

— Il y a souvent deux femmes ici dans cette maison, non ?

— Mais je couche avec toi.

— Que tu dis...

— Je te jure... Avec Caro, je fais que parler...

— Johnny, t'as deux femmes : l'ancienne et la nouvelle, une avec qui tu couches, l'autre avec qui tu parles...

— T'exagères.

— Quand je vous vois vous parler tout bas, rire ensemble, vous regarder comme si vous complotiez contre moi, sais-tu, j'aimerais mieux que tu couches avec.

— T'es ben jalouse !

— Oui je le suis. Tu le serais aussi si j'emmenais mon ex souvent ici. Sous prétexte que vous avez eu un enfant ensemble, elle arrive à n'importe quelle heure du jour ou de la nuit, elle passe des fins de semaine entières ici parce que c'est la fête de son fils ou...

— Notre fils.

— Votre fils, pis là, je l'ai dans les jambes dans la cuisine, partout. Y a juste dans notre chambre qu'elle rentre pas... que je sache !

— Elle veut t'aider.

— Elle veut te montrer que tu t'es trompé en la laissant.

— Tu lui prêtes des intentions...

— Je lui prête pas des intentions, elle les a ! Elle veut te reprendre ? Eh bien, je lui laisse la voie libre.

Jean-Christophe se plante devant elle, la prend par les bras, la secoue.

— Tu pars pas. Je t'aime !

— Ben si tu m'aimes, prouve-le-moi en refusant qu'elle vienne ce week-end et tous les autres après aussi.

— C'est la mère de mon fils... tu peux pas changer ça, mais je vais tenter... de lui faire entendre raison. Donne-moi du temps, Charlène. Du temps... Une semaine au moins ?

— Une semaine. Juste une semaine.

Satisfaite, Charlène empoigne sa grande valise débordante de vêtements en pagaille et la dépose sur le sol.

— Je défais rien. Au cas où !

Ils se couchent, éteignent presque ensemble leur lampe de chevet, et comme il s'approche d'elle toutes mains ouvertes, elle le repousse et lui tourne le dos.

— Pas avant que ce soit réglé avec ta maudite Caroline.

***

Le lendemain matin, Jean-Christophe rejoint Clara dans le potager afin de fuir la tension qui règne dans sa maison. Avec la ferme intention de ne pas dévoiler l'état de son couple.

« Un psychothérapeute est censé avoir toutes les solutions. »

Malgré tout, il raconte ce qui s'est passé chez lui la veille, la crise de Charlène, son ras-le-bol à l'égard de son ex, qui est trop présente. Clara l'écoute tout en vaquant à ses occupations.

— Quand on s'est séparés, je me suis juré de le réussir, mon divorce. Je voulais pas m'embarquer dans une guerre ridicule. J'en ai parlé à Caro, elle était d'accord. On a même fait un party avec nos parents et nos amis pour terminer en beauté nos années de mariage. On avait même envoyé des faire-part de divorce. Tout allait super bien jusqu'au moment où Charlène est venue vivre avec moi.

— Vous avez divorcé pour quelle raison ?

— Je trompais Caro avec... Charlène.

— Et vous voulez qu'elles soient amies ? Vous rêvez !

— Caro veut bien, elle, elle est passée à autre chose.

— Charlène voudra pas !

— On est des adultes. Si seulement Charlène était raisonnable...

— Que vous soyez en bons termes, ça c'est possible, mais sans plus.

— Je veux garder les gens que j'aime autour de moi. Quand j'aime, c'est pour la vie. C'est pas parce que je suis séparé de Caro qu'elle a perdu les qualités que j'aimais en elle.

— Jean-Christophe, vous êtes un idéaliste, c'est pas ça, la vie.

— Caro est ma meilleure amie, alors que Charlène...

— Charlène ?

— Je la désire.

— Ah bon, vous avez besoin de deux femmes : une pour le jour, une pour la nuit.

— Pourquoi ce serait pas possible ? Caro est d'accord avec le principe.

— Mais pas Charlène ! Dans les pays où existe la polygamie...

— C'est pas de la polygamie, je couche pas avec les deux.

— D'accord, disons que c'est de la polygamie amoureuse.

— Clara, c'est pour le bien de notre fils...

— Que vous vous faites croire...

Jean-Christophe est vexé :

— Je protège mon fils, c'est tout. Il a besoin d'une mère et d'un père.

— Et la fille de Charlène, elle a besoin de son père ? Vous pourriez vivre à quatre.

Jean-Christophe se sent coincé.

— Oh vous savez, on se fait tous accroire des choses pour justifier nos actes, vous êtes pas le seul.

— Je vous jure qu'entre gens civilisés le divorce peut très bien se passer...

— Ça, c'est votre rêve, mais en réalité Charlène est malheureuse que votre ex soit souvent rendue chez vous, et les enfants savent très bien que sa présence dans la maison rend Charlène malheureuse, alors ils sont malheureux eux aussi.

— L'arbre me cache la forêt peut-être, mais je crois sincèrement qu'on pourrait – si Charlène y mettait du sien – vivre tous ensemble en harmonie dans la maison.

— Il faudrait pour ça que les trois soient d'accord. Or votre Charlène l'est pas puisqu'elle veut rompre si Caro vient trop souvent chez vous.

— C'est pas comme si elle vivait avec nous, elle vient aider aux devoirs de son garçon, et pour le voir plus souvent. La campagne aussi lui fait du bien.

— Vous êtes de mauvaise foi.

— Bon, c'est ça, je suis de mauvaise foi.

Jean-Christophe recommence à biner la terre comme s'il creusait une tombe. Clara continue d'enlever les mauvaises herbes des plants de fraises tout en lui jetant des regards par à-coups.

Au bout de vingt minutes de silence, elle se redresse le dos lentement, par petits bouts.

— Break syndical !

Il se relève comme s'il avait vingt ans. Elle lui tend le thermos de thé. Il boit une grande lampée puis c'est au tour de Clara de se désaltérer.

— Je sais pourquoi je veux garder Caro dans mon quotidien. Pour pas me sentir coupable de l'avoir trompée. Comme pour lui donner le sentiment qu'elle m'a pas tout à fait perdu.

— Et comme ça vous avez deux femmes ? Habile !

Jean-Christophe se remet au travail en détestant sa voisine, qui sait si bien lire en lui.

53

Le potager déborde de betteraves, de céleris-raves, de choux, de haricots et de tomates. Étienne découvre une famille d'écureuils au beau milieu des fraises tardives, en train de se gaver.

Il revient à la maison en courant, prend son petit-fils dans ses bras pour lui faire voir le spectacle. Il n'y a pas si longtemps, il aurait sorti son fusil, aurait tiré en l'air pour effrayer les rongeurs et leur enlever l'envie de recommencer. Devant la joie de Gabriel, son cœur tout entier fond. Pour la première fois depuis des mois, il n'est pas heureux, non, il est plus serein, plus paisible. Gabriel le prend par le cou pour le serrer de toute la force de ses petits bras.

— Pa...

— Je suis pas ton papa, je suis... ton grand-papa.

C'est la première fois qu'il s'attribue ce qualificatif, et d'entendre ce mot sortir de sa bouche, les larmes lui viennent aux yeux.

— Bobo, pa ?

— Oh oui, mon trésor, bobo au cœur, bobo d'avoir passé à côté de toi sans te voir. D'avoir manqué tant de mois de ta vie. Gros bobo ! Mais ça achève. Pa va continuer à se faire soigner et pa va redevenir comme avant, mieux qu'avant. Ça servirait à rien d'être malade si ça nous faisait pas grandir un peu, hein, mon beau trésor ?

— Béquer bobo...

Et ce bout de chou aux yeux en amande assèche avec des bécots les larmes d'Étienne qui coulent sur ses joues et sur sa barbe de trois jours.

***

Dans la cuisine, Clara et Claude terminent leur déjeuner.

— Ça t'inquiète pas, maman, Gabriel tout seul avec papa au potager ?

— Ton père va beaucoup mieux. Il rate aucune des séances avec son psychologue et il prend religieusement ses antidépresseurs. Il en parle pas trop, mais je vois bien qu'il s'attache de plus en plus à Gabriel. Il va se sortir de sa dépression.

— Toi, maman, comment es-tu ?

Clara est stupéfaite par la question. C'est plutôt rare qu'on lui demande comment elle va.

« C'est sûrement parce que je donne l'image d'aller toujours bien, d'être toujours dans une grande forme. »

— Moi ? Je le sais pas, sais-tu !

— Comment ça, tu le sais pas ?

— Ton père va mieux, je vais mieux.

— Ça t'enlève un peu de culpabilité.

— Comment tu sais ça, toi, que je me sens coupable ?

— Parce que les mères se sentent responsables de tout. Je le sais, je suis une mère et un père tout à la fois.

— Je m'en veux de pas avoir vu dès le début que ton père faisait une dépression. Moi qui me targue d'être une bonne psychologue, je l'ai brassé, chicané, bousculé même, alors qu'il était malade. Tout ce qu'il faut pas faire, quoi.

— T'es pas médecin quand même.

— J'aurais pu le deviner ! J'ai vraiment manqué de jugement. J'aurais dû...

— Tu dis toujours que les regrets servent à rien...

Elle ne l'entend pas, elle rumine son sentiment de culpabilité. Claude se tait. L'atmosphère est soudain devenue sombre comme le jour qui descend. Claude brise le silence.

— Maman, ça se peut-tu que ce soit moi la cause de la dépression de papa ?

— C'est moi, c'est lui, c'est toi, c'est aussi son enfance.

— Il a jamais accepté que je sois gai.

— Faut que tu comprennes ton père, il voulait ton bonheur et il croyait dur comme fer que le bonheur d'un homme passe par le mariage avec une femme. Il voulait pas que tu souffres, et l'homosexualité lui apparaissait remplie de souffrances. Et surtout, oublie pas que t'étais ce qu'il avait le plus peur d'être : un gai.

— Il aurait pu me le dire, on aurait pu se parler.

— Il a eu une réaction, disons... virile. Il t'a mis dehors pour éviter de te parler, parce que te parler aurait été avouer son manque de virilité, qu'il considérait comme une faiblesse. Et puis il est de la génération des hommes qui parlent pas.

— Si tu savais comme il m'a manqué. C'est pas parce que j'avais cette orientation sexuelle que j'avais pas besoin d'un père. D'ailleurs, j'ai cherché longtemps des hommes plus vieux, j'avais besoin d'une image paternelle. Contrairement aux autres gais, qui préfèrent la jeunesse, moi il me fallait un plus vieux. C'est avec les années que j'ai compris qu'un amant peut pas remplacer un père. Loin de mon père, j'avais plus de modèle ni de confident, j'avais plus l'amour inconditionnel d'un père. J'avais même plus sa présence. La vie à deux est difficile à réussir pour les gais…

— Es-tu heureux maintenant ?

Claude hésite. Il n'a quasiment jamais abordé avec sa mère les détails de sa vie affective.

— Avec Francis je l'ai été. Je pensais avoir trouvé l'amour et être bien avec lui pour toute la vie. Une vraie famille, deux amoureux, un enfant…

— Comment il fait pour pas t'aimer !

C'est la plus belle phrase d'amour qu'il a entendue.

— On est deux hommes, maman, compétitifs, orgueilleux et de peu de mots. Faut croire qu'on voulait pas les mêmes affaires. Il veut la liberté, je veux l'attachement, la continuité. Je crois pas qu'il m'ait vraiment voulu dans sa vie. Chose certaine, il a pas voulu de Gabriel autant que moi. Ses parents sont séparés, il a pas eu comme moi de modèle de famille unie. Enfin, je vais déménager proche de vous deux. Je vais ben finir par l'oublier, j'imagine.

— Ça fait mal d'être laissé.

— On dirait que j'ai vécu que ça dans ma vie, l'abandon.

Elle accuse le coup, mais décide de ne pas revenir sur le sujet.

— T'as Gabriel.

— J'ai Gabriel et j'ai vous deux.

Il rapproche sa chaise de la sienne.

— Maman ?

— Oui, mon amour ?

— Pourquoi ?

— Pourquoi quoi ?

— Pourquoi m'as-tu abandonné ? Pourquoi t'as choisi mon père et pas moi ?

Clara l'attendait, cette question. Elle savait qu'un jour elle devrait lui expliquer ce qu'elle ne comprend pas encore tout à fait.

— Tu sais, mon trésor, que, contrairement à ce qu'on croit, les femmes sont pas toutes pareilles par rapport à la maternité. Il y a celles qui savent dès l'enfance qu'elles veulent des enfants, elles n'envisagent pas la vie sans eux. Certaines ont des enfants que pour faire comme les autres, tout le monde en a, il leur en faut aussi. D'autres aiment leurs enfants, mais elles sont surtout des amoureuses, leur homme comble leur vie affective, ils sont bien à deux et ils sentent pas le besoin d'être plus. Autant de femmes, autant de perceptions de la maternité. Moi, je te voulais. Oh que je te voulais. J'imaginais pas la vie sans enfant, cela allait de soi. Il a fallu beaucoup d'années d'essais pour que tu apparaisses. Un miracle de l'amour. Je t'ai aimé, ton père aussi, même s'il a fallu que tu lui dises « papa » pour qu'il se reconnaisse comme père. Les hommes portent pas les enfants dans leur ventre pendant neuf mois, il leur faut plus de temps pour s'acclimater au nouveau venu. Là, encore, il y a autant de sortes de pères qu'il y a de pères. Tu étais son trésor inespéré, il t'a aimé.

— C'est vrai ? Mais alors pourquoi, toi, tu m'as pas choisi ?

Clara se donne quelques secondes pour rassembler ses idées, certaines sont enfouies très loin, là où l'on case ce dont on ne veut pas se souvenir.

— J'ai vécu avec ton père une grande histoire d'amour, simple, mais grande par son intensité, sa qualité, et, quand t'es arrivé, je suis tombée en amour avec toi, mais contrairement à certaines femmes, t'as pas pris toute la place dans mon cœur. J'avais deux amours ! J'étais capable d'aimer deux hommes à la fois, toi et ton père. Tu comprends ?

— Oui.

Claude est ému, chaviré même. Clara poursuit.

— Je t'aimais, mais j'étais consciente que tu me quitterais un jour pour faire ta vie et que je continuerais à être heureuse avec ton père. Je t'avais amené jusqu'à tes vingt ans et plus et, quoi que je puisse faire, tu me quitterais pour faire ta vie d'homme. Puis est arrivé ce qui est arrivé. La foudre sur nous. Ce que je connaissais des homosexuels, c'était pas, disons-le, leur beau côté. Pour ton père, c'était lié à l'abus sexuel de son enfance. On est tombés de haut. Ton père a eu une réaction injuste et démesurée, mais t'as pas fait de pas vers lui non plus.

— Je suis un homme. J'allais pas brailler devant lui, l'implorer.

— Qu'est-ce que ça aurait donné que je le quitte, que je parte avec toi ? Aurais-tu changé de vie, serais-tu resté près de moi ? J'aurais été un embarras, un poids pour toi. Je me disais que tu pourrais bien partir un jour travailler en Australie ou ailleurs. Qu'est-ce que je serais devenue sans mari, sans fils ? À ce moment-là, j'ai cru qu'il fallait que je reste avec l'homme que j'aimais et avec qui je voulais finir ma vie. Qu'il fallait que je te laisse poursuivre ta vie. Je savais qu'on se retrouverait. Je l'ai toujours su. Je t'ai retrouvé. Je te demande pardon si je t'ai fait souffrir, mais si j'étais partie avec toi, ton père, je le tuais. J'ai pas été capable. Toi, t'étais jeune et amoureux. J'ai pensé que tu te débrouillerais très bien sans moi, et tu t'es bien débrouillé aussi. T'as fait des études universitaires, t'es devenu ingénieur, t'as réussi ta vie professionnelle.

— Mais tu m'as abandonné.

— Tu sais, c'est pas parce qu'on est parent qu'on est parfait. Je suis pas parfaite, et toi comme papa de Gabriel, tu vas te tromper, tu vas aussi faire des erreurs, des erreurs que tu vas regretter...

— Tu regrettes ton choix ?

Clara hésite. Elle sait son fils suspendu à ses lèvres.

— Je choisirais encore Étienne.

Claude détourne son regard, il est blessé.

— Tu me demandes de te comprendre sans te juger, essaie toi aussi de me comprendre sans me juger.

— Touché !

— Il y a pas un jour de ma vie où j'ai pas pensé à toi, Claude, pas un jour où je t'ai pas aimé de loin, et quand l'ordinateur est entré dans la maison, j'ai su que je pourrais communiquer avec toi. Mon amie Francine m'a donné ton adresse courriel. J'ai su par elle que vous étiez toujours en contact, elle me parlait de toi, me donnait les dernières nouvelles, et j'étais fière de toi.

— Tu m'as aimé pour vrai ?

— Bien oui. Ton père aussi, à sa façon.

— Tu le défends toujours.

— Je l'aime.

Étienne revient du potager avec Gabriel, qui a le bec et le menton tachés de fraises.

— Il a fait sa grosse commission.

— Tu me le donnes, p'pa, je m'en occupe.

— Je peux le faire.

La mère et le fils, très étonnés, observent Étienne monter à l'étage avec l'enfant. C'est une première.

***

Étienne chantonne en prenant une couche propre, la poudre et des serviettes humidifiées.

— C'est le petit gars à son grand-papa. C'est le petit gars à son grand-papa.

Une odeur forte lui monte au nez, il a l'idée de demander l'aide de Clara, mais il se ressaisit et change la couche. Ce qu'il n'a jamais fait avec son fils.

Étienne revient dans la cuisine avec son trophée : un bébé changé et souriant. Clara et Claude éclatent de rire. Étienne en est presque insulté.

— Quoi, la couche est croche ?

— Non, mon amour. On rit parce qu'on est heureux.

54

Magali se sent seule dans la grande maison d'Outre-mont. Elle ne travaille plus que les week-ends au bar Valpaia. Elle sait que d'ici peu elle touchera son héritage. En attendant, il faut bien qu'elle subvienne à ses besoins. Son cellulaire vibre sur la table de la salle à manger. Elle s'y précipite.

— Allô !

C'est une voix de femme. Magali est très déçue, elle croyait que c'était Samuel. Au bout du fil, elle n'entend que des soupirs, des mots inaudibles.

— Allô.

— Qui parle ?

— Celle qui vous a prévenue de la mort de votre père. Raccrochez pas ! C'est moi qui étais au salon funéraire, avec des lunettes noires. Vous vous rappelez ?

— Qu'est-ce que vous me voulez ?

— Vous parler.

— Pour quoi faire ?

— Je suis… enfin, j'étais la maîtresse de votre père… depuis vingt ans.

— Vingt ans !

— Je voudrais vous rencontrer.

— Ça se dit pas au téléphone ?

— Je suis devant votre porte.

« Mon père a eu une maîtresse… pendant vingt ans ! Impossible ! »

Sa curiosité allumée, Magali court ouvrir à la visiteuse. Elle reconnaît la femme vue au salon funéraire. Dans la quarantaine, jolie, plutôt élégante avec sa jupe blanche étroite, son chemisier gris et ses sandales rouges.

— Entrez.

Les deux femmes s'évaluent. Magali ne sait vraiment pas à quoi s'attendre.

— Oh ! Je vais pleurer. Je sais que je vais pleurer.

Magali lui désigne un fauteuil et se tire une chaise à proximité. Sa visiteuse a sorti quelques Kleenex de son grand sac à main.

— Que me vaut l'honneur de votre visite ?

— Vous parlez comme votre père, le même ton.

— Ah bon…

— Je m'appelle Anne-Marie. Je travaillais pour Florian, ben, votre père, comme secrétaire depuis, depuis en fait ma sortie de l'Institut de secrétariat. Sa femme venait de le laisser et il avait de la peine, et moi, ben, à force de le voir pleurer…

— Mon père pleurait ?

— Tellement. Une grosse peine d'amour. J'étais jeune et j'avais pas eu de père, ma mère était célibataire. Il a commencé par pleurer dans mes bras puis dans mes draps, en fait ceux de l'hôtel parce qu'il a jamais voulu que j'entre ici vu que vous y étiez avec des nounous. On se voyait juste à l'hôtel – toujours le même – une fois la semaine, le vendredi soir. Puis quand vous êtes partie vivre ailleurs, je pensais que j'aurais pu venir chez lui, ici. Non, il avait trop peur que vous passiez à l'improviste et que vous voyiez qu'il avait un faible pour moi. Au début, je le consolais, j'en demandais pas plus, mais plus tard je me suis mise à l'aimer, pas comme un père, comme... un homme. J'avais le choix, j'aurais pu sortir avec des jeunes qui m'auraient peut-être mariée, mais lui il m'apportait ce que j'avais jamais eu, de la tendresse, de la stabilité. Et puis de la sécurité. Je parle pas de la sécurité financière ; il me payait le tarif régulier des secrétaires. J'étais la seule dans sa vie, et il était là pour moi. Une fois, j'ai eu l'appendicite, il a tout laissé pour me soutenir à l'hôpital, me soigner. Je lui ai jamais demandé un sou, il m'en a jamais offert non plus. À part quelques petits cadeaux, il était assez Séraphin, votre père. Ça fait que...

— Ça fait que...

Magali se méfie.

— Je dois pas être sur le testament, je l'aurais su, il me semble ?

— Vous l'êtes pas. Je suis l'unique héritière.

— Il m'a toujours dit que la maison serait à moi s'il mourait. Cette maison-là où je pouvais pas entrer, j'en rêvais. Pendant vingt ans, j'en ai rêvé... Le fruit défendu, hein ? Puis là, il meurt avant de me signer un papier. C'est pas juste. Justement ce soir-là à l'hôtel, il m'en avait parlé. Vous êtes sûre de n'avoir rien trouvé dans ses papiers à mon sujet ?

Magali hoche négativement la tête, mal à l'aise.

— Non ? Florian m'avait dit que ce serait fait dans la semaine...

— Non !

Magali, qui veut cesser de parler d'argent, enchaîne :

— Comment pouviez-vous aimer un grognon, sévère, pointilleux et maniaque de la perfection ?

— Il était pas de même avec moi. Il disait que je le reposais. On riait beaucoup ensemble. Au lit… il était…

Magali se lève, lui signifiant illico de se taire.

— Je veux pas le savoir ! Écoutez, madame, je peux faire faire des recherches, en parler au notaire de mon père.

— Non, pas lui !

— C'est mon notaire aussi.

— C'est un escroc.

Magali soupçonne une certaine jalousie.

— Si vous avez une preuve que mon père vous a donné la maison, moi, je veux bien, mais il me faut une preuve écrite de sa main.

— J'ai que ma parole, celle d'une femme qui a aimé votre père pendant vingt ans en secret, celle qui l'a rendu heureux jusqu'à son dernier soupir.

Magali se rassoit, tout de même intéressée.

— Il était comment avec vous ?

— Très enjoué, drôle même. J'ai tellement eu de plaisir avec lui.

— C'est peut-être moi qui hérite de ses biens, mais c'est vous la chanceuse.

— Il me l'a promise cent fois, la maison. Il me disait même que je la méritais.

— Je dois être fidèle au testament, et y a rien dedans qui vous concerne.

Anne-Marie est déçue, mais elle ose :

— Vous avez tout de même le droit de me faire un cadeau.

— Je sais pas combien elle vaut, la maison, mais ce serait un méchant cadeau, non ?

— Florian me disait souvent : « Tu l'aimes, la maison, eh bien tu vas l'avoir quand je serai mort. »

— Si vous avez pas de papier pour le prouver… je peux rien faire pantoute.

Magali se lève pour lui faire voir clairement cette fois-ci qu'elle doit partir. Mais sa visiteuse reste vissée au fauteuil.

— Je vais prendre un avocat, vous allez en prendre un, ça va nous coûter les yeux de la tête : on est bien mieux de négocier ça entre nous.

— J'étudie le droit. Si le legs de mon père est pas sur son testament ni sur un papier signé de sa main, je peux rien faire, et vous non plus. On a rien à négocier.

— Cent mille.

— Pardon ?

— Cent mille, et je laisse tomber la maison.

Magali est interdite devant un tel toupet.

— Bon, je contacte mon notaire, je vous reviens. Question de vérifier avec lui s'il aurait pas trouvé un truc vous concernant.

— Combien ça vaut une jeunesse perdue en attendant un homme qui me promet le mariage, qui me fait manquer mon avenir ? Je me suis sacrifiée pour lui pendant vingt ans. Vingt ans, c'est presque une peine de prison, ça. À part quelques petits bijoux à Noël et à mon anniversaire, Florian m'a jamais rien donné. Sans parler des jobs que j'ai refusés pour pas m'éloigner de lui. Il a profité de mon amour, de mon corps, de mon innocence sans rien me donner en retour. Combien ça vaut, ça ?

— Vous pouviez le quitter.

— Je l'aimais !

— L'amour, c'est gratuit.

— Oui, mais une fille se tanne de donner, d'attendre, d'être le vice caché, de jamais connaître la famille, les amis, d'être écartée… comme si elle avait la lèpre.

— Il est mort, vous aurez plus à attendre.

— J'ai plus rien. Je suis dans la dèche. Vous pouvez pas me laisser tomber comme la guenille de la famille, je suis pratiquement de votre famille. Puis si votre père m'avait pas eue, c'est vous qui l'auriez eu sur le dos. Je vous ai libérée de lui. Ça vaut quelque chose, ça ?

Magali ne sait plus quoi faire ni quoi dire. Puis :

— Vingt-cinq mille ?

— Cinquante mille.

— Trente mille ?

— Vendu. Vous me faites un chèque.

— Quand j'aurai reçu mon héritage. Ça peut prendre des mois. C'est long, régler une succession.

— Vous avez bien un petit vingt mille pour moi quelque part ?

— J'ai pas d'argent, j'ai juste la paye du bar où je travaille les week-ends, c'est tout.

— Eh bien, je compte sur vous quand vous recevrez le motton, vous me devrez trente mille. Signez ici.

Elle sort un carnet, un stylo, et commence à écrire une reconnaissance de dette alors que la sonnette de la porte d'entrée retentit. Magali s'y précipite, comme pour échapper au feu. C'est le beau notaire, Olivier. Elle se redresse, seins à l'avant-garde, arrière-train sorti et sourire dévastateur sur le visage.

— Olivier, vous tombez bien ! Très bien même ! Il y a une femme au salon qui...

La femme en question est derrière elle et profite de la porte ouverte pour filer à toutes jambes vers sa Honda. Le jeune notaire la reconnaît de dos.

— Qu'est-ce qu'elle est venue faire ici ?

— Me demander de l'argent.

Et, candidement, Magali lui résume la visite de la maîtresse, tout en s'installant dans la salle à manger.

— Elle a arraché tellement d'argent à votre pauvre père, vous allez pas lui en donner en plus. Je l'ai mise dehors pour mettre fin à l'hémorragie. Mais votre père la voyait en cachette. C'est une voleuse.

— C'est bien ce que je pensais. Prendriez-vous un…

— Merci, je sors de table. J'ai un acheteur pour la maison.

— Déjà ?

— Vous aviez l'air de tellement la détester et, franchement, je vous vois mal dans ce genre de maison. Avec l'argent de la vente, vous allez pouvoir acheter un beau grand condo tout ensoleillé, ou un grand loft, je vous imagine bien dans un loft. Ces vieilles maisons sont tellement sombres et pleines de souvenirs.

Magali, qui n'a jamais autant parlé d'argent, en a plein son casque.

— Vous faites ce que vous voulez.

— Non, je fais ce qui est bon pour ma cliente. J'ai apporté des papiers à signer. Il me faut la liberté de procéder, sans ça le dossier n'évoluera pas.

Pendant qu'il fouille dans sa serviette de cuir fin, Magali sort une bouteille de scotch du buffet de bois de rose.

— J'ai besoin de me remettre. Je vous en sers un verre ?

— Le scotch de votre père ! C'est du bon. Pour vous accompagner, d'accord.

Il étale les papiers sur la table pendant que Magali s'envoie une longue rasade d'alcool. Elle lui tend son verre, qu'il prend en la fixant de ses yeux de velours gris. Visiblement, il est émoustillé et, contre toute attente, il dit :

— Crisse que t'es bandante !

C'est une première. Magali est chavirée par sa façon cavalière de s'adresser aux femmes.

— On prend un autre verre avant ou après ?

Un jeu de séduction entre eux se dessine.

— Avant ou après quoi ?

— De signer les papiers, évidemment. Qu'est-ce que vous aviez en tête ?

— Rien.

Olivier se mouille les lèvres, qui se gonflent comme pour donner à Magali un échantillon du plaisir potentiel à venir.

« Il est trop beau, il sent trop bon. Un vrai bad boy. Je suis une fille libre, libre de faire ce que je veux. J'ai pas de compte à rendre à personne. Pourvu que Sam vienne pas faire un tour. Non, jamais l'après-midi, il répète des scènes d'amour. Et moi qui peux en vivre une drette là. Pourquoi je me priverais ? »

— Après, je signerai après !

Elle s'approche de lui. Il l'enlace, descend les mains sur ses fesses pour la rapprocher encore plus de son érection.

Il enfonce sa langue dans la bouche de la jeune femme de manière qu'elle comprenne bien qu'entre eux il n'y a pas d'amour, il n'y a que du désir.

Ce fut court et, finalement, pas très agréable. Il n'a pas pris la peine de se dévêtir. Elle a juste enlevé sa culotte, soulevé sa robe, et le temps de mettre un condom, d'entrer en elle, c'était terminé.

« J'ai mon voyage, ce beau grand gars est un éjaculateur précoce ! J'ai même pas eu le temps d'avoir le début du commencement d'une jouissance quelconque. Je suis fâchée contre moi. J'ai trompé Sam pour rien. »

Olivier sort de la salle de bain repeigné, fier de lui, l'œil luisant.

— C'était bon ?

— Sais-tu, ça me prend plus que trois secondes pour apprécier une baise.

— Une autre qui préfère les hors-d'œuvre aux bons gros steaks.

— Je vais te les signer, tes maudits papiers ! Ben vite, à part ça.

55

C'est la nuit, une belle nuit étoilée. Les ouaouarons accompagnent les criquets dans leur concert. L'air est parfumé des odeurs du potager et du jardin. Un chien au loin jappe, un deuxième à l'autre bout du rang lui répond. Clara se réveille, tend l'oreille, secoue Étienne.

— Il y a quelqu'un !

— Rendors-toi, il y a personne.

— Je te le dis, il y a quelqu'un en bas. Va donc voir.

— Il y a pas de voleur ici ! Pour voler quoi, des navets ?

— Laisse faire.

Elle se lève, enfile sa robe de chambre et, sans allumer, descend au rez-de-chaussée et ose un œil à l'extérieur. Elle avait raison, Charlène est là, sur la galerie. Clara lui ouvre.

— Je vous réveille, hein ?

— Oui, un peu.

— Il est pas deux heures encore, puis c'est samedi soir.

— Les maraîchers ont pas congé le dimanche. Deux heures du matin quand on se couche tôt, c'est le milieu de la nuit.

— Je m'excuse.

— Maintenant que je suis réveillée... Voudrais-tu une tisane avec les herbes du jardin ?

— Avez-vous plus fort ?

— Je tiens rien de fort, Étienne prend des médicaments... Un Perrier citron ?

— Ça ira...

« Pourquoi je suis si accessible ? Pourquoi c'est dans mes jupes que tout le monde vient pleurer ? »

— Qu'est-ce qui se passe, Charlène ?

— J'en peux plus. Je vais la tuer !

— Tuer qui au juste ?

— Son ex, la grande Caro, la belle Caro...

— Ah bon...

— Ce soir, si j'avais eu une arme... Les enfants dorment, Johnny et moi on termine tranquillement le bon vin du souper. On est bien. Et elle s'amène pour le week-end, sans s'annoncer, encore une fois. Elle enfile cul sec le verre de vin de mon chum. Juste là, j'enrage. Elle ouvre la radio, il y a du tango, un air de tango. Elle prend la main de MON chum, et ils se mettent à danser. Avez-vous déjà vu danser ça, le tango ? C'est cochon ! Johnny la regarde dans les yeux, la serre contre lui, ventre contre ventre, il la repousse, la reprend, elle lui rentre une jambe entre les siennes.

— C'est une belle danse, le tango.

— Clara, au diable la belle danse, moi je capote raide de les voir « collés collés » ! Je les ai séparés ben sec, merci ! J'ai aussi fermé la radio. Là, Johnny essaie de m'expliquer que c'est une danse qu'ils ont apprise lors de leur voyage de noces en Argentine. Le feu me prend. J'ai pas eu droit, moi, à un voyage de noces avec lui ; on est pas mariés. Il a loué la maison jaune et, du jour au lendemain, je me suis retrouvée avec un enfant de plus. Avec un chum qui va peut-être me quitter un jour pour son ex qui vit pratiquement dans notre maison.

— Caroline a pas dû aimer ça, ta petite crise.

— Elle me disait de me calmer, que j'allais réveiller les enfants. Merde de merde de merde !

— T'es en colère.

— Je sacre mon camp. Qu'il reste avec elle s'il peut pas s'en passer.

— Tu veux quitter Jean-Christophe ?

— J'ai mon voyage.

— Lui as-tu dit que tu partirais si la situation s'améliorait pas ?

— Il le sait. Il m'avait promis qu'il lui parlerait. Il a rien fait du tout.

— Mais c'est toi qu'il a choisie comme compagne de vie ! Toi !

Ces paroles calment quelque peu Charlène, mais son ressentiment envers Jean-Christophe demeure.

— Il garde son ex tout près en cas de besoin. Je les connais, les hommes. Ils divorcent, le lendemain ils trouvent une remplaçante. Ma mère était aux soins palliatifs que déjà mon père cherchait à la remplacer.

— T'exagères.

— Si Johnny reste ami avec Caro, c'est pour avoir une femme à portée de main au cas où je partirais.

— Tu lui prêtes des mauvaises intentions.

— Je les connais, les hommes !

— Tu connais peut-être leurs faiblesses, ils ont des qualités aussi.

— Je sais bien.

Sa colère, reconnue par Clara, s'amenuise peu à peu. Elle prend quelques gorgées de Perrier, soupire.

— Ouf ! que je suis mêlée, là…

— Qu'est-ce que tu veux, Charlène ?

— Qu'est-ce que je veux ?

— Oui, qu'est-ce que tu veux ?

La question la force à réfléchir. Elle hésite un bon moment, puis :

— Je veux mon chum à moi toute seule. Bon !

— Tu veux l'impossible. Il a un fils, une ex-femme, ils seront toujours dans sa vie. Tu peux pas d'un seul coup de baguette magique les éliminer.

— C'est ça que je veux pareil.

— Quand tu t'engages avec un homme qui est déjà père de famille, il y a des contraintes que tu dois prévoir. Pour savoir si tu peux les accepter avant de t'engager.

— Ç'a été le coup de foudre. Vous connaissez pas ça, vous, le coup de foudre, vous êtes trop vieille. J'étais en amour par-dessus la tête. Ça le dit, il y a pas de tête là-dedans, juste du… sexe.

— Après le coup de foudre, la vie reprend, la vraie vie quotidienne.

Charlène a de la difficulté à quitter son nuage, les femmes sont romantiques et elles veulent toutes une passion qui dure à vie, comme si c'était possible.

— J'aurais dû rester avec mon ex, il était céliba-taire, lui.

— Tu as choisi Jean-Christophe et ce qui vient avec lui, son fils puis son ex. Va falloir que tu l'assumes.

— Ça veut dire que je vais être pognée avec Caro pour le restant de mes jours ? Non merci, je sacre mon camp avec ma fille. Qu'il reste avec son ancienne femme.

— C'est tout de même dommage…

— Il m'a accusée d'être trop possessive, d'être jalouse. Je le sais ben, Clara, que j'aurais dû discuter avec lui au tout début de notre relation, mais je l'aimais, je le voulais. J'aurais accepté dix enfants, trois femmes. J'ai pensé que la puissance de notre amour arrangerait tout. Pour moi, l'amour faisait des miracles. Tous les films que j'ai vus, tous les livres que j'ai lus peuvent pas mentir à ce point-là. L'amour est supposé tout guérir, tout sauver.

— Je pensais ça aussi, plus jeune, mais pas toi, pas de nos jours alors que vous, les femmes, savez tant de choses.

— L'amour rend stupide, faut croire.

Elles rient telles deux copines, puis Charlène retrouve son sérieux.

— Je vois pas d'autre solution que de me ramasser et partir avec ma petite fille.

— Non. Tu vas parler à Jean-Christophe avant… Il vous faut tous les deux trouver une solution.

— J'ai essayé des fois. Il m'écoute, mais il a toutes les réponses. C'est un psy, on parle pas la même langue. Je lui parle de passion, il me parle d'amour. On se comprendra jamais.

— Tu démissionnes vite, je trouve.

— Cet homme-là, je l'ai aimé parce qu'il parlait bien, qu'il connaissait l'âme humaine. Je m'étais dit : « Un psy, il va régler mes problèmes. » Je pouvais l'écouter pendant des heures. J'étais son élève, c'était mon professeur de vie. On se met ensemble, puis je m'aperçois qu'il se fait mener par le bout du nez par son ex. Je suis tombée de haut.

— Les psys sont des êtres humains comme les autres. Ils ont pas besoin d'être parfaits pour donner des conseils aux autres. Un docteur a pas besoin d'être malade pour soigner ses patients.

— D'autant plus qu'on est même pas mariés. La séparation va être rapide.

— L'aimes-tu, coudonc ?

— Je l'aime, bien entendu, au lit surtout, mais je peux pas passer mes journées couchée.

— Tu l'aimes quand il est ce que tu veux qu'il soit, pas comme il est vraiment.

— C'est pas vrai, ça !

— Tu l'aimes sans enfant, sans ex, sans passé.

Charlène, qui n'est pas sotte, résiste, mais en vient à l'admettre.

— Ben oui ! Peut-être...

— Et toi, t'es une célibataire sans enfant, je suppose ?

Un silence puis une montée de larmes chez Charlène.

— C'est parce que moi, je suis rien, rien du tout. Il est psychothérapeute et moi juste une petite secrétaire dans un bureau d'assurances. Je me sens tellement nulle face à lui. J'arrive pas à prendre ma place. Avec moi, il enseigne ; avec son ex, il discute. Je suis pas à sa hauteur. Il m'aime que pour le lit. Qu'est-ce que je vais faire ? Dites-moi quoi faire ?

Clara hésite. On aime se confier à elle, oui, mais pour ce qui est de suivre ses conseils, non... la plupart du temps.

— Je sais pas si je peux t'aider.

— Ah, puis laissez faire. Juste me vider le cœur, ça m'a fait du bien. Puis j'y vois un peu plus clair. Je vais lui parler. Je dois pas être si nulle que ça puisque vous m'écoutez.

— Ben non, Charlène, t'es pas nulle puisqu'il t'aime. Je te raccompagne jusqu'au bout du chemin.

À l'extérieur, elles marchent un bout en silence. Puis :

— Il paraît que je baise mieux qu'elle. Et je suis plus jeune qu'elle ! C'est un avantage important… pour son orgueil de mâle.

Clara est quelque peu découragée par la candeur de sa voisine, qui l'embrasse sur les deux joues avant de courir vers la maison jaune.

« Elle court légère vers son Johnny après avoir déposé son barda chez moi. Décidément, mon Étienne, c'est le meilleur. Avec lui, notre relation de couple a jamais été compliquée comme ça. »

Au lit, Clara caresse délicatement la hanche d'Étienne, glisse ses doigts sur son pénis. Dans son demi-sommeil, il se laisse caresser et, à la grande surprise de Clara, le membre remplit bientôt sa main. Ne voulant rien forcer, elle retire sa main, qu'il reprend pour la poser sur son pénis gonflé. Et elle le caresse jusqu'au plaisir.

« Ça y est, il est en plein retour à la vie. »

56

Depuis leur échange au restaurant japonais, Mireille et Robert ont fait des efforts considérables pour s'écouter, pour laisser parler l'autre sans l'interrompre. Un gros changement dans leur communication, mais la libido de Robert n'est toujours pas au rendez-vous sans la petite pilule bleue. Un soir, vers vingt-deux heures, après des caresses restées sans réponse:

— Bob?

Robert émet un grognement pour faire croire à sa femme qu'il s'enfonce dans le sommeil.

— Il t'en reste-tu, du Viagra?

— Tu vas rire!

— Je rirai pas.

— La fois, cette première fois-là, j'ai été tellement humilié...

— Tu t'es pas vu!

— T'en as pas de pénis ! Tu sauras jamais ce que ça fait quand ça lève pas. C'est comme si ça te coupait la virilité au ras le sifflet.

— Je m'excuse de t'en reparler.

— La façon virile de montrer à sa femme qu'on l'aime, c'est de lui faire l'amour. Mais quand ça marche pas pantoute, un gars sait plus quoi faire. Ça s'use, cette affaire-là, comme le reste...

— C'est toi qui veux pas.

— Moi je veux, c'est lui qui veut pas. Georges veut pas. Georges, comme on l'appelait avant, quand il était en forme et qu'il m'obéissait au doigt et à l'œil. Il m'a toujours obéi. Je désirais, il bandait. Y a des hommes comme Ti-Guy qui ont des érections comme ils veulent.

— Cherches-tu la chicane, là ?

— Pis, Mimi, t'as pris du poids...

— Parce que c'est de ma faute si Georges dort sur la job ?

— Je te dis la vérité, c'est ça que tu veux.

— Veux-tu que je la dise, la vérité, moi aussi ?

— Non !

Ils s'arrêtent net, se fixent, penauds.

— On vient de rechuter.

— Chassez le naturel...

— Clara a parlé de ton problème à son voisin thérapeute.

— Tout le monde sait que je bande pas ! C'est fin ça encore !

— Pas tout le monde, juste Clara.

— Maudit que t'as pas d'allure, Mimi, des fois.

— Pis toi, hein, t'en as de l'allure ?

Geneviève, qui était dans sa chambre, les entend s'injurier. Elle leur crie :

— VOS GUEULES !

Tels des gamins pris en faute, ils se taisent. Ils entendent ses pas dans le couloir. La crinière hirsute, en furie, leur fille surgit dans la chambre et vient se planter au bout de leur lit.

— T'aurais pu cogner...

— Assoyez-vous !

— Moi je vais aller en fumer une...

Robert tente de se lever.

— Papa, tu restes là !

— Bob, tu fumes plus. Qu'est-ce qui te prend ?

— Il fume en cachette, maman. Bon, vous allez m'écouter maintenant !

Les parents s'assoient dans le lit.

— Faut que je vous parle. Pas de moi, moi c'est simple, je le sais ce que je veux et je suis en train d'accomplir mon destin. Mais vous deux, là, vous deux, vous allez arrêter de toujours vous engueuler.

— On s'engueule pas, on se parle.

Ils ont presque répondu à l'unisson.

— Depuis que je suis née que vous vous engueulez. Jamais vous êtes du même avis. Un dit blanc, l'autre dit noir.

— On est différents, on pense différemment. Ton père...

— Maman, c'est MOI qui parle ! Vous allez arrêter ça, ces chicanes-là ! J'ai droit à des parents qui s'aiment, ça fait que... AIMEZ-VOUS ! Je veux pas que mon enfant grandisse dans un milieu toxique. La priorité dans ma vie, c'est la famille, ça fait que forcez-vous pour m'en offrir une qui a du bon sens. C'est tout. Salut, je sors avec des amis en ville. Je sais pas quand je vais revenir. Pis je prends ton auto, maman.

Elle sort de leur chambre, les laissant si abasourdis qu'ils en sont muets pendant une bonne minute, puis comme d'habitude Mimi attaque.

— Je le savais qu'elle finirait par prendre le dessus sur nous autres. Tu lui as jamais dit non, tu l'as jamais contrariée ni punie. C'était ta princesse. Eh ben regarde le résultat, elle nous traite comme de la marde.

— Tu la punissais pour des riens, fallait ben que je prenne sa défense. T'en avais que pour ton fiston.

Ils se regardent, et chacun met sa main sur la bouche de l'autre. Ils retirent ensemble leurs mains.

— Mimi, c'est vrai qu'elle a droit à une famille qui a de l'allure.

— Ouais, c'est peut-être vrai qu'on s'aime pas assez. Pis ramène-moi pas ton Georges sur le tapis.

Mireille change de ton.

— Je parle de l'attachement, minou, du lien qu'on a tissé ensemble depuis qu'on se connaît, maille par maille, rang par rang, avec nos difficultés pis nos failles. Notre intimité, quoi ! Cet attachement, y est là, je le sens, mais on dirait qu'il sort juste en picossage.

Robert adopte le même ton.

— Toi, t'es pas mieux. Tu penses que l'amour, c'est juste la baise. Si je te fais pas l'amour, je t'aime pas.

— Ben...

— C'est faux, je t'aime pareil. Je suis attaché à toi avec toutes les fibres de mon cœur. Pis t'es-tu demandé ce que ça me faisait qu'on baise plus ? Ça me manque en caltor !

La détresse dans la voix de Robert atteint Mireille, et elle voudrait en terminer là. Elle aime son homme fort quand ça l'arrange et faible quand elle le veut.

— T'as pas cent dix ans, fais quelque chose.

— J'ai consulté une sexologue. Oui « une », parce que parler de son impuissance à un homme, ça se fait pas.

— Est-ce qu'elle sait pourquoi tu bandes plus ?

— C'est peut-être ma façon à moi de te dire non.

— Hein ?

— Laisse-moi parler. Tu me mets trop de pression. Avec quelqu'un qui me mettrait pas de pression, je pourrais peut-être.

— T'as un nom, t'as un numéro de téléphone ?

— Crisse, écoute-moi donc ! Tu m'écoutes pas, tu prépares ta défense comme si je t'attaquais. J'ai pas dit un caltor de mot que déjà tu sors tes gants de boxe.

« Il a raison, je l'écoute pas. Il a raison, je lui mets trop de pression. Il a raison, mais si je lui dis qu'il a raison, il va prendre le dessus, et je suis pas capable de perdre le contrôle. Faut que je change de conversation. »

— Je te connais. Là, tu vas m'attaquer parce que tu sens la soupe chaude.

« Il lit dans mes pensées, le torrieu. Bon… O.K. pour la vérité d'abord. »

— T'as raison, je te mets trop de pression. T'as raison, je cherche toujours à avoir le contrôle sur toi. T'as raison, on s'aime plus du tout.

Découragé, Robert éclate de rire.

— Tu m'aimes plus, tu viens de décider ça !

— J'exagère.

Mireille sait qu'elle va trop loin. Elle recule.

— Tu le sais que je t'aime, et je sais que tu m'aimes. Mais ça règle pas notre problème !

Ils se donnent un bec rempli de bonnes intentions, mais ils savent que l'enfer est pavé de bonnes intentions.

57

La clinique regorge d'enfants et de parents en attente. Nancy écoute les petits cœurs, examine les oreilles, les bouches, les nez; elle ausculte les ventres, étire les jambes, prend des mesures. Certains enfants rigolent, d'autres sont terrifiés, les fiévreux sont amorphes, mais la majorité des parents sont heureux. Il fait bon à la clinique de la docteure McKenzie.

Nancy est très à l'aise avec les uns et les autres. Elle a la confiance des parents. Un bébé garçon fait pipi sur elle. Elle en rit et, d'un geste, signale au papa de ne pas s'excuser. Davantage de pères emmènent leurs rejetons à leur visite périodique. Une nouveauté depuis quelques années.

« J'ai pas été correcte avec Nicolas, j'aurais pas dû manigancer le départ de Lulu avec Madeleine. Dire que j'ai même été jusqu'à payer les frais de la clinique de désintox de la mère de Lulu. Faut pas que je pense à mes regrets, sinon je deviens triste, et ma journée est loin d'être terminée. »

— C'est un beau petit garçon que vous avez, madame.

— C'est une fille.

— Ah bon...

— Une petite fille qui aime pas le rose.

— Moi non plus, enfant, j'aimais pas ça le rose.

Elles se sourient, et pendant que la mère rhabille sa fille dans la salle d'examen, la réceptionniste apparaît.

— Docteure McKenzie, il y a une dame ici... sans enfant... Elle a pas de rendez-vous, mais elle insiste pour vous voir. Elle insiste beaucoup...

— Merci, Catherine. Installe-la dans mon bureau. J'arrive.

En entrant dans son bureau, Nancy reconnaît la frêle maman de Lulu, le regard absent.

— Qu'est-ce que vous faites ici ?

— Je vais plus aux suivis de la clinique privée. Ça sert à rien, la désintox, je suis pas capable, ça fait que si vous voulez encore Lulu, vous pouvez l'avoir pour toujours. Il va être beaucoup mieux avec vous. Je vous le donne. Pis dépêchez-vous avant que je change d'idée.

Nancy s'assoit près d'elle, complètement sous le choc.

— Je l'aime, mon Lulu, et c'est parce que je l'aime que je m'en sépare. Vous me reverrez plus la face. Voici le papier qui prouve que je vous le donne... je l'ai signé. Vous avez qu'à aller le chercher à la maison d'accueil où il est. Là, j'ai besoin d'un fixe pis ça presse... Faut que j'y aille. Dites-lui que je l'aime et aimez-le très fort, c'est un bon petit garçon qui a besoin d'une mère meilleure que la sienne.

La jeune femme émaciée ramasse son sac à main, se lève et fuit le bureau. Une épave ! Nancy est restée immobile et sans expression. Elle ne voit pas dans l'embrasure de la porte un de ses collègues, Sébastien, qui, habillé en cycliste sportif, l'observe après lui avoir dit : « Bonsoir, Nancy, à demain. »

Il enlève son casque et, l'air inquiet, s'avance vers elle.

— Quelqu'un de mort ?

Nancy se jette dans ses bras et verse des torrents de larmes sur son costume de néoprène.

— Voyons, voyons, voyons...

Il la tient, dans l'attente qu'elle se calme. Nancy s'assoit, prend plusieurs papiers mouchoirs, se mouche, s'essuie les yeux, encore secouée de sanglots.

— Nancy, c'est quoi ?... Un malheur ?

— C'est pas un malheur, c'est une chance. La mère de Lulu vient tout juste de me l'offrir... pour l'adopter. Je peux pas, il veut pas de moi. Il m'haït.

— Parce que t'as pas le tour avec lui...

Elle lui lance un regard foudroyant. Il s'assoit près d'elle.

— Choque-toi pas... J'ai un ami pédopsychologue. Il s'est spécialisé là-dedans, ben, les enfants dont personne ne veut. J'ai déjà parlé avec lui du cas de Lulu.

— Pourquoi t'as attendu jusqu'à aujourd'hui pour me dire ça ?

— Parce que Lulu était plus dans ta vie.

— Qu'est-ce que j'ai fait de pas correct ? De toi, Sébastien, je peux tout entendre, tu le sais.

— Trop de pression. T'as voulu qu'il t'aime sur commande. C'est un petit enfant blessé, et t'as voulu le mettre à ta main. Je te connais, Nancy, mieux que ton mari même. T'as un tempérament volontaire. Autoritaire aussi. T'as voulu un enfant, il t'en fallait un à tout prix. Tu t'es arrangée pas trop catholiquement pour l'avoir. Tu l'as eu. Tu voulais que cet enfant-là t'aime. Il a eu le malheur de te dire non. Il exigeait avant de t'aimer des preuves que tu le rejetterais pas. Il a bien fait de pas t'aimer, car tu l'as abandonné. Mets-toi à sa place. Une autre femme qui dit l'aimer, mais qui le rejette.

— Il pourra jamais m'aimer.

— Il va t'aimer si tu lui donnes des preuves qu'il est là pour rester, si tu l'encadres. Laisse-lui faire les premiers pas vers toi. Prouve-lui que tu vaux la peine d'être aimée, laisse-le venir à toi.

— Ça va prendre un temps infini.

— Ça va prendre le temps qu'il faudra. Mon ami dit que c'est l'unique façon d'acclimater les enfants qui n'ont pas confiance dans les adultes. Je peux te donner ses coordonnées, si tu veux le consulter. Je te le conseille.

— Si Nicolas apprend que Lulu peut maintenant être adopté et si je refuse, ce sera la rupture certaine entre nous. Si j'accepte l'adoption, ce sera des années de...

— D'amour, Nancy, d'amour...

— De souffrances aussi. Moi je peux pas supporter qu'on m'aime pas. Ma mère m'a jamais aimée, tu le sais...

— Lâche ton passé avec ta mère. Essaie de voir devant toi plutôt. Bon, à demain...

Nancy voudrait le retenir, voudrait quasiment qu'il prenne la décision à sa place.

— Je vais rejoindre mon amant. L'amour, c'est rare, Nancy, je le sais, je suis gai, alors quand il se montre le bout du nez, laisse-le pas passer.

— Oui ! Non ! Je le sais plus !

58

Assis sur un petit escabeau, Claude attend les déménageurs qui devraient incessamment arriver de Toronto. Il a très vite vendu son townhouse et acheté cette petite maison toute simple à Mont-Saint-Hilaire, située à vingt minutes d'une piste de ski et d'un parc écologique. Clara garde le petit Gabriel le temps qu'il organise sa nouvelle demeure. L'absence de son fils fait douloureusement émerger sa solitude et le ramène à sa peine d'amour. L'avenir qu'il avait tant espéré, soit de vivre avec Francis une vie de famille, n'existe plus.

« Gabriel aura pas deux parents, mais je vais être son père et sa mère à la fois. Je vais l'avoir, cette force. Avant de m'aventurer dans une nouvelle passion, les poules auront des dents. Terminé, l'amour avec un gars ! De toute façon, si je baise pas, j'en mourrai pas. J'ai l'amour de mon fils, de ma mère et de mon père, ça me suffit. On meurt pas de pas baiser, mais on peut mourir par manque d'amour. »

Il arpente les pièces vides de la maison, il place en pensée son mobilier. Puis il entend le roulement d'un moteur, il court ouvrir aux déménageurs. Mais, à sa grande surprise, c'est Francis en chair et en os, tout souriant, qui se tient devant lui.

— My love !

— Francis ! Qu'est-ce que tu fais ici ? Comment as-tu appris où je déména… ?

— Never mind.

Francis l'enlace avec tendresse, et Claude s'abandonne entre ses bras même si sa raison lui hurle « non ». Ils se désirent comme les hommes se désirent : vite et bien.

Après l'amour sur le plancher du salon, Claude se relève, il rajuste ses vêtements, perturbé.

— Non ! C'est non ! Tu veux ta vie, laisse-moi vivre la mienne. Va-t'en, Francis.

— Gabriel ? Where is Gabriel ?

— Never mind, Gabriel. I don't want to see you anymore.

— Si je veux le voir, tu peux pas m'en empêcher.

— T'es rien pour lui, t'as pas signé les papiers d'adoption, et surtout… surtout, t'as pas voulu t'en occuper.

— Tu veux plutôt dire que tu m'as pas laissé m'en occuper.

— T'aimes mieux courir la galipote.

— What the fuck is « la galipote » ?

La façon dont Francis a dit « galipote » a fait sourire Claude. Il a toujours adoré son accent quand il parle français.

— Les déménageurs vont arriver d'une minute à l'autre. Tu devrais partir…

— Écoute, Claude, j'ai décidé de venir vivre au Québec. Je veux plus être loin de toi. Je t'aime et j'aime notre fils. J'ai bien réfléchi durant notre séparation. Vous me manquez, tous les deux. Je vais sûrement trouver des contrats de maquilleur à Montréal. Et si ça marche pas, je prendrai des contrats de peinture. It's the same fucking thing. Je te demande pas d'habiter avec toi, je te demande juste de me garder comme chum. Je vais louer un appartement à Montréal. And I will be so irresistible, so charming, so loving that you will ask me to marry you.

Claude est perplexe devant un tel revirement. Puis :

— Tu connais mes conditions ? Mes limites, mes valeurs...

— Je te jure fidélité, Claude. Tu vois, j'ai pas cessé de pratiquer mon français.

— Avec qui ?

— Une fille !

Claude fond sous le charme de son amoureux, et Francis le sait pertinemment. Des coups de sonnette les font sursauter. Ils éclatent de rire.

— Les déménageurs !

— Je peux aider a couple of hours ?

— Non, non. Pas tout de suite, c'est trop tôt.

— Okay. See you !

Ils s'embrassent sur le perron, sous les yeux des déménageurs qui attendent que l'allée du garage soit dégagée de l'auto sport.

59

Magali et Samuel viennent de faire l'amour. Ce n'est plus la passion dévorante, mais une recherche de plaisirs mutuels. Après, contrairement aux autres fois, Samuel ne s'endort pas.

— Amour ?

— Oh que j'aime ça !

— Faire l'amour ou que je t'appelle « amour » ?

— Le vivre. Je vis en ce moment l'amour. Je suis remplie d'amour. Je flotte dans l'amour. C'est le bonheur parfait. Je voudrais être bien comme ça toute ma vie.

— Pas moi, Mag.

Elle s'appuie sur un coude, intriguée.

— On peut pas toujours faire l'amour, Magali.

— T'aimes plus ça ?

— Non, c'est pas ça, mais y a autre chose dans la vie.

Magali se recouche sur le dos, évitant son regard.

« Il va encore me parler de son besoin de liberté, de son besoin d'indépendance. »

Pour lui changer les idées, elle rejette le drap au pied du lit et lui offre sa nudité. Il connaît son manège. Il remonte le drap froissé sur elle.

— Sois sérieuse. Je le suis, là. T'es pas tannée, toi, de notre vie ? Moi d'un bord, toi de l'autre. Une chance qu'on couche ensemble sans ça on aurait aucune intimité. Je te vois au bar, j'ai mes études, t'as tes études. On a aucun projet commun, aucune ambition ensemble. Je me suis posé la question : « Qu'est-ce que je veux exactement ? » Et je me suis répondu : « Faire ma vie avec Magali ! » Faire équipe avec toi. Fonder quelque chose de solide ensemble.

— Me demandes-tu en mariage ?

— Je te demande d'embarquer avec moi dans un projet de vie à deux.

Le visage de Magali s'illumine d'un coup.

— ON VA SE MARIER !

— Non, on va vivre ensemble et on va faire des enfants. Si on veut survivre comme Québécois, faut faire des enfants.

— Douze ?

— Trois ou quatre.

— T'es tombé sur la tête !

— Ce que je te propose, c'est une bulle à nous, et personne d'autre n'y aura accès. On est ensemble, on a du bon et du mauvais temps, mais on est ensemble. C'est ça, l'amour, un attachement qui nous tient. Un attachement dont on peut pas se passer tous les deux. C'est ça que je te propose.

— C'est tellement pas romantique.

— On s'est aimés à la folie, on a baisé tant qu'on pouvait. On flottait sur un nuage et là on est redescendus sur terre. Ou bien on se trouve quelqu'un d'autre pour revivre ce high-là ou bien on bâtit quelque chose ensemble nous deux.

— C'est pas ça que j'appelle de l'amour, c'est du calcul.

— Sois réaliste, Mag. Je te propose un projet rempli de passion et d'amour, mais aussi de nos peurs, nos faiblesses, nos doutes, nos failles...

— Sinon ?

— Sinon je me cherche une autre blonde qui va vouloir partager ma bulle.

« Il est bon, lui ! Monsieur, depuis que je le connais, me brandit sa liberté, son indépendance, et aujourd'hui le vent tourne, il veut qu'on s'enferme dans une bulle, au risque de manquer d'air. »

— Là, je suis prêt. Si t'es pas prête... tant pis pour moi et pour toi, parce que je pense qu'on aurait fait de beaux enfants et qu'on aurait pu faire un bon bout de chemin ensemble.

— Pour que tu me laisses à cinquante ans parce que j'ai des vergetures sur le ventre, que j'ai plus ma taille de jeune fille pis que les seins me pendent d'avoir allaité ta trâlée d'enfants.

— Je te fais une offre, t'es libre de la refuser. Moi je suis prêt à devenir père.

— Ce que tu veux, c'est pas moi, c'est des enfants.

— Je veux des enfants de toi ! Si c'est pas ça de l'amour...

Magali enfile un t-shirt et sa petite culotte. Ça discute mal, les seins à l'air.

— O.K. Je comprends ton désir d'être père, c'est tendance en ce moment, mais ça va passer cette mode-là et on va rester pognés avec les petits.

— C'est comme un appel en religion. J'ai la vocation de la paternité.

— Depuis quand ?

— Depuis dernièrement. Avant, je couchais avec toi, là je veux vivre avec toi la vraie vie avec ses hauts et ses bas.

Totalement désarmée, Magali se cherche des arguments.

— C'est-tu à cause de mon héritage ?

— Quand je serai un grand comédien, je vais séparer mon argent avec toi, cinquante-cinquante. Donc, je m'attends à ce que tu fasses la même chose. Ça fait partie de mon projet avec toi.

— Pis mon projet à moi ?

— Lequel ?

— Le mariage en blanc, le gros party, le voyage de noces en croisière.

Il la regarde avec condescendance.

— T'es tellement baby-boomer pour une Y.

Il n'aurait pas pu lui faire pire insulte.

— Tu sauras que je suis une fille avant d'être une Y. Pis une fille, ça veut du flafla, ça veut une belle cérémonie de mariage, pas un contrat verbal d'union libre.

— Le mariage, je sais où ça mène, mes parents sont mariés et ils s'haïssent depuis toujours. Je m'embarquerai jamais dans cette galère. Si tu veux pas, c'est bye bye.

Désemparée, Magali s'efforce de le retenir.

— On peut essayer.

— Non, on essaye pas. Tu réfléchis bien sérieusement à ma proposition et tu me donnes une réponse. Je suis pas pressé, je peux t'attendre… quelques semaines. Mais j'ai pas de temps à perdre non plus. Si tu veux pas, y en a d'autres. Bon, là je dois aller à mes cours, je vais être en retard.

Samuel bondit hors du lit, enfile ses vêtements et part. Magali n'a pas vraiment eu le temps de réagir.

« Faut vite que je parle à Clara ! Ça presse… »

60

Clara n'a pas beaucoup de temps pour Magali. Il y a passablement de travail au potager, et elle doit rapatrier les effets de son petit-fils, car Étienne va dans une heure le déposer chez Claude en se rendant à sa séance avec son psychologue.

Depuis le déménagement de Claude, Clara doit souvent garder Gabriel. Elle ne s'en plaint pas, mais son fardeau en est considérablement alourdi. D'autant plus qu'Étienne ne peut pas mettre l'épaule à la roue, vu son piètre tonus musculaire et ses moments d'intériorité nécessaires depuis qu'il est en thérapie.

Dans les allées du potager, Magali talonne Clara comme un petit chien en lui racontant l'ultimatum de Samuel.

— Qu'est-ce que je vais faire, Clara ?

Clara essuie la sueur qui perle sur son front et prend le temps d'avaler une rasade d'eau citronnée.

— Dans la vie, ou bien tu restes sur le trottoir pour pas risquer d'avoir des accidents ou bien tu traverses la rue et tu risques de te faire écraser. Si tu restes sur le trottoir, ça va être plate à mort, mais tu vas être en sécurité. Si tu décides de traverser la rue, tu risques l'accident, c'est certain, mais aussi de découvrir de belles avenues, de nouvelles perspectives. C'est toi qui décides. Il existe pas d'assurance bonheur, parce que ton bonheur, c'est toi qui le fais : soit en restant sur le trottoir, soit en traversant la rue. C'est ce que je crois. La vie sans aucun risque, c'est pas de la vie, c'est de l'ennui.

— Je l'aime-tu assez pour traverser la rue ? Pis tout à coup que de l'autre côté, y a rien de mieux que de ce côté-ci ou que c'est pire ?

Clara est découragée par le manque de foi de Magali en la vie.

— Je peux plus te parler, j'ai trop à faire. Ou tu m'aides ou tu t'en vas.

Magali est froissée de ne pas avoir l'attention complète de son amie.

— Je vais vous aider.

Elle enlève ses souliers à talons vertigineux et plonge ses beaux grands ongles topaze dans les plants de navets.

***

Clara soulage son dos courbaturé dans l'eau chaude d'un bain rempli de mousse. Yeux fermés, elle pense à son Étienne, qui tarde à rentrer.

« Peut-être qu'après son entretien avec le psychologue il a traîné en ville. Il fait souvent ça depuis quelques semaines. Comme si, après s'être confié pendant une heure, il avait besoin d'un moment seul pour atterrir. »

Puis elle entend la camionnette qui se gare sur le gravier. Comme Étienne a vu Claude en lui ramenant Gabriel, elle a bien hâte d'entendre les dernières nouvelles. Il n'a pas mis les pieds dans la maison qu'elle lui crie de l'étage :

— Je suis dans le bain !

Étienne pousse la porte de la salle de bain.

— Claude va bien, il a encore pas mal de rangement à faire. Le petit était fou de joie de le revoir. Si tu l'avais vu courir partout dans la maison. Cet enfant, c'est pas parce que c'est le nôtre, mais il est brillant. Ah oui, Francis est venu le voir...

— Francis ?... Claude l'a revu ? Est-ce qu'ils se remettent ensemble ou pas ?

— Je le sais pas.

— Tu lui as pas demandé ?

— Non ! Ça me regarde pas.

— C'est notre enfant.

— Il a quarante-trois ans !

— C'est notre enfant pareil. Passe-moi une serviette propre.

Clara est irritée. Il lui arrive de plus en plus souvent d'être irritée par le ton d'Étienne, par ses réponses trop zen. Elle sort du bain, il commence à la frictionner.

— Je suis capable !

— Bon, t'es fâchée parce que je respecte l'intimité de notre fils.

— Parce que ton fils t'intéresse pas.

— Je m'intéresse à mon fils, j'essaie pas de le contrôler.

— Parce que moi, je le contrôle ?

— Oui, comme tu contrôles tout ici.

Clara est bouche bée. C'est bien la première fois qu'il s'oppose à elle.

— Clara, t'es contrôlante. Il faut toujours que je fasse à ton goût, selon tes désirs, tes intérêts. Pourquoi m'as-tu aimé, tu penses ? Parce que tu savais fort bien que j'étais un indécis de nature et que t'aurais le parfait contrôle sur moi.

Clara enfile sa robe de chambre. Étienne est maintenant sur sa lancée et rien ne pourra l'arrêter.

— Toute ma vie, tu m'as mené par le bout du nez, mais ça m'arrangeait, ça m'évitait de décider, ça m'évitait de faire des erreurs. Je suis orgueilleux, Clara, j'ai horreur de me tromper. J'aime mieux que ce soit toi qui fasses des bévues. Comme ça tu peux pas me critiquer.

Clara brosse ses cheveux emmêlés, assise sur le bord du bain, alors qu'il est debout devant elle.

— Quand t'as parlé d'acheter la ferme, c'était un risque énorme. J'ai eu peur. Toi, t'as peur de rien, alors tu t'es lancée et tu m'as entraîné avec toi. Le potager bio, moi j'y croyais pas. Tu décides, je te suis et ça fait pas toujours mon affaire, mais comme je me suis pas opposé, je peux rien dire. Ma dépression, d'après mon psychologue, c'est parce que j'avais refoulé toutes mes petites colères à ton endroit, et puis petites colères par-dessus petites colères, ça finit par faire une grosse colère refoulée, et hop ! le couvercle a sauté. Là, avec mon psy, j'en suis à chercher si le fait d'avoir subi des agressions sexuelles dans ma jeunesse a aussi eu une incidence sur ma maladie. D'ailleurs, je vais commencer une nouvelle thérapie de groupe avec des hommes comme moi qui savent pas qui ils sont parce qu'ils ont été agressés sexuellement. Parler me fait du bien.

— Ça fait plus de cinquante ans que je te demande de parler !

— Ben, je te parle là !

Étienne observe sa femme. Il appréhende sa réaction. Jamais il n'en a autant dit, ne s'est autant affirmé.

Clara prend le temps de se laver les dents puis se retourne vers lui, lui sourit.

— T'as raison, je suis une contrôlante. Je vais l'être moins.

— Puis moi, je vais essayer de dire plus ce que je ressens, de le dire au fur et à mesure. Tu m'en veux pas, Clara ?

— Je suis contente.

Il est surpris de sa réponse. Il s'attendait à un échange vigoureux.

— Tu es fabuleuse.

— Et contrôlante !

Ils rient. Étienne est soulagé et Clara aussi, de le voir soulagé.

Épilogue

C'est un samedi d'octobre ensoleillé à l'arrière-goût d'été. Clara est heureuse. Elle qui avait renoncé à sa célébration rituelle de la fin des récoltes, voilà que, contre toute attente, elle a vu son fils Claude prendre l'organisation de la fête en main. Il s'est chargé des invitations, a demandé aux convives de fournir vin et bières, a décoré le site de citrouilles et de courges, et a commandé à ses frais un méchoui chez un traiteur de la région. Étienne s'est occupé de cueillir les légumes que Jean-Christophe a fait griller sur le barbecue. Nicolas a cuisiné un énorme gâteau moka et des cupcakes aux couleurs de la saison. Même Magali a mis l'épaule à la roue et a dressé un coin jeu pour les enfants, avec ballons, albums à colorier, crayons, pâte à modeler, etc.

Clara est entourée de tous ceux qu'elle aime : ses clients amis, des voisins, des amis du village. Radieuse, elle virevolte d'un groupe à l'autre, embrassant au passage son bel Étienne, à peine remis de sa dépression. Jean-Christophe est venu seul avec les enfants, Mégane et Émile, qui, pour l'instant, promènent le petit Gabriel dans une brouette. L'enfant en redemande.

Étienne rejoint Clara à une des grandes tables où des invités dégustent l'agneau, les pommes de terre aux fines herbes, les légumes grillés, les salades. Les assiettes sont remplies, les verres aussi. Les conversations vont bon train. Tout roule. Étienne s'inquiète de la soudaine fébrilité de sa femme.

— Qu'est-ce qu'il y a, mon amour ?

— Claude regarde tout le temps vers le rang. Il attend peut-être Francis ?

— Peut-être... Ça nous regarde pas.

— Je sais qu'ils se sont vus plusieurs fois, mais Claude est pas trop bavard sur sa vie sentimentale... Sais-tu quelque chose ?

— Clara... Il a quarante-trois ans.

— J'ai du temps à reprendre.

— Il fait sa vie. Laisse-le vivre.

Elle le regarde, ne le reconnaît plus.

— Décidément, la thérapie, c'est miraculeux !

— Je découvre petit à petit qui je suis, ce que je veux.

Clara ne sait pas pourquoi, mais elle a tout à coup très peur, peur de le perdre. Étienne la quitte pour aller saluer Mireille qui, avec sa crinière rouge feu et son ensemble velours et cuirette lime, a fait se tourner toutes les têtes. Un invité un brin pompette l'apostrophe :

— Coudonc, toi, fais-tu de la publicité pour ton salon de coiffure ?

— Toi, mon gros, tu fais de la publicité pour qui ? Une porcherie ?

Robert et d'autres autour se bidonnent. La réplique de Mireille fait se replier le farceur. Tentant de faire diversion, Étienne demande des nouvelles de leurs enfants.

— Je vais être grand-mère !

Mireille l'a annoncé pour que tout le monde l'entende. Robert se redresse, tout fier, comme si c'était lui le géniteur. Elle ajoute d'un ton agressif :

— Eh oui, je vais être grand-mère. Bon, c'est dit ! Tout le monde le sait !

Robert, pour adoucir l'atmosphère, lance une blague :

— Eh bien moi, je veux pas coucher avec une grand-mère !

— Ça changera pas grand-chose !

Pow ! Pow ! Ces deux-là viennent de se blesser dans un duel de mots, et les invités autour rient. Que faire d'autre que rire... jaune ?

Mireille cale son verre de vin, puis enchaîne avec les nouvelles de son aîné, Jonathan, un génie de la technologie, un surdoué qui ne vit que pour son ordinateur. Elle ne tarit pas d'éloges sur son fils et conclut dans un soupir :

— Il est pas comme ma fille, enceinte à dix-sept ans !

Une invitée renchérit en se désolant de sa grande fille qui rentre tard, qui fume des cochonneries. Les deux mères sont en terrain connu : la génération des Y, des paresseux, des incapables du moindre effort. Tout leur est dû ! Ils refusent d'accepter le moindre reproche. Ils pensent réussir tout de suite, avoir des jobs de boss en sortant de l'école, etc. Elles se défoulent et y prennent un plaisir certain. Robert quitte la table, l'air renfrogné.

« Le linge sale, on lave ça en famille, caltor. »

Délaissé par ses promeneurs, qui ont rejoint les enfants de leur âge dans le coin jeu, Gabriel court vers sa grand-mère, bras tendus, souriant. Elle l'attrape et tournoie avec lui. Il rit aux éclats. Étienne les observe,

Clara lui sourit en déposant l'enfant dans l'herbe, au milieu de ses petits camions.

« Contrôlante ? Moi, contrôlante ! Ce mot-là, j'arrive pas à l'avaler. Il est pris là, en travers de ma gorge. Je serais pas si contrôlante si Étienne arrivait à prendre une décision. Oh il en a pris une : celle de pas revoir Claude. Toute une décision ! Faut pas que je radote. Cette journée est merveilleuse, vis-la à plein, dans l'instant, comme dit le psychologue d'Étienne, alors que moi ça fait plus de cinquante ans que je le lui dis... Bon, j'arrête ! »

Assis au pied d'un arbre, Samuel étudie sur son iPad son prochain rôle à l'École de théâtre. Il lève souvent les yeux vers Magali qui, dans le coin jeu, dessine avec les enfants. Il la trouve superbe, il l'aime, mais il est inquiet de ne pas avoir eu de réponse à son ultimatum de s'engager avec lui dans le projet d'enfants, mais sans le gros mariage comme elle espère. Un genre de contrat de mariage verbal, où ils partageraient tout, y compris l'héritage qu'elle n'a pas encore touché. Magali, qui se rend compte de son regard amoureux, lui envoie un baiser volant.

« Je peux pas croire qu'il me refuse un beau mariage, la seule journée de ma vie où je serais la vedette, la reine d'un jour où tous les yeux seraient sur moi. Un mariage que je peux me payer en plus. Ouais. C'est peut-être le signe qu'il m'aime pas vraiment. Qu'il est pas l'homme de ma vie... Comment ça se fait qu'avec lui je me sens toujours bien, que j'ai toujours envie de lui ? On rit ensemble, on se comprend, pis je suis toujours prête à effacer ses niaiseries, même sa maudite pièce de théâtre dans laquelle il a dévoilé notre intimité. Je l'aime-tu assez pour renoncer à mon party ? »

Nicolas, à table avec quelques invités, peine à suivre les conversations tant il est préoccupé. Nancy devait l'accompagner, « surtout pour Clara », lui avait-elle dit. Mais elle avait un rendez-vous qu'elle ne pouvait absolument pas rater. Un rendez-vous un samedi après-midi ! Nicolas est encore fâché contre elle pour avoir manigancé le départ de Lulu, mais il doit s'avouer que sa femme lui manque terriblement. Quand elle n'est pas là, il y a un grand trou dans sa vie.

« On a été heureux ensemble pendant plus de vingt ans, on a vécu toutes sortes d'épreuves, de joies aussi. Les voyages qu'on a faits, nos moments doux, ses encouragements quand le resto allait mal. Mon soutien du temps de ses études en pédiatrie. Pourquoi elle m'a pas assez aimé pour accepter mon attachement à Lulu ? Oui, on s'en va peut-être vers la rupture définitive... Mais une fois séparé, je pourrais pas vivre sans elle. J'ai toujours aimé sa sensualité, sa beauté de rousse, son maudit caractère d'Écossaise... Oublier Lulu ? En faire le deuil ? Revenir à notre vie d'avant ? Je sais pas, je sais plus. »

Il ignore alors que Nancy est, au même moment, en route vers la ferme de Clara et que, en larmes, elle revit sa visite à Lulu au foyer d'accueil où il a été placé après la tentative de désintoxication de sa mère.

***

Avant de sonner à la porte du foyer, Nancy a peur de faire fuir Lulu, peur de son silence, peur de ses yeux méchants sur elle, et surtout peur de ne pas trouver les mots qui toucheront son cœur d'enfant meurtri.

La travailleuse sociale, Madeleine, a avisé les responsables de sa visite. Nancy est assise bien droite dans le petit salon annexé à la salle communautaire, d'où émanent les bruits de voix d'une douzaine d'enfants. Une ambiance familiale et chaleureuse, qui la rassure.

La porte s'ouvre, et Lulu apparaît, il doit être un brin poussé par un gardien pour qu'il avance. Il a le même air renfrogné qu'elle lui connaît. Nancy se lève aussitôt. La gardienne referme doucement derrière lui.

—Je suis venue te dire…

—Je sais, ma mère dit que vous pouvez m'adopter. Je veux pas !

—À cause de moi ?

Lulu hausse les épaules. Elle répète sa question et, au bout d'un moment :

—Oui.

—Viens t'asseoir, Lulu…

Il choisit de s'installer face à elle. Il regarde le plancher. Nancy cherche ses mots.

—Lulu, je me suis trompée. Je suis allée trop vite. J'étais tellement contente de t'avoir que je me suis jetée sur toi. Je t'ai fait peur. Je le comprends maintenant. Je le ferai plus. Je vais prendre soin de ta santé, pas plus. Tu vas surtout avoir affaire à Nicolas. Je veux pas être ta mère, t'en as une, je veux juste qu'on s'apprivoise pour que, petit à petit, j'aie plus peur de toi et que t'aies plus peur de moi. Si tu veux attendre qu'une autre famille t'adopte, t'es libre, mais Nicolas veut beaucoup beaucoup que tu reviennes dans sa vie. Il s'ennuie de toi.

Lulu semble réfléchir, son front se plisse. Puis :

—Je veux pas de toi… juste de lui.

Ces mots sont durs. Nancy se sent blessée.

—On est un couple, Nicolas et moi. Légalement, nous t'adoptons tous les deux… ou pas.

L'enfant se lève et regarde en direction de la porte :

—Juste Nicolas !

Nancy doit se retenir pour ne pas se choquer.

—Bon… euh. Je t'ai apporté un petit quelque chose.

Elle sort de son sac une photo encadrée de Nicolas et Lulu jouant au basket-ball dans l'entrée de garage de la maison. Elle la lui tend, il la prend.

— J'ai pensé que ça te ferait plaisir.

Lulu fixe longuement la photo, puis demande :

— Pourquoi il est pas venu, Nicolas ?

— Il sait pas encore pour l'adoption. Je voulais savoir avant si TOI tu voulais. Tu comprends ? Je veux pas lui faire de fausses joies. Je l'aime, Nicolas.

Lulu lutte contre l'émotion qu'il ne veut surtout pas lui faire voir. En vain. Les yeux embués, il file droit vers la porte. Et avant qu'il ne la referme sur lui :

— C'est correct !

***

Une voiture sport se glisse entre deux voitures garées près de la maison. Ce qui attire l'attention. C'est Francis qui, avec désinvolture, saute à l'extérieur de sa décapotable, comme il a vu faire dans les films. Il sait visiblement qu'il fait de l'effet. Il est grand, beau, noir, musclé et vêtu avec goût. Tenant Gabriel dans ses bras, Clara court l'accueillir. En voyant son second papa, le bébé gigote et veut se faire prendre par lui. Francis le prend, le bécote sur le bedon, le brasse, le lance en l'air, le reprend. L'enfant rit aux éclats. Derrière Clara, Claude est impassible. Sentant sa froideur, Francis choisit stratégiquement d'embrasser Clara sur les deux joues, de serrer amicalement la main d'Étienne, puis se plante devant les parents de Claude. Il prend un ton solennel :

— Madame, maman de Claude, monsieur, papa de Claude, je reviens vivre avec Claude. Definitely ! Définitive... ment. That's a difficult one !

Certains invités applaudissent, d'autres s'interrogent, puis Claude, d'une voix forte, lance :

— TU CONNAIS MES CONDITIONS.

Surpris, le petit Gabriel se met à crier. Étienne tente de faire diversion.

— C'est pas le moment, vous reparlerez de tout ça une autre fois. Pas ici, pas devant tout le monde.

Clara est plus catégorique.

— C'est ma fête de fin des récoltes, tenez-vous tranquilles, les garçons !

Elle se rend compte en le disant qu'elle a vraiment accepté Francis dans son cœur. Ce sont ses garçons ! Claude veut reprendre son fils qui, ne sachant plus trop dans quels bras se lover, prend ses deux pères par le cou et rapproche leurs têtes. Ce qui finalement calme les deux amoureux.

Arrivée de Nancy, qui se gare loin de la ferme, derrière la file de voitures en bordure du rang. Son cœur bat à tout rompre. Elle sait fort bien que Nicolas va accepter l'adoption, mais elle est aussi consciente que cette décision aura d'énormes conséquences sur leur couple, sur sa vie.

Nicolas découpe en carrés égaux son grand gâteau moka. Autour de lui, des enfants surexcités savourent des yeux le dessert, d'autres se pourlèchent du crémage qu'ils ont pris du bout des doigts. Clara aperçoit Nancy.

— Nicolas, il y a Nancy qui arrive. Magali, Sam, venez m'aider avec le dessert.

Nicolas marche lentement vers Nancy. Elle a les yeux encore bouffis d'avoir pleuré. Il s'inquiète. Elle s'arrête à quelques pieds de lui.

— Si tu veux Lulu…

— Je veux pas Lulu, je veux la sainte paix, la crisse de sainte paix.

— Ce qui veut dire ?

— On s'est trompés, nous deux, ça fait qu'il faut envisager de se séparer. Je suis tanné de nos faces d'enterrement.

— Lulu, on peut l'adopter ! Sa mère est retombée dans la drogue, elle a réalisé qu'elle pouvait pas s'occuper de lui. Elle est venue à la clinique pour me le dire. Elle nous le donne en adoption. Les mères peuvent donner leurs enfants en adoption.

— Fais-moi pas marcher, Nancy.

— On a juste à signer. Je veux signer !

— Un jour, tu le veux, l'autre jour, tu le veux plus. Un enfant, c'est pas un caprice.

— C'est pas un caprice ! C'est mon nouveau projet de vie... avec toi.

— Il t'aime pas...

— Je vais m'arranger pour qu'il m'aime.

— Tu dis ça pour me garder.

— Je dis ça parce que j'ai réfléchi et que je t'aime, Nicolas.

Il y a un moment de douceur entre eux, puis :

— On peut adopter Lulu, puis tu me le disais pas !

— J'avais besoin de temps de réflexion et surtout je voulais le voir, pour lui demander s'il acceptait. C'était ça, mon rendez-vous aujourd'hui...

— Tu l'as vu aujourd'hui ? Comment va-t-il ?

— Il va bien... enfin, je crois. Tu lui manques beaucoup.

— Je lui manque... Et lui donc !

Des larmes montent aux yeux de Nicolas. Nancy s'élance vers lui pour le serrer dans ses bras, il s'abandonne. Elle lui murmure à l'oreille :

— On va l'adopter, chéri. Je vais me faire aider, j'ai déjà commencé et là je vais réussir. Il va m'aimer.

Clara, qui a deviné leur réconciliation, ressent une grosse bouffée d'émotion.

« C'est pour ça que je vis finalement. Juste pour ça... »

Plus loin, Robert, qui entamait son troisième morceau de gâteau, entend le signal trompette de son cellulaire. Il s'écarte du chahut, ne répond qu'en monosyllabes. Mireille s'approche, curieuse. L'air soucieux, il met fin à l'appel.

—Quoi… Qu'est-ce qu'il y a ?

—La police… Ton fils vient d'être arrêté…

—Arrêté ! Voyons donc ! Lui ? Pas mon garçon ! Il est accusé de quoi ?

—Pornographie.

—Embraye, on s'en va au poste de police.

Sans s'excuser, sans même saluer les hôtes, le couple en panique court à son auto, y monte et file à toute vitesse dans le rang, direction Montréal.

Clara, Étienne et Jean-Christophe, assis à la table de pique-nique, sirotent leurs cafés. Mégane tire son beau-père par la manche de sa veste :

—Pourquoi maman est pas venue ?

—Elle avait besoin de se reposer.

—Je peux retourner à la maison toute seule ?

—Non, tu m'attends… Je finis mon café et on part, O.K. ma chouette ? Va rejoindre Émile dans la balançoire.

Mégane s'éloigne sous l'œil bienveillant de Jean-Christophe.

—Pour tout vous dire, ça va mal dans mon couple. Et mon ex arrive toujours à l'improviste. C'est l'enfer à la maison. Je vais faire un enfant à Charlène, elle va arrêter d'envier Caro.

Étienne a levé les sourcils, mais il n'est pas du genre à donner son avis, surtout pas à un psychothérapeute. Mais Clara ne s'en prive pas :

—On fait pas un enfant pour repriser une union qui s'effiloche, voyons. On consolide le couple et après on fait un enfant. Il y a pas un enfant capable de sauver un couple. Pas un.

Jean-Christophe rougit, reconnaissant du coup son erreur.

— Le pire, c'est que vous avez raison, Clara !

— Ma femme, elle a souvent raison, mais faut pas lui dire, ça lui enfle trop la tête !

Jean-Christophe ramasse ses affaires, appelle les enfants et file, humilié de s'être fait prendre en flagrant délit de mauvais jugement.

Après son départ, Étienne enlace Clara, l'embrasse sur la joue avec affection.

— C'est pour ça que je t'aime.

— Ça ?

— Pour tout ce que tu as et que j'ai pas.

— Mais je t'aime pour les mêmes raisons, tout ce que tu as et que j'ai pas. Finalement, l'amour, c'est peut-être ça, trouver chez l'autre ce qu'on a pas.

***

Collés collés dans la balancelle, Magali et Samuel se reposent.

— T'as pas encore répondu à mon ultimatum.

— Non. Il me reste combien de jours avant que tu commences à chercher une autre fille ?

— Je veux une réponse.

— Vas-tu mettre une annonce dans Facebook ?

— Magali, je pourrai jamais me passer de toi. Y en a pas une comme toi. Je te vois, je deviens fou, bandé, amoureux...

— Mais tu veux pas le party de mariage, pis moi je me marie pas sans... Ça va être la seule fois où je vais avoir une journée à moi, où je vais avoir toute l'attention. Tu vas pas me priver de ça si tu m'aimes ?

Il se balance un temps. Elle guette le moment où, comme d'habitude, il va faiblir.

— Si c'est ça que tu veux, on va se marier avec le gros mariage pis... Comme tu veux...

— Pour vrai ?

— C'est toi qui vas payer le mariage, par exemple. Moi, j'ai pas une christie de cenne. Pis il va falloir inviter mes amis de Rouyn.

— Tes parents pis tes frères aussi si tu veux…

— On discutera de ça plus tard.

— Je vais toucher l'héritage l'hiver prochain. C'est long, la succession, avec les placements à la Bourse, la vente des maisons. C'est ce qu'Olivier dit. On pourrait se marier en mai ou juin prochain. Faut que je dise ça à Clara… En juin, c'est le mois des mariages.

Elle s'extirpe de la balancelle pour s'élancer vers sa grande amie, qui ne saisit pas tout de suite ce qu'elle lui raconte en sautillant de joie. Puis Clara comprend alors que Magali la soulève de terre. Samuel les observe, l'air amusé, content de sa décision finalement.

Et la célébration de la fin des récoltes se poursuit jusqu'au coucher du soleil. Une fête d'amour, beaucoup d'amour, rien que de l'amour.

Étienne, au moment du digestif, une crème d'érable alcoolisée, aura le dernier mot lorsqu'il prendra la parole, surprenant totalement Clara :

— Ma femme, je la remarierais chaque jour ! Chaque jour ! Les couples qui durent sont ceux qui savent réinventer chacune de leur journée. Des couples capables de partager les petits bonheurs et les grosses peines qui passent ce jour-là.

Clara se tait de plaisir. Le bonheur est de retour et elle le savoure.

***

Clara et Étienne se couchent fatigués, mais pleins à ras bord de tendresse et d'amour. Le bonheur est passé aujourd'hui, et ils ont eu l'intelligence de le saisir et d'en faire provision pour les jours où il se fera plus rare.

Ils s'embrassent, se souhaitent bonne nuit, puis leurs corps se rejoignent. Ils ne se font pas l'amour, mais la tendresse.

Et la vie continue...

Des mercis qui viennent du plus profond de mon cœur

À Monique H. Messier, ma directrice littéraire, pour son soutien et ses précieux conseils, pour sa patience, sa compréhension, sa douceur et sa rigueur.

À Johanne Guay, l'éditrice en chef du Groupe Librex, pour sa confiance en moi et son amitié.

À Jean Baril pour sa franchise, sa gaieté, son affection.

À André Monette, mon fidèle compagnon de travail et ami depuis trente ans.

À Michel Dorais, Dr Réjean Thomas, Dr Gilles Fortin, Joanne Lemieux, Dominique Damant, et tous les autres experts qui ont eu la patience de répondre à mes questions en cours d'écriture.

Merci à mon attachée de presse, Patricia Huot, pour sa compétence et sa gentillesse, sa douceur et sa finesse.

À vous, lectrices et lecteurs, pour qui j'écris. Merci de m'être fidèles depuis tant d'années. Merci de me laisser croire que mes écrits font une petite différence dans vos vies.

Merci à Donald, mon amoureux, qui me facilite la vie afin que je puisse écrire. Merci de me dorloter, de m'encourager à continuer quand je veux tout arrêter et me bercer. Merci de m'aimer.

Collection 10 SUR 10

Suzanne Aubry
Le Fort intérieur

François Avard
Pour de vrai

Micheline Bail
L'Esclave

Yves Beauchemin
L'Enfirouapé

Mario Bélanger
*Petit guide du parler
  québécois*

Janette Bertrand
Le Bien des miens
Le Cocon
Lit double 1
Lit double 2
Ma vie en trois actes

Mario Bolduc
*Nanette Workman
  – Rock'n'Romance*

Anne Bonhomme
La Suppléante

Roch Carrier
Floralie, où es-tu ?
Il est par là, le soleil
*Il n'y a pas de pays
  sans grand-père*
Jolis deuils
La Céleste Bicyclette
La guerre, yes sir !
Le Rocket
*Les Enfants du bonhomme
  dans la lune*

Arlette Cousture
*Les Filles de Caleb 1 –
  Le chant du coq*
*Les Filles de Caleb 2 –
  Le cri de l'oie blanche*
*Les Filles de Caleb 3 –
  L'abandon de la mésange*

Marc Favreau
*Faut d'la fuite dans
  les idées !*

Antoine Filissiadis
*Le Premier et le
  Dernier Miracle*
*L'Homme qui voulait
  changer de vie*

Surtout n'y allez pas
Va au bout de tes rêves !

Claude Fournier
Les Tisserands
 du pouvoir
René Lévesque

Rafaële Germain
Gin tonic et concombre
Soutien-gorge rose
 et veston noir
Volte-face et malaises

Gilles Gougeon
Catalina
Taxi pour la liberté

Claude-Henri Grignon
Un homme et son péché

Michel Jean
Envoyé spécial
Le vent en parle encore
Un monde mort comme
 la lune
Une vie à aimer

Lucille Jérôme
et Jean-Pierre Wilhelmy
Le Secret de Jeanne

Saïd Khalil
Bruny Surin –
 Le lion tranquille

André Lachance
Vivre à la ville en
 Nouvelle-France

Louise Lacoursière
Anne Stillman 1 – Le procès
Anne Stillman 2 – De New
 York à Grande-Anse
La Saline 1 – Imposture

Roger Lemelin
Au pied de la Pente douce
Le Crime d'Ovide Plouffe
Les Plouffe

Véronique Lettre
et Christiane Morrow
Plus fou que ça... tumeur !

Denis Monette
Et Mathilde chantait
La Maison des regrets
La Paroissienne
Les Parapluies
 du Diable
Marie Mousseau,
 1937-1957
Par un si beau matin
Quatre jours de pluie
Un purgatoire

Paul Ohl
Drakkar
Katana
Soleil noir

Jean O'Neil
Le Fleuve
L'Île aux Grues
Stornoway

Annie Ouellet
Justine ou Comment
  se trouver un homme
  en cinq étapes faciles

Francine Ouellette
Le Grand Blanc
Les Ailes du destin

Lucie Pagé
Eva
Mon Afrique
Notre Afrique

Fabrice de Pierrebourg
et Michel Juneau-Katsuya
Ces espions venus
  d'ailleurs

Claude Poirier
Otages

Francine Ruel
Bonheur, es-tu là ?
Cœur trouvé aux objets
  perdus
Et si c'était ça, le bonheur ?
Maudit que le bonheur
  coûte cher !

Jacques Savoie
Le Cirque bleu
Le Récif du Prince
Les Ruelles de Caresso
Les Soupes célestes
Raconte-moi Massabielle
Un train de glace
Une histoire de cœur

Louise Simard
La Route de Parramatta
La Très Noble Demoiselle

Matthieu Simard
Ça sent la coupe
Échecs amoureux et autres
  niaiseries
La tendresse attendra
Llouis qui tombe tout seul

Kim Thúy
Ru

Kim Thúy
et Pascal Janovjak
À toi

Cet ouvrage a été composé en Dolly 9,5/12 et achevé d'imprimer en
août 2015 sur les presses de Marquis imprimeur, Québec, Canada.